唐宋八大家の世界

東　英寿　編著

花書院

唐宋八大家の世界◆目次

〈序　文〉

〈唐宋八大家論〉

〔韓愈〕

〔柳宗元〕

〔歐陽脩〕

〔蘇洵〕

序　文──本書刊行の經緯──

東　英　寿

唐宋八大家とは、唐代の韓愈・柳宗元、宋代の歐陽脩・蘇洵・曽鞏・王安石・蘇軾・蘇轍の八名を指す。彼らは散文の名手であり、中國文學史においては文體の改革、すなわち古文復興の原動力となった文人達として非常に名高い。清代の沈德潛が唐宋八大家の散文を選び收錄した『唐宋八家文讀本』が江戸時代にもたらされたことにより、我が國でも唐宋八大家の散文が大いに流行し廣く讀まれるところとなった。今日では高等學校の國語の教科書に漢文教材として取り上げられることも多い。

現在、我が國においては、唐宋八大家の散文は唐宋八家文という名稱で親しまれ、それを書名に冠した著書をあげると、おおよそ次のようである。

佐藤一郎『唐宋八家文』（明德出版社、1968年）

清水　茂『唐宋八家文一』、『唐宋八家文二』、『唐宋八家文三』、『唐宋八家文四』（いずれも朝日新聞社、1978年）

星川清孝『唐宋八大家文讀本 一』（明治書院、1976年）、同『唐宋八大家文讀本 二』（明治書院、1976年）
遠藤哲夫『唐宋八大家文讀本 三』（明治書院、1996年）
田森 襄『唐宋八大家文讀本 四』（明治書院、1989年）
向嶋成美・髙橋明郎『唐宋八大家文讀本 五』（明治書院、2004年）
向嶋成美・髙橋明郎『唐宋八大家文讀本 六』（明治書院、2016年）
沢口剛雄・遠藤哲夫『唐宋八大家文讀本 七』（明治書院、1998年）
横山伊勢雄『唐宋八家文上』（學習研究社、1982年）、同『唐宋八家文下』（學習研究社、1983年）
筧 文生『唐宋八家文』（角川書店、1989年）
星川清孝著、白石真子編『唐宋八大家文讀本〈韓愈〉』（明治書院、2006年）
向嶋成美・髙橋明郎著、王連旺編『唐宋八大家文讀本〈蘇軾〉』（明治書院、2018年）

これらの著書は、唐宋八大家の八名それぞれから幾つかの散文を取り上げ、訓讀、日本語譯、解説等を施したものであり、我々が唐宋八大家の散文を讀解する際に役に立ち、八大家の散文がどのようなものであるのかを具體的に窺い知ることができて、非常に有益である。ただ、これらは唐宋八大家それぞれの文人について様々なテーマを決めて考察した研究書ではない。もちろん、唐宋八大家は、八人それぞれについて、種々の角度から個別に多くの研究が行われている。ただ、我が國において、「唐宋八大家」を書名に冠した研究書は管見の限り見当たらない。

本書は唐宋八大家の散文の讀解を目的とするものではなく、唐宋八大家の八名それぞれについての研究論文を最低一本は収錄する研究書を目指した。タイトルを『唐宋八大家の世界』と名付けた所以である。

本書の基になったのは、次に擧げる二回のシンポジウムである。

第1回「唐宋八大家シンポジウム」
2018年5月26日、於慶應義塾大學日吉キャンパス
〈唐宋八大家の諸相――歐陽脩と王安石――〉
司会
副島一郎（同志社大學）
研究發表
東　英寿（九州大學）　歐陽脩の詞集について――吉州本『近體樂府』をめぐって――
朱　剛（復旦大學）　〝修廟〟與〝立學〟：北宋學記類文章的一個話題――從王安石《繁昌縣學記》入手――

第2回「唐宋八大家シンポジウム」
2018年10月20日　於九州大學伊都キャンパス
第1部
〔基調講演〕
川合康三（國學院大學）　韓愈再考
第2部
〔シンポジウム〕
司会：内山精也（早稲田大學）
王　永（中國傳媒大學）　《周易》辯証思維与韓愈散文風格之關係
東　英寿（九州大學）　歐陽脩の和刻本について

林　岩（華中師範大學）　作爲思想者的蘇轍——一個北宋士大夫的信仰軌跡——
副島一郎（同志社大學）　荻生徂徠古文辭批判——宋代文論の立場から——

これら第1回、第2回「唐宋八大家シンポジウム」は、2017年～2018年度、九州大學QRプログラム特定領域强化プロジェクト「人社系アジア研究活性化重點支援」の「新資料發見に伴う東アジア文化研究の多角的展開、および國際研究據點の構築」（代表、中里見　敬）及び2018年～2021年度JSPS科學研究費補助金、基盤研究（B）「唐宋八大家散文の特色とその受容に關する總合的研究」（代表、東　英寿）との共同開催という形をとった。

本書は、この2回のシンポジウムで研究發表をした報告者の論文をベースにして、さらにはシンポジウムに參加した研究者に、廣く唐宋八大家についての研究論文を募って編纂し、刊行するに至った。本年度からの基盤研究（B）「唐宋八大家散文の特色とその受容に關する總合的研究」の一年目の初期的な成果であって、今後三年間でより充實した成果に結びつける第一歩でもある。

なお、本書は前述した九州大學QRプログラムの經費によって刊行されました。深く感謝いたします。

二〇一九年二月

韓愈再考

川合康三

「唐宋八大家」というシンポジウムですが、私は唐宋八大家の全体を見通すような学識も見識も持ち合わせておりませんので、そのなかの一人、韓愈を取り上げてお話させていただくことにいたします。

「唐宋八大家」というのは、言うまでもなく後の時代に至って唐宋の八人が選び取られ、命名されたものでして、韓愈自身は関与しないところでレッテルを貼られたものです。ここには宋代文学の専家が集まっておられますが、「唐宋八家」として括ることには、宋代の文学を韓愈・柳宗元と連続して捉える視点ができたこと、八人を一つにまとめる考え方が生じたこと、そうした考えを生み出す時代の要請があったことを示しています。なぜ八人を一括りに捉える見方が生まれたのか、それこそが「唐宋八家」を全体として考察するうえで大きな問題になるでしょうが、それについてはシンポジウムに集まられた方々におまかせすることにしたいと思います。

韓愈について言えば、唐宋八家として括られると、八家の一人とする枠組みを通して韓愈を見ることになります。では「唐宋八家」の一人として位置づけられる前の韓愈、韓愈自身の文学は本来どのようなものであったか、元に返って韓愈の文学を捉え直してみたいというのが、「韓愈再考」と題したゆえんです。

とは申しましても私が韓愈の文を読んでいたのは三十代のころでして、そのころぼんやりと疑問に思っていたこと、疑問に思っただけでそれ以上に自分で考えたり調べたりすることもないまま過ぎてしまった問題のいくつかお話しすることしかできません。その後の三、四十年の間にすでに新しい研究によって解明されていることも多いかと思います。したがって時代遅れの老人の妄言に過ぎないことをお断りしておきます。

韓愈といえばまず古道の復興を唱え、それがのちに宋学として展開していく契機となったと認識されています。儒家の道における韓愈の貢献は、むしろ思想史の対象でしょうから、文学の方面で道と関わるものを考えれば古文の提唱が挙げられます。

韓愈は「古文運動」と称される動きの中心的存在でもあったとみなされますが、このあたりにもまだいろいろ問題がのこっているように思われます。「古文運動」というのはこれも「唐宋八家」と同じく、後代になってそのように呼ばれるものなのですが、当時の実態はどうであったのか。「運動」と呼ぶにふさわしい主張の一貫性、それを推進する人たちの間で連帯性はあったのかどうか。韓柳はよく併称されますが、韓愈と柳宗元の関係、また韓柳と元白の関係はどうであったのか。さらには韓柳以前の古文先駆者と呼ばれる人々も、先駆者として後の時代から見られる以前の、彼ら自身の古文に対する考えはどのようなものであったのか。知りたくなる問題がたくさん出てきますが、いずれも私の手に余るものでして、ここでは今挙げましたような疑問を呈し、再考察をうながすだけに留めるほかありません。

ただ一つ憶測を申し上げますと、古道とか古文の復興を唱えた人々とそうでない人々との間には、階層の違いがあったのではないかということです。この問題もすでに今では明らかにされているのかも知れませんが、当時の官界は家柄を基盤として中央の政界で官を得ている人たちと科挙進士科などを通して登場した新興階層の人々との間に厳しい角逐がありました。新興階級の人々にとっては、自己の存在を認めてもらう後ろ盾というものがないわけですから、自分たちの基盤となるものによって理論武装をして、存在意義を主張する必要があります。その時、彼らが依拠したのが、誰もが否定できない儒家の道という伝統文化の中心をなす思想だったのではないか、という憶測です。家柄によって官界に入った人々にとってはことさらに主張しなくても、当時の社会においてその存在は認められている。寒門の人々にとってこそ、彼らの拠って立つ思想が必要であり、それが儒家の道だったのではないでしょうか。彼らの唱える道の主張は、これといって特別なことはなくて、中国の伝統文化全体のなかから見れば、ごく当然の意見だったかにも思われます。極端に言ってしまえば、当たり前すぎて否定できない、それを彼らは自身の存立を保証する武器としたのではないでしょうか。

古文の提唱は、駢文の否定ないし駢文からの脱却と表裏の関係にあるものです。古文と駢文の大きな違いは文体のかたち、形式があるかないか、そこに帰すことができます。駢文は文体の定型性を何より大きな特質とするものですが、それが享受されるには文体が固定した形式を備えていることを文章の条件とする、文章に対するそうした態度が前提になります。形式が安定していること、安定した形式を文章がもっていること、そのような文章を文章として認める態度です。それが共有されていた時代に、駢文という形式性の高い文体が文章のあるべきかたちとして通行していたわけです。一般化していえば、文学というのはどの時代においてもそれを文学として受け止める文化共同体が存在してこそ可能であるわけですが、駢文も駢文を文体の形式として共有する文化共同体のなかで通行していたのでしょう。

しかしその文化共同体に変化が起こった。中国の文化、文学が世界の他の文化圏と異なる最も大きな特徴は、伝統文化が途方もなく長い期間にわたって、一貫して均質のまま継続してきたことにありますが、しかしそのなかでも時代による変容は当然ながら生じます。時代による変容を生じながらも全体としては均一なものとして受け継がれてきたわけです。今はやりの言葉で言えば、「動的平衡」というのでしょうか、それは中国の文化についても当てはまります。そして唐代半ばのこの時期も、伝統の継承に変容が生じた時期の一つであろうと考えられます。それまでに均質のまま持続してきた文化共同体に何らかの変化が起こったということです。なぜそうした変化が生じたのか、大きな要因は社会の、あるいは士大夫層の階層の変化ということになるでしょう。要するに時代の変化、時代精神の変化が生じて、新しい時代、新しい精神は当然それを表現するための新しい文体を求めた。それが駢文から古文への変化にほかなりません。文学の世界においては、あるいは芸術の世界においては、新しい酒を古い皮袋に盛ることは不可能です。新しい酒はそれを入れるべき新しい皮袋を当然求める。新しい内容は新しい形式、新しい文体でなければ表現できない。新しい精神はおのずから新しい表現のかたちを求める、そこに古文が登場したと考えられます。

しかし新しい内容を語る前にまず、駢文から古文への変化は、形式からの自由、形式からの解放という面があったように思います。それまでに浸透し、なじんできた形式から離れること、そのこと自体が一つの新鮮さをもたらしたのではないでしょうか。既存の形式を離れること自体が、当時の或る人々の欲求を満たしたということが考えられます。駢文の受容が駢文を文体のかたちとして享受する文化共同体によって支えられていたということを申しましたが、古文の登場はそれまでの文化共同体からの離脱が生じたということもできます。文化共同体は集団によって成立するものですが、集団からの離脱は個人の覚醒が生じたことでもあります。中国の文学を全体として眺めた時、集団から個別へ、群れから個へという変化が歴史の所々で起こって、新しい文学へと変容していきます。建安の文学、陶淵明の文学、杜甫の文学、いずれも集団から個別へという変化の大きな節目ということができます。駢文を支えていた共同体からの離脱も、或る意味では集団から個別への変化とも言えそうです。駢文の内容は駢文というかたちに従って表現されます。とすると駢文の形式に従って表現された内容も形式と同じように或る固定したかたちをもっているものでした。内容が一定の型を持っていたから、広く受け入れられた。駢文においては内容も、形式と同様、型にあてはまるものとして表現されるわけです。その型が集団のなかで共有されていたのですから、古文は集団からの離脱という一面があります。

古文が必要とされたもう一つの動機は、論理的な説得力を獲得するということにあったのではないかと考えられます。韓愈には「原道」「原性」「原毀」「原人」「原鬼」をはじめとして、自分の意見を開陳する文章がいくつかあります。もしそれらが駢文によって書かれていたらどうでしょうか。形式に支配されたのではないでしょうか。駢文の定型的なリズムは、説得力を乏しくしたのではないでしょうか。ちょうど戦国時代の遊説家が説得のための弁舌を自由なスタイルで表現したように、型にはまらない古文という文体で書かれてこそ、説得力を得たのではないか。儒家の道の意義を主張する考えを説得力のあるものとするには、形式から自由な古文が生まれたのは必然的な結果であったと考えられます。

従来、韓愈というと文のほうに注目されて、詩は文ほどの評価を得ていないように思われます。たとえば『唐宋詩醇』では唐の詩人として李杜白韓の四人が取られていますが、杜甫が十巻、李白と白居易がそれぞれ八巻であるのに対して韓愈は五巻です。詩の絶対数の違いもありますが、今にのこる詩の数が圧倒的に多い白居易の巻数が杜甫より少なく李白と同じというのは、やはり評価の違いを表しているのでしょうから、韓愈の詩は文ほどの評価を得ていなかったと言ってよいように思われます。

しかしこの数年、昌黎会という集まりのなかで韓愈の詩を読み、訳注を公刊してきましたが、そのなかで韓愈の詩はこれまで考えられきたよりもおもしろいと感じました。白居易よりもおもしろいように思います。私としてはおもしろいと思っても、一般にあまり注目されない。私が思うほど評価されないのはなぜか。その理由の一つは、伝統的な読み方では韓愈の詩は捉えきれないのではないか、もっと柔軟な読み方をすれば韓愈の詩の意義は理解されるのではないかと思います。以下、韓愈の詩についてお話してみようと思います。

中唐の詩を考えるうえで、杜甫の存在は欠かすことができません。韓愈の詩を見るうえで、初めに検討すべきは杜甫との継承関係があります。杜甫は生前ほとんど無名の存在であったといわれますが、杜甫の詩は没後には意外に早く一般にも浸透していたようです。一般への浸透とは別に、杜甫評価をはっきり言明しているのは、中唐を代表する文人のうちの元稹、白居易、そして韓愈の三人がいます。興味深いのは、彼らの杜甫評価の内容が、宋代に定着していく杜甫評価とは異なっていることです。そしてまた三者三様、彼らのなかでも一様でない。宋代以降の杜甫評価は、ここではあっさりまとめてしまえば、杜甫の儒家的、道学者的な側面が重視されていって、「詩聖」という評価に至るわけです。さらに中華人民共和国に入ると、その初期には「人民詩人」とか「社会主義リアリズム」とかいった言葉で杜甫が評価されます。社会主義体制に変わって過去の歴史の再評価が広く行われ、文学に関しても肯定否定が入れ替わったりする事態が生じましたが、杜甫に関する評価は基本的に揺るぐことがなかった。ただ評価の基準が「詩聖」から「人民詩人」に変わった。この評価の基準を見ると、いずれもその時代の支配的なイデオロギーに依拠することによって杜甫を評価していることがわかります。つまりその評価はそれぞれの時代において誰もが否定できない基準を持ち出して評価しているわけです。儒家の道に合致しているとか、人民詩人とかいえば、その時代においては誰も否定できない。このことは実は杜甫の評価がいかにむずかしいかを示しているのではないでしょうか。杜甫の詩はよい、しかし何がよいのか、どのようによいのか、それを語るのはむずかしい。そのために誰もが否定できない、それぞれの時代を支配している価値観を借りることによってとりあえず評価する、その結果が詩聖であったり人民詩人であったりしたのではないでしょうか。文学の批評は常に作品よりずっと遅れるものです。杜甫の文学も実はこれからこそ解明しなければならないと思います。或いはわたしたちはわたしたちの時代に可能な価値観で評価して、それを次の時代に伝えればよい、こういうふうに言うべきかも知れません。

さて中唐の三人に評価は、三者三様、それぞれに異なると申しましたが、三人のなかで最も早く、且つ最も熱心に繰り返し杜甫を評価しているのは元稹です。「代曲江老人百韻」（『元稹集』巻一〇）には「年十六時作」と自注がありますが、そのなかに、

李杜詩篇敵　李杜　詩篇敵し
蘇張筆力匀　蘇張（蘇秦・張儀）筆力匀し

という句があります。自注を信じれば十六歳の時にすでに李杜の詩を別格として受け止めていたことになります。

「酬孝甫見贈十首」（自注：各酬本意次用舊韻」（巻一八）其の二には、

杜甫天材頗絶倫　杜甫の天材　頗る絶倫
毎尋詩巻似情親　詩巻を尋ねる毎に情の親しむに似る

と杜甫を絶対評価する句が見えます。

「叙詩寄樂天書」（巻三〇）では、自分の文学遍歴を語って、陳子昂のあと、

又久之、得杜甫詩數百首。愛其浩蕩津涯、處處臻到。始病沈（佺期）・宋（之問）之不存寄興、而訝（陳）子昂之未暇旁備矣。

またそののちに、杜甫の詩数百首を手にしました。果てにまで広大に拡がり、どこにでも到り着くスケールの大きさが好きになりました。その時になって沈佺期・宋之問には寄託が欠けている欠点がわかり、陳子昂が一面的でしかないのに不満を覚えました。

最も詳しく杜甫の文学を語っているのは、「唐故工部員外郎杜君墓係銘并序」（巻五六）です。

予讀詩至杜子美、而知小大之有所總萃焉。……至於子美、蓋所謂上薄風騷、下該沈宋、古傍蘇李、氣奪曹劉、掩顔謝之孤高、雜徐庾之流麗、盡得古今之體勢、而兼今人之所獨專矣。……則詩人以來未有如子美者。

私は歴代の詩を通覧して杜甫に到ると、大小あらゆる要素がそこにすべて集まっているのがわかった。……杜甫にいたると、それはいわゆる上は『詩経』『楚辞』に迫り、下は沈佺期・宋之問を包括し、いにしえぶりは蘇武・李陵に近く、気迫は曹植・劉楨をも凌駕し、顔延之・謝霊運の孤高を包み込み、徐陵・庾信の流麗も交え、古今のスタイルをすべて自分のものにしつくし、さらに現代の人独自の特色も併せ持っている。……つまり『詩経』以来、杜甫のごとき者はいまだかってなかった。

と最大限の賛辞を呈しています。元稹の杜甫評価はここに見られますように、詩のもっているあらゆる面が杜甫にはすべて備わっていると、そのスケールの広大さを讃えています。これは実は元稹自身の詩観を反映したもので、たとえば白居易について語る時も同じように白居易の文学の広大さを讃えています。「白氏長慶集序」（巻五一）に、

大凡人之文各有所長、樂天之長可以爲多矣。

いったい人の文にはそれぞれ優れた所があるものだが、楽天の優れた点は多いとせねばならぬ。

さて杜甫を称揚する中唐文人の二人目、白居易の杜甫評価は、杜甫の詩の諷諭の面を取り上げます。「元九に与うる書」（『白居易集』巻二八）のなかで、

世稱李杜、李之作、才矣奇矣、人不逮矣。索其風雅比興、十無一焉。杜詩最多、可傳者千餘篇。至於貫穿今古、覼縷格律、盡工盡善、又過於李。

世に李杜と称されているが、李白の作は才あり、突出していて、人が及ぶものでない。しかしその風雅比興を探ってみると、十に一もない。杜甫の詩は最も多く、伝えるべき作は千を超える。古今を貫き、格律の委細を尽くし、技巧も内容もすぐれるのは、李白より上回る。

ただしこのあとでその杜甫ですら諷諭詩は三、四十篇に過ぎないと限定してはいます。白居易が杜甫の諷諭詩を取り上げて評価するのは、もちろん諷諭詩を標榜する白居易自身の詩観に基づいています。

韓愈も「孟東野を送る序」のなかで「唐の天下を有するや、陳子昂・蘇源明・元結・李白・杜甫・李觀、皆な其の能くする所を以て鳴る」と言い、「張籍を調《あざ》ける」詩のなかで、「李杜　文章在り、光燄　萬丈長し」というよう

に、杜甫を唐代の代表的な詩人として挙げているのですが、韓愈の評価は元稹や白居易とはまた違っています。一つは「感春四首」其二に、

近憐李杜無檢束　近ごろ憐れむ　李杜の檢束無く
爛漫長醉多文辭　爛漫　長醉して文辭多きを

というように、李杜の詩作が表現の拘束から脱して、放恣に筆を走らせている点を指摘しています。規範を逸脱する不羈奔放な表現に対する評価は、韓愈の賈島や盧汀に対する言述にもみられます。「無本師の范陽に帰るを送る」詩では賈島について、初めの十八句を挙げますと、

無本於爲文　無本の文を為るに於けるや
身大不及膽　身は大なるも胆に及ばず
吾嘗示之難　吾嘗て之に難きを示せば
勇往無不敢　勇み往きて敢てせざること無し
蛟龍弄角牙　蛟龍　角牙を弄し
造次欲手攬　造次に手づから攬らんと欲す
衆鬼囚大幽　衆鬼　大幽に囚われ
下覷襲玄窅　下に覷《み》て玄窅《げんたん》を襲う
天陽熙四海　天陽　四海に熙《かがや》きて

注視首不頷　注視して　首頷《うなず》かず
鯨鵬相摩窣　鯨鵬　相い摩窣《まそつ》し
兩擧快一啖　両挙　一啖《いったん》を快くす
夫豈能必然　夫れ豈に能く必ずしも然らんや
固已謝黯黮　固より已に黯黮を謝す
狂詞肆滂葩　狂詞　肆《ほしいまま》に滂葩《ぼうは》たりて
低昂見舒慘　低昂　舒慘を見る
姦窮怪變得　姦窮まり　怪変じ得て
往往造平澹　往往にして平澹に造《いた》る

無本が詩を作ると、体も大きいが胆力はもっと大きい。私は詩作の難しさを話したことがあるが、彼の勇猛さは何も恐れはしない。龍が角や牙を振りかざしているのを、たちまち素手で捕まえようとする。冥界に囚われている幽霊どもを見下ろしてその暗い穴に襲いかかる。逆に輝いている太陽に対しても注視して顔を避けることもしない。海の鯨、空の鵬、それを二つとも手にとって食ってしまう。いつもそうとは言えないにしても、ぼやっとした状態から抜け出しているのは確かだ。尋常ならざる言葉は言いたい放題、上に下に、喜んだり塞いだり。邪悪も怪奇も極限行って変貌、そこでよく平坦に行き着く。

と、賈島の詩の奔放ぶりを指摘し、且つ讃えています。韓愈の賈島に対するこの批評は、最後の「往往にして平澹に造《いた》る」、すなわち賈島の詩の平淡を指摘したものとして理解されることがありますが、しかし韓愈が筆を費やしているのは、平淡に至る前の怪奇を存分に発揮している部分であって、韓愈の関心はそこにあると捉えるべきでしょう。賈島は晩唐・五代・宋初を通じて、苦吟と枯淡の詩人として捉えられていますが、同時代の韓愈にとってはそれと相反する面のほうを賈島の特質として捉えています。詩人に対する理解の仕方は、往々にして同時代とそのあとの時代によって違いが生じますが、これは賈島に対する理解が時代によって異なることもその一つの例となりましょう。

また韓愈は盧汀についても、「司門盧四兄雲夫院長の望秋の作に酬ゆ」詩のなかで、

望秋一章已驚絶　　望秋の一章　已に驚絶たるも
猶言低抑避謗譏　　猶お言う　低く抑えて謗譏を避くと
若使乘酣騁雄怪　　若し酣に乗じて雄怪を騁せしむれば
造化何以當鐫劖　　造化　何を以てか鐫劖に当たらん

「望秋」の一篇だけでもびっくりするが、それでも抑制して批判を避けたのだと言う。もしも奇怪さを思い切り発揮したら、造物主が彼の彫琢に対抗するすべはない。

と、盧汀の詩が非難を受けるほどに「雄怪を騁す」と言っています。賈島に対しても、盧汀に対しても、彼らが規範を逸脱するほどに奇怪をほしいままにすることを指摘し、そうした面を賞賛しています。

このように韓愈が李杜の奔放な表現を取り上げて評価するのは、韓愈自身の文学観であったことがわかります。

韓愈の杜甫に対する評価のもう一つは、杜甫の詩が造物者が世界を創造したように、ことばによって世界を造り

出し、造物主に迫るほどの力を表現によって発揮していると讃えることです。そのために世界の万物は何もかもさらけ出され、表現の暴力に苦しむことになると、「薦士」の詩では語ります。これは孟郊を推挙する詩ですが、そのなかで詩の歴史を説いて、

勃興得李杜　勃興して李杜を得たり
萬類困陵暴　萬類　陵暴に困しむ

という句があらわれます。卓越した表現者は創造主と同じような働きを世界に加える、そのために万物は苦しめられると言います。

さらに韓愈・孟郊の「城南聯句」のなかで、叙述が詩会に及ぶ箇所で李杜に言及されます。

蜀雄李杜抜（愈）　蜀雄　李杜抜きんで
嶽力雷車轟　　　　嶽力　雷車轟く
大句斡玄造（郊）　大句　玄造を斡《めぐ》らし
高言軋霄崢　　　　高言　霄崢に軋《きし》む
芒端轉寒燠（愈）　芒端　寒燠を転じ
神助溢盃觥　　　　神助　盃觥に溢る

蜀の詩豪として李杜が突出する。五岳のような大きな力を雷のように轟かせて人々を驚かせた。桁外れの句は玄

妙な造化の働きに作用してこれを動かし、頭抜けた言葉は雲にそびえる山々を摩する。筆のきっさきで暑さ寒さも入れ替えてしまい、神の助けが手にする杯からも溢れてくる。（齋藤・川合訳。『韓愈詩訳注』第二冊、二〇一七、研文出版）

ここでは韓愈一人の発言ではなく、韓愈と孟郊が一体となって李杜を語ると捉えてよいでしょうが、李杜の詩は単に力が漲るというにとどまらず、世界を回転させ、季節をも換えるものであった、とことばを連ねています。

韓愈が杜甫について言及したことばは、ほかにもありますが、なぜかいつも必ず李白と一つに併せて述べていて、杜甫を単独で取り上げることはありません。元稹、白居易の杜甫評価は、杜甫を単独で挙げるだけでなく、李白と比較して李白より勝るというかたちで杜甫をたたえることがあります。韓愈はなぜいつも李杜と併称するかたちで讃えるのか、杜甫を単独で語らないのはなぜか、この問題は今後考えていかねばなりません。

ここまで見てきましたように、杜甫の文学のなかから、元稹、白居易、韓愈がそれぞれ自分の文学観に合致した要素を取り出し、さらに発展させたことは、実はすでに先人が指摘しています。朱彝尊は「白香山詩集序」のなかでこう語っています。

昔人謂大曆後、以詩名家者、靡不由杜出。韓之南山、白之諷諭、其最著矣。就二公論之、大抵韓得杜之變、白得杜之正、蓋各得其一體、而造乎其極者。

大暦以後の詩人は杜甫を経由していないものはない。韓愈の「南山詩」、白居易の諷諭詩がその最も顕著なものだ。二人についていうならば、韓愈は杜甫の変を、白居易は杜甫の正を自分のものとしている。それぞれに一体を得て、それを極限にまで至らしめたものだ。

朱彝尊が白居易について「正」というのは文学の正統的な面、具体的には諷諭詩を考えているのでしょうし、韓愈について「変」というのは規範を逸脱する面、具体的には奇怪な表現を駆使する面を指すと捉えてよいと思います。

このように韓愈は詩においては不羈奔放で破天荒なものを目指していたことがわかります。言い換えれば典雅で正統的な詩から意図的に離れた、詩の規範を逸脱した詩へ向かったということになります。こうした態度と、儒家の正統性を取り戻そうとする態度とは、一見相反するかのように見えます。両者をどのように結びつけるのか。韓愈という一人の人格のなかで二つはどのように繋がるのか、これも今後の課題ではないかと思います。

韓愈の詩は「押韻の文」（『冷斎夜話』の引く沈括の語）と言われたり、「詩に於ては本より解する所無し」（王世貞『藝苑巵言』）と言われたり、さんざんけなされてきました。先に韓愈の詩は今まで考えられていた以上におもしろいと申しました。おもしろいというのははなはだいい加減な言い方ですが、十分に文学性があるということです。それが理解されなかったのは、読み方に問題があるのではないかと考えます。それを見るために一つ作品を取り上げてみたいと思います。「東方朔の雑事を読む」という詩です。

1　巖巖王母宮　　巌巌《がんがん》たり王母の宮
2　下維萬仙家　　下は維《こ》れ万仙家
3　噫欠爲飄風　　噫欠《あいけん》すれば飄風と為り
4　濯手大雨沱　　手を濯えば大雨沱《た》たり

厳めしい西王母の宮殿、その下には何万という仙人たち。
あくびしただけで暴風となり、手を洗えばどしゃ降りの雨。

西王母の宮殿からうたい起こされます。西王母を中心としてあまたの仙人が蝟集する天界。天上ではささいなあくびが下界では大風となり、手を洗うわずかな水が豪雨をもたらす。天界と地上とではスケールがかくも違います。これはそのあとで東方朔が雷を発生させたことで地上に大災害をもたらす伏線となっています。

5　方朔乃豎子　　方朔は乃ち豎子《じゅし》
6　驕不加禁訶　　驕るも禁訶を加えず
7　偸入雷電室　　偸かに雷電の室に入りて
8　輷輘掉狂車　　輷輘《こうろう》として狂車を掉《ふる》う

東方朔はといえばただのこわっぱ。わがまましても叱られることはありません。
こっそりと雷さまの部屋に入って、がらがら戯《たわ》け車《ぐるま》を揺り動かしました。

この詩の主人公、東方朔が登場します。東方朔は「豎子」と規定されています。豎子は子供、あるいは僮僕というのがふつうの意味で、時には大人をののしる際に軽蔑をこめて用いられます。しかし豎子は文化のなかで別の意味も含んでいます。子供であるがゆえに大人とは違う、大人の秩序の外にあって、時に大人の世界を攪乱させる、異界の存在でもある。たとえば『左氏伝』成公十年に、「病入膏肓」の成語のもとになった話がありますが、そこでは「二豎子」、二人の子供が病気を引き起こします。

東方朔を「豎子」と言うことは、天界の西王母や仙人たちのなかで、彼が一人前とはみなされない、小さな存在であるとともに、大人の世界に侵犯する、異次元の存在であることをも意味しています。それゆえに異質な存在である東方朔は天界を攪乱するのです。

「驕」は子供ゆえの特性であって、子供は気ままで勝手な振る舞いをする。しかし子供ゆえにそれを厳しく責められることもない。子供のいたずらに過ぎない。いたずらをはしいままにする東方朔は、勝手に雷を起こす。そこには悪意があるわけではなく、単におもしろ半分のいたずらなのです。

9　王母聞以笑　　王母聞きて以て笑い
10　衛官助呀呀　　衛官も助けて呀呀《がが》たり
11　不知萬萬人　　知らず　万万の人の
12　生身埋泥沙　　生身　泥沙に埋まることを
13　簸頓五山踣　　簸頓《はとん》して五山踣《たお》れ
14　流漂八維蹉　　流漂して八維蹉《つまず》く

西王母はそれを聞いて笑い出し、禁衛の者たちも追従して大笑いです。

ところが下界では何万という人々が生きたまま土砂に埋もれたことはご存じない。

大地が揺れて五山も崩れ、洪水は八本の大綱もなぎ倒しました。

東方朔のいたずらも、いたずらに過ぎないゆえに西王母は「笑」ってとがめることはしません。しかし天界における東方朔のちょっとした悪さが、地上では大地が崩壊するほどの大災害をもたらしました。

15　曰吾兒可憎　　曰く　吾が児　憎むべし
16　奈此狡獪何　　此の狡獪を奈何せん
17　方朔聞不喜　　方朔聞きて喜ばず
18　褫身絡蛟蛇　　身を褫《は》ぎて蛟蛇を絡う
19　瞻相北斗柄　　北斗の柄を瞻相し
20　兩手自相捘　　両手　自ら相い捘《も》む

「坊やはとってもいけない子。この悪さはどうしましょう」。

それを聞いた東方朔はおもしろくありません。体を剥ぎ取って蛇の皮をまといます。

北斗星の柄をじっと見据えて、腕をさすって何かしでかそうとするありさま。


勝手に雷を起こした悪戯には「笑う」に留まった西王母も、下界に大きな被害を及ぼしたとなると、見過ごすことはできません。西王母は東方朔を「吾兒」と呼んでいます。先の「豎子」に連なりますが、「吾兒」は親しさを籠めた愛称であり、そしてまた西王母と東方朔の関係が「母――子」の関係に擬するものであることが示されます。「可憎」もそのまま受け取るべきではないと思います。愛する対象に向かって、愛情の表白もしくは愛情の成就されないいらだちを、このように軽侮、憎悪を装った言葉であらわすことは恋のうたにはよくあります。「吾兒可憎」も叱責の言葉でありながら、そこに西王母の東方朔に対する好感を含んだ言い方といってよい。「いけない人ね、この子は」といった言い方でしょう。

東方朔の悪戯を西王母は「狡獪」と言う。「狡獪」の語も文字通りには狡猾の意ですが、「いたずら」の意味もあります。そうすると西王母の言葉は「このいたずらをどうしましょう」といったところになります。

西王母が自分のいたずらをなんとかしてくれようと考えていることを知った東方朔は、おもしろくない。「褫身絡蛟蛇」とは人のかたちをしていた着ぐるみを脱いで蛟蛇に変身することではないでしょうか。東方朔は実は正体がしれないもので、変幻自在なのです。

「蛟蛇」に変身した東方朔は、北斗七星の柄をじっと見据えて、両手を揉んでいるのは、北斗七星の柄で何かをしでかそうとしているかのようです。さらに一暴れされてはたまらない。天界では東方朔への非難が嗷嗷と巻き起こります。

21　羣仙急乃言　　群仙急に乃ち言う
22　百犯庸不科　　百犯庸《なん》ぞ科《つみ》せざらんや
23　向觀睥睨處　　向《さき》に睥睨する処を観れば
24　事在不可赦　　事　赦すべからざるに在り
25　欲不布露言　　布露して言わざらんと欲すれども
26　外口實諠譁　　外口　実に諠譁なりと

仙人たちがあわてて言います、「これまでの罪の数々、罰しないわけにはいきません。

さきほどの傲慢な態度を見ると、何をしでかすかわからない。もはやほってはおけません。表沙汰にはしたくありませんが、外ではまったく大騒ぎになっています」。

東方朔が暴れ出すそぶりをしたので、仙人たちも黙ってはいられない。急いで西王母に進言します。先には「衛官」と同じように笑っていたかもしれませんが、東方朔の攻撃的な態度には対応しなければなりません。「急」は東方朔の不穏な動きを知って大急ぎでといった意味でしょう。「百犯」とは、東方朔が天界でこれまでに犯してきた罪の数々。東方朔の「睥睨」——傲慢な様子を見ると、何をしでかすかわからない。ほってはおけません。表沙汰にしたくはありませんが、外ではまったく大騒ぎになっています。

27　王母不得已　　王母　已むことを得ず
28　顔嚬口齎嗟　　顔を嚬めて口齎嗟《しさ》す
29　頷頭可其奏　　頭を頷《うなず》きて其の奏を可し
30　送以紫玉珂　　送るに紫の玉珂を以てす

西王母もやむをえず、顔をしかめ、ためいきをもらします。うなずいて上奏を許可、紫の宝玉を餞別に送り出しました。

西王母は東方朔を困りものとは思っても、追放はしたくなかった。しかし「群仙」の申し立てにもはやあらがえません。天界から送り出すのにいかに不本意であったかを示すのが、「顔嚬」「口齎嗟」「頷頭」、つまり顔、口、頭という表情・態度を豊かに示す身体部位のしぐさによって西王母の東方朔に対する愛着があらわれています。餞別の品は「紫玉珂」、馬の頭につける紫の宝玉。

31　方朔不懲創　　方朔　懲創せずして
32　挾恩更矜誇　　恩を挾みて更に矜誇す

東方朔はいっこうに懲りるようすもなく、かわいがられるのをいいことにいっそう身勝手に振る舞います。天界を追われた東方朔は、33に至って始めてはっきりわかることですが、漢武帝の宮殿に入ります。しかしそこでも懲りることなく、武帝の恩愛をたよりにいっそうわがままに振る舞います。

33　詆欺劉天子　　劉天子を詆欺して
34　正晝溺殿衙　　正昼に殿衙に溺《いばり》す
35　一旦不辭訣　　一旦　辞訣せずして
36　攝身凌蒼霞　　身を摂して蒼霞を凌ぐ

漢の武帝をあしざまに言ったり、昼日中に宮殿のなかでいばりをするしまつ。そして或る日、別れの挨拶もしないまま、体を振りかざすと蒼い雲を超えて飛び去って行きました。

以上が東方朔をうたった韓愈の詩の全体ですが、さてこの詩についての過去の批評は、おおむね韓愈の同時代の朝廷における邪悪な人物を批判すると解しています。

宋の韓醇は皇甫鎛と程异が権力を奮ったのを指すとします（魏仲舉『新刊音辯昌黎先生文集』所引。公時爲右庶子、而皇甫鎛・程异之徒乃用事、元和十一年也。雜詩及讀東方朔雜事・譴瘧鬼、皆指事託物而作也）。

洪興祖は具体的な人名は挙げませんが、君恩を受けて権力をほしいままにする人を批判したといいます（魏本所引。退之不喜神仙、此詩譏弄權挾恩者耳）。

清の朱彝尊は武則天の時の時事を批判する（刺天后時事）、方世挙は張宿なる者を批判する（刺張宿也）と言います。張宿は『旧唐書』本伝によると、布衣の時から諸王であった憲宗に取り入り、東宮時期、即位後、さらに寵愛を得て、朝臣の批判、反対を受けたとありますが、彼の事迹と詩とを方世挙は一々対応させています。王元啓は方世挙の説を支持しながらも、事迹との対応には牽強付会があると言います（考宿本傳、方説良是。但其依比事實、頗多牽強繆戻之失）。さらに陳沆は憲宗が用いた宦官の吐突承璀を批判したとします（此爲憲宗用中官吐突承璀而作也）。そして銭仲聯氏も陳沆の説に与しています（陳説較核、茲據以繫年）。

このように誰を批判するかについては意見が分かれるものの、共通しているのは、東方朔を邪悪な人物としたうえで、同時代のそれに該当する人物を探っていることです。注釈者が比定する唐代の人物はいずれも権力を求めて暗躍する人たちです。銭仲聯氏に至るまでその読み方から出ていません。ところが詩のなかの東方朔はこれまでに見てきたように、権力を求めて画策し、悪事を企んだわけではなく、単に児戯に等しいいたずらをしただけです。東方朔に借りて官界の邪悪な人物を批判したとするのは、東方朔に対する捉え方が間違っているのではないでしょうか。注釈者たちがこのように解釈するのは、詩は美刺を旨とするものだという思い込み、詩の読み方の伝統的な規制が作用しているのではないのでしょうか。

過去の注釈のなかで、ただ顧嗣立『昌黎先生詩集注』の引く兪瑒のみが、批判説とは異なる説を述べています。彼は洪興祖の批判説を否定し、「双鳥詩」と同じように文人が造化を弄ぶことをうたった詩と解釈します（此詩興祖以爲譏弄權者、観結語云云、殊不然也。意亦指文人播弄造化、如雙鳥詩云爾。不然何獨取方朔而擬之權倖邪）。では彼が「獨東方朔雜事」詩と類似するとする韓愈の「双鳥詩」はどんな作でしょうか。

1　雙鳥海外來　双鳥　海外より来たり
2　飛飛到中州　飛飛として中州に到る
3　一鳥落城市　一鳥　城市に落ち
4　一鳥集巖幽　一鳥　巖幽に集《と》まる
5　不得相伴鳴　相い伴いて鳴くことを得ず
6　爾來三千秋　爾来　三千秋
7　兩鳥各閉口　両鳥　各おの口を閉じ
8　萬象銜口頭　万象　口頭に銜む
9　春風卷地起　春風　地を巻きて起こり
10　百鳥皆飄浮　百鳥　皆な飄浮す
11　兩鳥忽相逢　両鳥　忽ち相い逢い
12　百日鳴不休　百日　鳴きて休まず
13　有耳聒皆聾　耳有るは　聒《かまびす》しくして皆な聾し
14　有口反自羞　口有るは　反って自ら羞ず

百舌舊饒聲　百舌　旧《も》と饒声なるも
從此恆低頭　此れ従り　恒に頭を低る
得病不呻喚　病を得るも呻喚せず
泯默至死休　泯黙して死に至りて休む
雷公告天公　雷公　天公に告ぐ
百物須膏油　百物　須く膏油なるべし
自從兩鳥鳴　両鳥の鳴きて自《よ》従り
聒亂雷聲收　聒乱して雷声収まる
鬼神怕嘲詠　鬼神は嘲詠を怕れ
造化皆停留　造化　皆な停留す
草木有微情　草木　微情有るも
挑抉示九州　挑抉して九州に示す
蟲鼠誠微物　虫鼠　誠に微物なるも
不堪苦誅求　苦だ誅求するに堪えず
不停兩鳥鳴　両鳥の鳴くを停めざれば
百物皆生愁　百物　皆な愁を生ぜん
不停兩鳥鳴　両鳥の鳴くを停めざれば
自此無春秋　此れ自り　春秋無からん
不停兩鳥鳴　両鳥の鳴くを停めざれば

34 日月難旋斡　日月も斡を旋らし難からん
35 不停兩鳥鳴　両鳥の鳴くを停めざれば
36 大法失九疇　大法も九疇を失わん
37 周公不爲公　周公も公為らず
38 孔丘不爲丘　孔丘も丘為らず
39 天公怪兩鳥　天公　両鳥を怪《いぶか》り
40 各捉一處囚　各おの一処に捉えて囚う
41 百蟲與百鳥　百虫と百鳥と
42 然後鳴啾啾　然る後に　鳴きて啾啾たり
43 兩鳥既別處　両鳥　既に別れて処り
44 閉聲省愆尤　声を閉じて愆尤を省る
45 朝食千頭龍　朝に千頭の龍を食らい
46 暮食千頭牛　暮に千頭の牛を食らう
47 朝飲河生塵　朝に飲めば　河　塵を生じ
48 暮飲海絶流　暮に飲めば　海　流れを絶つ
49 還當三千秋　還た三千秋に当たりて
50 更起鳴相酬　更に起ちて鳴きて相い酬いん

二羽の鳥が海の向こうからやってきた。飛び続けて中国にまで来た。

一羽は町に降り立ち、一羽は山のなかに止まった。
一緒にさえずることができず、そのまま三千年が過ぎた。
二羽の鳥はどちらも口を閉ざし、森羅万象は口元に含んだまま。
春の風が地を巻き上げて吹き出すと、ありとあらゆる鳥たちが空を舞う。
二羽の鳥もふと出会い、それから百日もの間さえずり続けた。
耳有る者はその騒がしさに難聴になり、口有る者は恥ずかしくて声を失う。
モズはもともとおしゃべりな鳥だが、こうなるとずっと頭を垂れたまま。
病気になってもうめくこともせず、押し黙ったまま死んでしまう。
雷様がお天道様に告発、「万物みな恵みを受けるべきなのに、
二羽の鳥が鳴き出してからは、うるさくて雷鳴も止んでしまいました。
鬼神はあざけられるのを恐れ、造化の働きはすべて停止。
草木にも小さな心はありますが、それをえぐり出して世界中に見せてしまいます。
虫やネズミは実に小さな生き物ですが、要求には堪えきれません。
二羽の鳥の声をやめさせなければ、万物みな悲嘆するばかりです。
二羽の鳥の声をやめさせなければ、これからは春も秋もなくなってしまいます。
二羽の鳥の声をやめさせなければ、太陽も月も運行がむずかしくなります。
二羽の鳥の声をやめさせなければ、宇宙の法則も九つの原理をなくします。
周公も周公でなくなり、孔子も孔子でなくなります」。
お天道様は二羽の鳥を危なく思い、それぞれを一つの場所に閉じ込めた。

すべての虫、すべての鳥は、それからは声を挙げることができた。
二羽の鳥は離ればなれになってから、声を閉ざして罪を反省。
朝には千頭の龍を食らい、夕べには千頭の牛を食らう。
朝に川の水を飲めば川はひからびて塵が立つ。夕べに海の水を飲めば流れは無くなる。
これからまた三千年が過ぎた時には、もう一度起き上がって鳴き交わすことだろう。

この詩に関してはさすがに政治上の誰かを批判したものとする解釈はないようです。従来の解釈はまず二つに分けられます。双鳥を釈老とするものと詩人とするものです。釈老説は作者は双鳥を批判すると捉えます。これは韓愈が仏教嫌いであったという前提と詩のなかで周公・孔子も否定されるという点などから導かれたものでしょう。釈老説は双鳥を批判すると捉えるのですが、それは当を得ていません。詩のなかで双鳥に対して雷公が弾劾し、天公が罰を与えるものの、それは双鳥が万物に迷惑を被らせるからであって、詩の話者はむしろ本来のありかたを発揮できない双鳥の悲しみに同情していることを見逃すことはできません。

双鳥を詩人と解する説も、李杜か韓孟かに分かれますが、いずれにせよ表現者と捉えるのは納得がいきます。表現者を「鳴く」という比喩で言うのは、韓愈の「孟東野を送る序」にも「大凡《およそ》　物は其の平らかなるを得ざれば則ち鳴る」と書き起こされ、その「鳴」は鳥に限定されず、季節ごとに春は鳥、夏は雷、秋は虫、冬は風と、それぞれの自然物の「鳴」を語ったあとに、各時代の卓越した表現者を「善鳴者」として列挙しています。

「双鳥詩」の「双鳥」が「鳴く」ことによって世界の秩序を破壊するほどの衝撃を与える、万物は彼らによってさらけだされてしまう、というのは、先に見た「薦士」詩、「感春四首」其一などからわかるように韓愈の文学観をよく示すものです。その表現者を李杜に比定するか韓孟とするかについては、厳格に区別しなくてもよいでしょう。

韓愈は韓愈と孟郊の関係を、李白と杜甫の関係になぞらえることがあります。「酔いて東野を留む」詩に「昔年李白杜甫の詩を読むに因りて、長く恨む二人の相い従わざるを。吾と東野と生れて世に並ぶ、如何ぞ復た二子の蹤を躡まんや」。これは孟郊との交遊を李杜の交遊に比したものですが、李白・杜甫の詩のありかたは、韓愈自身の目指すところでもあったはずです。したがって双鳥は李杜でもあり、同時に韓孟でもあると解していいのではないでしょうか。あるいは誰と特定する必要はなく、韓愈が考える表現者の宿命、悲哀と捉えることもできるでしょう。

さて先に見た「東方朔の雑事を読む」詩について、兪瑒のみが批判説に否を唱え、「双鳥詩」と同じだと見なしていました。確かに両詩は共通するところがあります。一は東方朔も双鳥もその行動、振る舞いが周囲の顰蹙を買うところ。二はそのために両者はいずれも不幸を余儀なくされるところ。東方朔は天界からも漢の宮廷からも追放され、行き場を失います。双鳥は二羽ともにあってこそ存分に鳴くことができるのに、離ればなれにされて幽閉の憂き目を見ます。三はそのような不遇な目にあった東方朔、双鳥に対して作者は同情の念を抱いているところ。

以上のような点は両詩に共通するといえるのですが、しかし内実はかなり相違があります。双鳥が不幸を余儀なくされたのは、「鳴く」こと、つまり彼らの言語表現によって周囲、自然、世界に混乱を招いたことでした。東方朔の場合は、いたずらによって周囲の顰蹙を買ったのでした。そのいたずらは勝手に雷を起こす、宮廷でいばりをするといった、悪意を伴わない、おもしろ半分の遊びでした。卓越した表現者の悲哀を語る「双鳥詩」といたずら者の顚末をなぞった「東方朔の雑事を読む」詩とは、そこが決定的に異なります。では東方朔のいたずらを書いた「東方朔の雑事を読む」詩はいったい何を言おうとしたものなのでしょうか。

天界にあっては西王母に愛されながらもいたずらで混乱を招く、人間世界の宮中にあっては漢の武帝の愛顧を受けながらも、悪さをする、これはまさに trickster そのものの姿です。trickster は権力者のそばにかしずきながら、いたずらをすることによって秩序を混乱させる。中国におけるこの典型は孫悟空であり、孫悟空も天界追放の憂き目を見ました。東方朔もそれと同じかたちに造型されたキャラクターでしょう。tricksterという概念をもってくることによって、東方朔の役割はみごとに説明できるように思われます（補）。

しかしtricksterを描いたというだけでは、まだこの詩が何を言いたかったのかに届きません。いたずら者の東方朔は、韓愈の詩のなかでは、どこにも身を落ち着けることができない、行き場のない存在の悲哀を語っていると考えます。どこにも居場所のない者の悲哀、それこそがこの詩の重要な要素ではないでしょうか。自分の本性のままの生き方に従い、そうせざるを得ない行動に走る、それが周囲の反感を買い、どこからも追放される存在、その悲しみが籠もった詩と捉えることができそうです。

韓愈の詩が従来評価が低かったのは、先に挙げた旧注の読解が示すように、もともと型破りの詩を従来の型に合わせて読んできたためではなかったでしょうか。型に縛られずに読み直すことによって、韓愈の詩はあらたによみがえります。それは韓愈の詩のみならず、中国の文学の豊饒さを掘り起こすことにもつながると思います。わたしたちの前には、今の時代に即して読み返されるべき作品がたくさん待っています。わたしたちの読みもまた過去のそれと同じように、時代の制約を免れないものなのでしょうが、しかし今の時代の読みを呈して次の時代に伝えることがわたしたちの責務だろうと思っています。

補：東方朔の道化としての面については、すでに大室幹雄氏が詳細に論じておられます。「羽化登仙した滑稽者——東方朔の〈狂〉について」（『新編　正名と狂言——古代中国知識人の言語世界』、一九八六、せりか書房、所収）。これについては石本道明教授よりご教示を受け、資料をいただきましたことを、謝意をこめて記します。

《周易》辯證思維與韓愈的古文創作

王 永

《易·繫辭上》：“一陰一陽之謂道，繼之者善也，成之者性也。”又云：“是故《易》有太極，是生兩儀。兩儀生四象。四象生八卦。八卦定吉凶，吉凶生大業。”“兩儀”，舊說指天地，現在一般認為即是陰陽，如《黃帝四經》云“判而為兩，分為陰陽”之意；“四象”，即“少陽、老陽、少陰、老陰”。《易·繫辭下》云：“《易》之為書也，廣大悉備。有天道焉，有人道焉，有地道焉。兼三才而兩之，故六。六者，非它也，三才之道也。”《易·繫辭上》又云：“六爻之動，三極之道也。”對此“三極”，一般認為“三極”即“三才”之極，“就單卦（三畫卦）而言，在下者為地道，在中者為人道，在上者為天道”[1]。按《周易》的思維體系，在陰陽辯證的基礎上，可以形成由一位到六位的多重組合，《周易》正是在二元辯證基礎上逐層疊加形成的分析體系，一位則為陰陽；二位則為四象；三位則為八個單卦；六位則為六十四卦。二與三則是形成六位辯證組合的基礎單位，所以，“兩儀”（A/B）、“四象”（A/B，A/B）、“三才”（A/B，A/B，A/B）是《周易》思維體系的基礎。

《易》為儒家“五經”之一，作為儒家思想在唐代重要的繼承和傳揚者，韓愈對《周易》的諳熟可想而知[2]。在古文創作方面，韓愈對《易經》的直接運用遠不如宋代古文家頻繁，在理論建樹方面，也沒有單就《周易》生發出重要的論斷，但在《進學解》中羅列百家淵源時用〝《易》奇而法〟[3]一句做了精彩的概括。正是這簡單的一句，足以勾連起韓愈對《周易》的受容。所謂〝奇而法〟，也即是蘇軾所說的〝出新意於法度之中〟，正是在這篇評論吳道子畫作的文章中，蘇軾還將詩家杜甫、文家韓愈與之相並，稱許為〝而古今之變，天下之能事畢矣〟。（《書吳道子畫後》[4]）在一定的結構原則基礎上靈活求變，正是韓愈的文風追求並最終實現了的文風特色，[5]然而，《周易》究竟給了韓愈怎樣的思維模式和古文結構，尚無人深入回答。

一、韓文中〝兩儀〟、〝四象〟與〝三才〟思維的體現

韓愈運用辯證思維的古文，可以用《獲麟解》為例說明：

麟之為靈昭昭也。詠於《詩》，書於《春秋》，雜出於傳記百家之書；雖婦人小子，皆知其為祥也。然麟之為物，不畜於家，不恒有於天下。其為形也不類，非若馬牛犬豕豺狼麋鹿然；然則，雖有麟，不可知其為麟也。

角者吾知其為牛，鬣者吾知其為馬，犬豕豺狼麋鹿，吾知其為犬豕豺狼麋鹿，惟麟也不可知。不可知，則其謂之不祥也亦宜。

雖然，麟之出，必有聖人在乎位。麟為聖人出也；聖人者，必知麟，麟之果不為不祥也？

又曰：麟之所以為麟者，以德不以形。若麟之出不待聖人，則謂之不祥也亦宜。[6]

這篇短文韓愈分四層來說祥／不祥／不為不祥／不祥，就是從正反兩方面反復辯證地呈現〝麒麟〟（象徵人才）的遭遇，最後推出對賞識人才者的呼喚。祥是基於載記；不祥是基於形態；祥是基於位；不祥是基於時。就這樣，從不

同角度的要素上（按《周易》講是爻位）探究了人才的命運邏輯。"四象"，也就是疊加一層的辯證體系，易學裡稱之為"太陽"、"太陰"、"少陽"、"少陰"。我們可以看韓愈那篇《爭臣論》：

在《易·蠱》之"上九"云："不事王侯，高尚其事。"《蹇》之"六二"則曰："王臣蹇蹇，匪躬之故。"夫不以所居之時不一，而所蹈之德不同也？若《蠱》之上九，居無用之地，而致匪躬之節；以《蹇》之六二，在王臣之位，而高不事之心，則冒進之患生，曠官之刺興，志不可則，而尤不終無也。

今陽子在位不為不久矣。聞天下之得失不為不熟矣。天子待之不為不加矣；而未嘗一言及於政。視政之得失，若越人視秦人之肥瘠，忽焉不加喜戚於其心。問其官，則曰諫議也；問其祿，則曰下大夫之秩也；問其政，則曰："我不知也"。有道之士，固如是乎哉？⑦

"王臣蹇蹇，匪躬之故"可以稱之為太陽（AA），"不事王侯，高尚其事"，可以稱之為太陰（BB）。"居無用之地，而致匪躬之節"（冒進）可以稱之為少陽（BA），"在王臣之位，而高不事之心"（曠官）可以稱之為少陰（AB）。韓愈正是應用這樣的思維模式批評了在其位而不謀其政的御史大夫陽城曠官之實。

如果在"四象"的基礎上再疊加一層陰陽辯證，就是"三才"。三才是《易傳》提出的一個重要思維框架。天、人、地這"三才"是組成六爻的基石，也是中華文化一種認識世界的獨特思維方式。

這種天、地、人三觀之法是非常具有實效的思考角度，"天時"、"地利"、"人和"因此也就成為傳統文化中經常被運用的要素。換個術語說，天道，是"時"；地道，是"位"；人道，是"勢"。《易·說卦》云："昔者聖人之作《易》也，將以順性命之理。是以立天之道曰陰與陽，立地之道曰柔與剛，立人之道曰仁與義。兼三才而兩之，故《易》六畫而成卦。"《說卦》在每一個三才要素上又明確了辯證的對立範疇，即辨明"時"的"陰／陽"，辨明"位"的"柔／

剛〞，辨明〝勢〞的〝仁／義〞，這樣就形成了一個完整的現象觀察模式，〝三才〞的有無、動靜與境遇的吉凶、悔吝密切相關。

其實從〝三才〞這個視角切入，可以讓我們更清晰地看到《周易》對韓愈古文的深刻影響。韓愈的《原人》是一篇直接體現三才思維的例子：

形於上者謂之天，形於下者謂之地，命於其兩間者謂之人。形於上，日月星辰皆天也；形於下，草木山川皆地也；命於其兩間，夷狄禽獸皆人也。曰：〝然則吾謂禽獸人，可乎？〞曰：〝非也。指山而問焉，曰：山乎？曰：山，可也。山有草木禽獸，皆舉之矣。指山之一草而問焉，曰：山乎？曰：山，則不可。〞

天道亂，而日月星辰不得其行；地道亂，而草木山川不得其平；人道亂，而夷狄禽獸不得其情。天者，日月星辰之主也；地者，草木山川之主也；人者，夷狄禽獸之主也；主而暴之，不得其為主之道矣。是故聖人一視而同仁，篤近而舉遠。(8)

這裡第一層提出了天人地三才的布局。第二層分別把天落實為日月星辰，把人落實為夷狄禽獸，把地落實為草木山川，並就夷狄禽獸闡明人即是生靈之總稱。第三層將天人地三才以〝道〞的（治亂辨證）統觀，點明〝一視而同仁，篤近而舉遠〞的皇极治平之道，這也就是《易·繫辭》〝繼之者善也，成之者性也〞的發揮應用。

在對實際問題的面對中，韓愈並非一定要面對三種要素面面俱到地進行分析，而是常常要針對具體問題著重從勢的角度拉开时空格局来进行分析，這也要求我們必須結合具體作品對這〝時〞、〝位〞、〝勢〞這三個要點的展現進行分別的深入探析。

二、〝天時〞：穿越古今的上下求索

实际上，天時是一個人最難以決定的外部力量，即便是不世出的偉人，如果生不得逢其時，也難免被埋沒於當世。文人的性格中本來就有與現實相隔閡的理想化和批判性的成分，這又增強了他們對處世的憂患，天時始終橫亙在以寂寞聖賢自居的韓愈散文中，成為揮之不去的一個情結。

《送董邵南序》是韓愈散文中頗受重視的一篇，對於此文，〝妙在轉折〞、〝婉而多諷〞等評價不勝枚舉，然而真正將其結構脈絡剖析出來的評點卻難見到。其實，如果從〝三才〞的角度來分析，倒是十分清晰：

> 燕趙古稱多感慨悲歌之士。董生舉進士，連不得志於有司，懷抱利器，鬱鬱適茲土。吾知其必有合也。董生勉乎哉！
>
> 夫以子之不遇時，苟慕義強仁者皆愛惜焉。矧燕趙之士出乎其性者哉？然吾嘗聞風俗與化移易，吾惡知其今不異于古所云邪？聊以吾子之行卜之也。董生勉乎哉！
>
> 吾因子有所感矣。為我弔望諸君之墓，而觀於其市，複有昔時屠狗者乎？為我謝曰：〝明天子在上，可以出而仕矣[9]！〞

韓愈對於董邵南的〝不遇時〞（今）、〝鬱鬱適茲土〞（京）、〝連不得志於有司〞（臣）是深切同情的，悲歎了其在京師當前的處境是三才皆不利，與懷抱利器的仁人志士願望不相吻合，使人不能不生出對〝古〞時〝燕趙之地〞的〝慕義強仁者〞的嚮往。行文之中，痛惜之情溢於言表，正是文章動人之處。〝時〞不可改，〝董邵南希望通過改變所處環境（位）投奔河北藩鎮來擺脫困境以求〝勢〞之合。對這個決定，韓愈非常理解，但並不認同。出於友情的考慮，他沒有直接反對，而是採取了婉諷的方式。在第一層的結論〝吾知其必有合也〞之后馬上又轉而言曰：〝然吾嘗聞風俗與化移易，吾惡知其今不異于古所云邪〞，這裡蘊含著深刻的〝周流變化〞的易學思維，先肯定了此行的地與人之吉，又將這種吉利歸之于〝古〞，為〝今〞的再次論證留下餘地。文章最後說：〝明天子在上，可以出而仕矣〞，以〝勢〞为突破口，韓愈用〝明天子〞來否定現實的〝有司〞，使得今之〝時〞与京師之〝地〞全部随之〝陽變〞。當然，實際上所謂的明天子當時還不是現實，乃是韓愈在過去與現實的時間軸上面向未來的建構與呼喚。

另如一篇經典的古文《祭鱷魚文》。作者先講古時候聖王在位，鱷魚不得天時，不敢在潮州囂張為患，然後講後代天子德行衰薄，所以鱷魚乘時出來水邊群體作怪，最後說現在聖明皇帝臨朝（如古），鱷魚應當自動退避遠海。

韓愈在《原道》篇中，充分展現了他對〝三代〞時期的追慕，在古今辯證上明顯趨向于古。由思想到聖賢，韓愈對夏商西周這些時代的思想和聖賢進行了浪漫的描述，其實主要抒發的是對世風日下的感慨。這種感慨之中有追戀，也有禮贊和呼喚。

三、地利：中心与边缘的双重辯證

正如上文已經涉及，所謂〝地之道〞，在大一統時期，主要體現為京師與地方的中心與邊緣關係。這是一重，另一重則是權力體系中的中心與邊緣，兩者往往是結合在一起的。這兩重〝位〞對於士人的前途是非常重要的。

青年時代的韓愈，〝人勢〞既然無可借助，〝天時〞又無力可為，韓愈只能謀求在地利的改變上尋找出路，於是离开长安前往東都洛陽。在路上，自居為人才而離京的韓愈在《感二鳥賦》中與因羽毛漂亮而被進奉入京的西隻鳥展開了命運的對話。這個對話是天時、地利、人和三方位的，但是主題卻是京師與道路這種空間的爭奪，正是〝東西行者皆避路〞引發了韓愈的感慨。他說：

因竊自悲。幸生天下無事時，承先人之遺業，不識干戈耒耜、攻守耕獲之勤，讀書著文，自七歲至今，凡二十二年。其行己不敢有愧於道，其閒居思念前古當今之故，亦僅志其一二大者焉；選舉於有司，與百十人偕進退，曾不得名薦書，齒下士于朝，以仰望天子之光明。今是鳥也，惟以羽毛之異，非有道德智謀承顧問贊教化者，乃反得蒙采擢薦進，光耀如此。故為賦以自悼，且明夫遭時者，雖小善必達；不遭時者，累善無所容焉[10]。

二鳥是“遭時”，韓愈是“不遭時”；二鳥是得勢，韓愈是失勢；二鳥是進，韓愈是退，河阳的前景還吉凶未卜，不怪乎韓愈大發牢騷了。

元和十四年，時任刑部侍郎的韓愈犯顏直諫，勸阻憲宗將一段佛骨迎入宮內，結果被貶官潮州刺史，在任上，他再一次展開了對京師的追求。韓愈《潮州刺史謝上表》云：

臣少多病，年纔五十，髮白齒落，理不久長；加以罪犯至重，所處又極遠惡，憂惶慚悸，死亡無日。單立一身，朝無親黨，居蠻夷之地，與魑魅為群，苟非陛下哀而念之，誰肯為臣言者？[11]

文章寫得真誠懇切，主要還是從環境著眼，借表彰天時、哀告地理，自歎孤寒來爭取皇帝的同情，而最終目的還是向京師的空間轉移。又云：

當此之際，所謂千載一時不可逢之嘉會。而臣負罪嬰釁，自拘海島，戚戚嗟嗟，日與死迫，曾不得奏薄伎於從官之內、隸禦之間，窮思畢精，以贖罪過，懷痛窮天，死不閉目，瞻望宸極，魂神飛去。[12]

這篇文章引起了宋代知識份子的普遍不滿。歐陽修、司馬光、王安石、洪邁等人都發表過意見，認為韓愈在仕途困頓時有點缺乏氣節。歐陽修《與尹師魯第一書》云：“每見前世有名人，當論事時，感激不避誅死，真若知義者，及到貶所，則戚戚怨嗟，有不堪之窮愁形於文字，其心歡戚無異庸人，雖韓文公不免此累。[13]”洪邁云：“《謝表》云：‘臣于當時之文……伏惟天地父母，哀而憐之。’考韓所言，其意乃望召還。憲宗雖有武功，亦未至編之《詩》、《書》而無愧。至於‘紀泰山之封，鏤白玉之牒’、‘東巡奏功，明示得意’等語，摧挫獻佞，大與《諫表》不侔[14]。”這個批評還是很重的。

其實，唐代知識份子的生存氛圍遠不如宋代。宋代知識份子的階層意識強烈，能夠相互為言（盡管也相互攻擊），宋代官員的貶謫現象非常普遍，貶謫主要是出於朝廷為了調停和平息朝內紛爭的緣故，因此多數都只是暫時的，真正有才華的知識份子不會被輕易埋沒。宋代又是文治時代，知識份子和皇帝的關係相對唐代由立體趨平行，可謂得時。而唐代則不同，若非如此請求，不僅性命難保，內還無望，功名無成、而且文章也會被埋沒，韓愈與皇帝的對抗、對道義的堅執並不會有一個可以確信的聲名依託，基本是徒勞而不務實的，儘管我們不贊同韓愈文中是非不分、尺度過大的阿諛言辭，但也應該對這位文學家求情于皇帝給予時代性的諒解。

在韓愈的古文中，從空間上來看樹立起了一個牢固的〝中心〞與〝邊緣〞的辯證關係，那就是京師是中心而地方是邊緣。這是帶有極強儒家色彩的空間觀念；按道家來說，則是山林是中心而廟堂是邊緣；按佛教來說，則是中心與邊緣的雙重否定，所謂〝應無所住，而生其心〞（《金剛經》）。我們看柳宗元的山水遊記，也可以從這個框架下看，我們看到柳宗元既在永州西山〝心凝形釋〞（《始得西山宴遊記》），可是又歎息永州的山水是〝勞而無用〞（《小石城山記》），可見內心世界極為矛盾複雜，而〝此心安處是吾鄉〞的蘇軾，則見出深受佛禪的影響。

作為京師之地的附屬概念，權位也是韓愈很注重的目標。我們如果從韓愈整個的人生歷程和散文創作中看，韓愈對官位的認識是獨特的，他的目的不是求官，而是希望能借此用權，做一些積極的事情。一個能夠發揮他文學才能、實現政治抱負的的位置才是他所追求的。如他《與孟尚書書》云：〝孟子雖賢聖，不得位，空言無施，雖切何補？〞〝君子居其官，則思死其官〞（《爭臣論》），這正是韓愈對於權位的理解，他堅決反對尸位素餐的瀆職行為，而又有特別注重言權，我們可以看到，他幾乎在每一個職位上都充分發揮了這個職位所能帶來的言論權。並且他生平經歷的那些坎坷幾乎都與過度使用這種權利有關。請罷宮市、彈劾柳澗、諫阻佛骨，韓愈的求官，最後還是為了用官，在這樣的時候，韓愈是不顧個人安危的。韓愈反對所謂功成身退、明哲保身的說法。史傳范蠡泛舟五湖前曾勸說文種也全身遠禍，文種不聽，遂至遇害。韓愈在《范蠡招大夫種議》中直接運用三才之道來評事，認為權位就是用來與人主休戚與共的，離開人主給予的權位就等於放棄了人主的事業，這是為人所不應取的。正是對權位的上述理解才導致了韓愈對它的追求，也因此導致了他對權位的幾度失落。

四、人和：从宰相到天子的反復叮咛

韓愈本是河陽人，其自附郡望昌黎或遠紹昌黎韓氏，就包含著造勢與借勢的用意。盡管隋唐以後科舉考試已經推行，但是魏晉以來門閥觀念仍然勢力強大。又加之進士錄取名額十分稀少，舉薦之風盛行，在請托之時自謂望族，無疑是人勢上的陽變之舉。在應舉時為了得到當權者的幫助，增加人氣，這也是不得已之為。除了調整郡望以造勢，韓愈散文中更多的是干謁當權以借勢。

韓愈出身孤寒，應考禮部進士與參加禮部銓選就用了近十年的時間，用他自己的話說：“四舉於禮部乃一得，三選於吏部卒無成”（《上宰相書》）。漫長的求官歷程中，韓愈深深認識到“勢”的重要性。這封上書中韓愈主要是希望當權者能以古代樂育賢才的名相自比，通過對伯樂的呼喚和培育來為自己的仕途創造機遇。在第一封上宰相書沒有回音之後，韓愈仍不放棄，於是又有《後十九日復上書》。在這篇書信中，韓愈對宰相可能懷有的藉口或者說心裡可能存有的意識進行了設辯，他說：“或謂愈：子言則然矣，宰相則知子矣，如時不可何？愈竊謂之不知言者。誠其材能不足當吾賢相之舉耳。若所謂時者，固在上位者之為耳，非天之所為也。[15]”在這裡，韓愈主要處理的是“人”與“天”這兩個要素之間可能存在的齟齬，意圖封死對方的退路。如果宰相藉口天時不利於韓愈這樣的人才，那麼韓愈已經告訴他了，在朝中掌權者可以運用手中的權力改變天時，為人才創造出施展才華的條件。

兩封書信韓愈分別採取了鼓勵和懇請兩種截然不同的方式，然而受到的冷落是相同的，於是韓愈在最後一篇上書中終於採取了詰問的方式：

今閣下為輔相亦近耳，天下之賢才豈盡舉用？奸邪讒佞欺負之徒豈盡除去？四海豈盡無虞？九夷八蠻之在荒服之外者，豈盡賓貢？天災時變、昆蟲草木之妖豈盡銷息？天下之所謂禮樂刑政教化之具，豈盡脩理？風俗豈盡敦厚？動植之物、風雨霜露之所霑被者，豈盡得宜？休徵嘉瑞、麟鳳龜龍之屬，豈盡備至？其所求進見之士，雖不足以希望盛德，至比于百執事，豈盡出其下哉？其所稱說，豈盡無所補哉？今雖不能如周公吐哺捉髮，亦宜引而進之，察其所以而去就之，不宜默默而已也。(16)

這裡的口吻是帶有強烈鋒芒的，可以讀得出其心中蘊積的不平，也透露出對〃造勢〃的絕望。

古之士，三月不仕則相弔，故出疆必載質，然所以重於自進者：以其於周不可則去之魯，於魯不可則去之齊，於齊不可則去之宋，之鄭，之秦，之楚也。今天下一君，四海一國，舍乎此則夷狄矣，去父母之邦矣；故士之行道者，不得於朝，則山林而已矣。山林者，士之所獨善自養而不憂天下者之所能安也；如有憂天下之心，則不能矣。(17)

這段話的目的是希望權貴者伸出援助之手，即〃借勢〃，但選取的說服角度又轉為〃位〃，是古今人才所處環境與選擇條件之不同。春秋戰國之際，遊士可以朝秦暮楚，干謁諸侯。可是現在天下一統，除了京師之外，別無更好的出路，退隱山林又不是心憂天下的儒士所當為。在這裡韓愈解釋了自己一再幹請的不得已苦衷，可惜當權者之〃勢〃還是沒有借來，當時宰相為趙憬、賈耽、盧邁，可歎其不遇時。韓愈若不自強，應該就這樣被埋沒了。

韓文之〃造勢〃，還可用《雜說》為例：

龍噓氣成雲，雲固弗靈于龍也；然龍乘是氣，茫洋窮乎玄間，薄日月，伏光景，感震電，神變化，水下土，汨陵谷，雲亦靈怪矣哉！雲，龍之所能使為靈也，若龍之靈，則非雲之所能使為靈也。然龍弗得雲，無以神其靈矣；失其所憑依，信不可歟？異哉！其所憑依，乃其所自為也。《易》曰：〝雲從龍。〞既曰龍，雲從之矣。[18]龍雲辯證，其實就是君臣辯證。韓愈希望君王能夠營造出有利於人才的天時，然而，他也知道，在絕大多數時候這只是一個美好的願望。

韓愈《與鳳翔邢尚書書》云：〝布衣之士身居窮約，不借勢于王公大人則無以成其志；王公大人功業顯著，不借譽於布衣之士則無以廣其名：是故布衣之士雖甚賤而不諂，王公大人雖甚貴而不驕，其事勢相須，其先後相資也。[19]〞這是韓愈的對人勢的理想建構，但尚須地利與的天時佐助。通观韩文中的〝三才〞表达，实际上最终指向的都是人势，是〝明天子〞，是士人按照自己理想要塑造的明君，韩愈相信，明君可以改变一个时代，也可以让有志之士集中到官僚體系中发挥作用。

綜觀韓愈古文作品中的〝三才〞施設，〝在韓愈的思維世界裡，可謂〝天時〞不如〝地利〞，〝地利〞不如〝人和〞。〝時〞與〝位〞最終決定於〝勢〞，眾所周知的韓愈《馬說》一文中千里馬渴求伯樂這個主題，正是韓愈諸篇要表達的宗旨所在。從這個角度來說，〝尚賢〞思想，是韓愈古文的重要主題，也是韩愈融合儒墨的重要橋樑。[20]韓愈《讀墨子》云：〝儒譏墨以上同、兼愛、上賢、明鬼。而孔子畏大人，居是邦不非其大夫，《春秋》譏專臣，不上同哉？孔子泛愛親仁，以博施濟眾為聖，不兼愛哉？孔子賢賢，以四科進褒弟子，疾歿世而名不稱，不上賢哉？孔子祭如在，譏祭如不祭者，曰：〝我祭則受福〞，不明鬼哉？儒墨同是堯舜，同非桀紂，同修身正心以治天下國家，奚不相悅如是哉？余以為辯生於末學，各務售其師之說，非二師之道本然也。孔子必用墨子，墨子必用孔子；不相用，不足為孔、墨。〞這是本文在基於韓愈所受周易辯證思維影響分析基礎上得出的一個新問題，甚至上溯到韓愈的偶像孟子，其實也在批判墨家的時候對墨家有所吸收，例如在從仁愛向兼愛的吸取上，孟子云：〝老吾老以及人之老，幼吾幼以及人之幼〞（《梁惠王上》），到韓愈落實為〝博愛之謂仁〞（《原道》），另外在論辯的表達藝術上等等，都可看到孟子暗取墨家而韓愈融合儒墨的痕跡，這些問題將于他文論及。

綜上所述，陰陽、四象、三才的辯證組合和周流求變是《周易》六十四卦形成的思維基礎，對韓愈的古文創作也有內在影響。尤其是〝三才（天、人、地）之道〞，在韓愈的古文中落實為〝時〞、〝勢〞、〝位〞這三個核心要素，以〝造勢〞为核心，傷時、求位，這些思路融進了他的論說文寫作中。韓愈論說文創作中體現出的《周易》思維方式影響，是直觀而又獨特的，值得學術界關注。

此外，如果談到傳統的辯證思維，其實不限於《周易》的陰陽、八卦和六爻，比如韓愈的《原毀》，韓愈也是以〝君子（小人）〞為基礎，疊加古、今之辨，加以〝人〞、〝己〞兩分，又別為〝輕以約〞、〝重以周〞，形成（古之君子）責人輕以約、責己重以周；（今之君子）責人重以周、責己輕以約兩種細緻的描述，凸顯當下〝君子〞的道德悖謬。實際上，在對立或對應概念基礎上，以不同的角度統合各對概念來對事物或情境進行描述，是可以靈活運用的。

注

（1）陳鼓應：《周易》今注今譯．北京：商務印書館，2005，第588頁。

（2）韓愈詩文中涉及《周易》的詞句的全面分析，可參見史月梅：論韓愈的〝《易》奇而法〞，載《周易研究》2009年第5期。

（3）韓愈：韓昌黎文集校注．北京：古典文學出版社，1957，第46頁．

（4）蘇軾：蘇軾文集，北京：中華書局，1986，第2210頁．

（5）詳參周奇文：《论韓愈散文的〝尚奇〞特點》，載《社會科學戰線》2005年第5期．

（6）韓愈：韓昌黎文集校注．上海：上海古籍出版社，1987，第41－42頁．

（7）韓愈：韓昌黎文集校注．上海：上海古籍出版社，1987，第109頁．

（8）韓愈：韓昌黎文集校注．上海：上海古籍出版社，1987，第25－26頁．

（9）韓愈：韓昌黎文集校注．上海：上海古籍出版社，1987，第247－248頁．

⑽ 韓愈：韓昌黎文集校注．上海：上海古籍出版社，1987，第2頁．
⑾ 韓愈：韓昌黎文集校注．上海：上海古籍出版社，1987，第618頁．
⑿ 韓愈：韓昌黎文集校注．上海：上海古籍出版社，1987，第620頁．
⒀ 洪本健．歐陽修詩文集校箋．上海：上海古籍出版社，2009，第1793頁．
⒁ 洪邁．容齋隨筆．北京：中華書局，2005，第939頁．
⒂ 韓愈：韓昌黎文集校注．上海：上海古籍出版社，1987，第160頁．
⒃ 韓愈：韓昌黎文集校注．上海：上海古籍出版社，1987，第162頁．
⒄ 韓愈：韓昌黎文集校注．上海：上海古籍出版社，1987，第163頁．
⒅ 韓愈：韓昌黎文集校注．上海：上海古籍出版社，1987，第32－33頁．
⒆ 韓愈：韓昌黎文集校注．上海：上海古籍出版社，1987，第201－202頁．
⒇ 可詳參張文浩：韓愈復活荀墨之動因及其融貫精神，載《文藝評論》，2012年第2期。

試論柳宗元的新四民思想與重商主義

——以《文苑英華》卷七九四所收柳傳爲考察之中心——

陳　翀

一

《文苑英華》是北宋太平興國年間由李昉、宋白、徐鉉等人領銜編撰的一部大型詞華集。全書多達千卷，上繼蕭梁，下迄五代，以文體爲部類，選錄作家達兩千兩百人，作品則多至兩萬餘篇。其中唐人作品近佔九成，可謂是一部集中反映了宋初文人對唐代文學各類文體之作家作品評介的文學總集。

《文苑英華》卷七九二至七九六之五卷，收錄了從六朝庾信至晚唐皮日休等所撰傳體文共三十五篇，考其選錄一篇者有八人，依次爲：庾信、盧藏用、于邵、陸羽、陳鴻、李磎、皎然、白居易；選兩篇者三人，依次爲：李華、李翱、皮日休；選三篇者四人，依次爲：韓愈、沈亞之、杜牧、陸龜蒙；選四篇者一人，爲王勣；選五篇者一人，爲柳宗元。從上述作品數量可看出，在傳體這一文體的選錄之中，柳宗元可謂是佔據了唐代作家之鰲頭。而且，不同於李華、李翱、杜牧、皮日休等作品被分卷而列之（此四人所作婦女傳被別列至卷七九六尾），柳宗元的五篇傳文均被收入了卷七九四傳三，在下文還要具體談到，於此或又可推測出《文苑英華》的編撰者當是將這五篇傳視爲一個有機之整體，並以此來凸顯柳傳於唐代傳體中的正統地位。(1)

然而，亦有不少學者曾相繼指出柳傳並非中國古典文學正統之傳體，具有很強烈的異質性，譬如楊啟高在《中國文學體例談》中提到(2)：

傳之起源雖肇司馬遷，然是史傳體之祖。至後之學士大夫，或值忠孝才德之事，慮其湮没弗白；或事跡雖微，而卓然可爲法戒者，因爲立傳，以垂於世。此小傳、家傳、外傳之例也。又有別傳、補傳，亦此體之流。至於東方朔以寓言作非有先傳，柳子厚以戲者作李赤、蝂蝦傳（筆者按，當爲蝜蝂傳之誤），皆近於藝，與此不同。

爾後，章士釗亦在《柳文指要》中指出(3)：

子厚集共有傳六篇，一宋清，一種樹郭槖駝，一童區寄，一梓人，一李赤，一蝜蝂，皆微者也，而蝜蝂尤一小蟲，所爲類稗官遊戲，無一大篇重寄（筆者按，「寄」當爲「厚」之誤）之作。

由此可以看出，楊啟高認爲《李赤傳》、《蝜蝂傳》迥異於正統傳體文，而章士釗亦認爲柳傳多是些「稗官遊戲」，近乎小說。這些觀點，亦形成了今之學者對柳傳的一個主要視點(4)。

另一方面，柳宗元的這五篇傳又常被定位爲「小人物傳」。對於其產生的時代背景及寫作意圖，葉國良認爲(5)：

興起於東漢末年的門閥，曾掌控了政治與學術，直至唐代，歷史的舞臺上幾乎看不到「小人物」的蹤影。隨著唐代實行科舉制度和禁止五姓通婚的措施，門閥在中晚唐已沒落衰微。新興的進士階層，較貼近平民生活，也較能欣賞「小人物」的嘉言善行，自韓愈、柳宗元起的中晚唐古文家，在此社會氛圍及心理背景下，又受「文以載道」觀的導引，遂寫作工人、農人、小商人、兵卒小吏、僮僕婢妾、歌兒舞女以及普通家庭的老弱婦孺等「小人物」的傳記，其中有些被宋人收入正史。宋代以後，古文家及史官繼續此一工作，遂使「小人物」與「大人物」一同登上歷史舞臺，都成了歷史的一部分。

然而，在這裡要引起我們注意的是，《文苑英華》卷七九四不收《蝜蝂傳》，而是將其另收入了卷三七四諷諭二，顯見宋初館臣是以爲此篇類似寓言，非屬正統傳體之範疇。由此亦可推知宋初館臣在收入柳傳時是有所取捨斟酌的，並非一概收之。要之，《文苑英華》卷七九四收入《李赤傳》，顯然並不認爲此傳「近於藝」，非正統傳體文。而其卷七九四除不錄《蝜蝂傳》之外，將柳集卷十七之五篇傳文全數迻錄，佔傳體首位，亦非如今人所認爲柳傳「無一大篇重厚之作」，極有可能恰恰相反，而是將其視爲唐代傳記之最有代表性、最具有典型意義的正統作品群。

另外，誠如葉國良所指出，中晚唐進士階層的出現，使得一些士人有機會接近下層人士，認識到「小人物」的樸實善良之美，促使他們去「發掘『小人物』的價值，在他們看來，這也是『文以載道』的一環」。然而即使如此，顯見這還不過只是一個遠因而已，不足以直接詮釋爲何柳宗元會如此集中地去爲「小人物」作傳的根本原因；而所謂的柳傳之「文以載道」，顯然也不應該只限於試圖去傳播這些「小人物」的「嘉言善行」。因爲要是原因如此簡單的話，就很難解釋爲什麼《文苑英華》要收錄如此全面的柳傳，爾後宋代史學家及古文學界更是將這些傳選入正史之中並繼承這一傳統。換而言之，這些傳文中當蘊含有更有深一層次的精神內涵和更爲深刻的社會背景。

二

如上所云，《文苑英華》卷七九四收録了柳傳五篇，爲傳體之鰲頭。再細看諸傳排列之順序，亦不難看出，《文苑英華》完全遵循了柳集卷十七的列序：宋清傳、種樹郭橐駝傳、童區寄傳、梓人傳、李赤傳。《文苑英華》的這種對柳集傳排序的沿襲，可能是基於對原集尊重之大原則，也有可能另有深意。要之，柳集中的五篇傳文的列序，本來就並非無意義之羅列，當是具體呈現出了柳宗元對中唐社會基於四民架構所逐漸出現的一個新階層的思考。

衆所周知，四民思想是中國古代國家建構的一個基本概念，《管子・小匡》云：「士農工商四民者，國之石民也。⑥」秦漢以後「士」逐漸上昇爲統治階層的一部分，而商人則被貶低至社會最下層，形成了一種根深蒂固的重農抑商的社會意識。⑦即使是唐代進入科舉取士之後，在某種程度上稍微打通了士工農的階層通道，但中唐以前仍對商人階層課以嚴格的限制，規定從商者不可入仕，⑧唐高宗時期甚至還重新制定了一系列法律，規定商人不可衣黃乘車，財産不予保護。⑨不過到了中唐，隨着商品經濟有了進一步的發展，商人地位也有所改變，這也就促使一部分文人重新去思考商人的地位及其社會價值。這一變化，也具體反映在了《太平廣記》所收有關唐代商人的故事之中。⑩

不可否定，在前引對柳傳研究的相關論文之中，亦不乏有對傳中人物身份予以論及之處，但管見之內，這些論文尚停留在對柳傳單篇分析的階段上，並沒有將這五篇傳文視爲一個有機之整體並結合唐代四民結構之變化這一歷史背景予以考察。其實，如將這五篇傳主之身份納入四民體系予以考察，即可形成以下之明確的對應結構：

【士→李赤】赤之聞名江湖間，其始爲士，無以異於人也。（江湖浪人・謫永州時作）

【農①→郭橐駝】其鄉曰豐樂鄉，在長安西。駝業種樹。（植樹業・藍田尉或謫柳州時作）

【農②→區寄】童寄者，柳州蕘牧兒也，行牧且蕘。（牧樵業・謫永州或柳州時作）
【工→楊潛（梓人）】吾指使群工役焉。（木工都料匠・藍田尉及將拜監察御史時作）
【商→宋清】長安西部藥市人也。（藥商・謫永州時作）

由上可以清楚地看出，柳宗元的這五篇傳文雖非同一時之作，然絕非偶發之隨意所作，應該是柳宗元在「士農工商」架構上創意的一組傳記作品。

還要引起我們注意的是，上表乃是按照傳統之「士農工商」序列所排列的。然而無論是今存柳集，還是《文苑英華》，其排列序次均爲【商→宋清】【農①→郭橐駝】【農②→區寄】【工→楊潛】【士→李赤】，農工三篇順序不變，但商排到了首位，士卻恭添末座。這種排列順序，從各傳所作時間來看，顯然並非依照成文之時間序列。如果這是柳集編纂時的一個有意的排序，這就有可能是編者（可能是柳宗元本人，亦有可能是文集首次編撰者劉禹錫）意在凸顯出柳宗元思想的重要一面——重商主義。

毋庸置疑，柳宗元所提倡的這種重商主義是吻合當時的社會發展之實情的。張劍光、鄒國慰在《唐代商人社會地位的變化及其意義》一文中曾指出，中唐以後商人的社會地位得到了較大的提高，具體表現在政府扶商政策的出現、民間對商人態度的改變、商人在服飾喪葬等與一般庶民平等、具備入仕做官的資格、可參加科舉考試進入學校學習、甚至還可以用錢財購買官職等方面，並進一步指明：「商人社會地位的上昇，對傳統的農本思想進行了衝擊。（中略）隨着社會條件的變化，商人地位的上昇、商品經濟的發展，中國傳統的農本思想開始發生了動搖。從此，單一的農業經濟在宋、元、明清時代不復出現了。換言之，唐代商人地位的上昇，無疑開始了中國封建社會走向更高的發展階段，是劃分封建社會不同階段的一個重要標誌。(11)」

或正是在這種社會大環境之下，主張社會變革、曾是永貞革新主要成員的柳宗元也試圖通過其對傳體文性格的重塑及書寫，爲這股新的時代潮流進行了吶喊與宣傳。一些研究唐代商人地位轉變的論文中其實也已經隱約地注意到了這一事實，如理綏就曾指出，柳宗元爲藥商宋清立傳就是唐代商人地位上昇的一種反映[12]。不過，此類論文均還只停留在一個內容分析的層面，忽略了其所蘊含的更爲重要的思想內核：柳宗元所詮釋的重商主義並非一種純粹的牟利主義或利己主義，恰恰相反，而是一種反牟利講究誠信、具有很高之慈善道德意識的商業模式。

很顯然，對於一般的「小市人」牟利主義，柳宗元在《宋清傳》中是予以了嚴厲之批判的，「清之取利遠，遠故大，豈若小市人哉！一不得直，則怫然怒，再則罵而仇耳，彼之爲利，不亦翦翦乎」。正是站在這些「小市人」的對立面，柳宗元完成了對宋清形象的塑造，藉此提倡出主張一種「逐利有道」的新商業道德模式。在柳宗元的筆下，宋清是居住於長安西部藥市的一位藥商人，善於辨別使用各種良藥，「有自山澤來者，必歸宋清氏，清優主之。長安醫工得清藥輔其方，輒易讎，咸譽清」，宋清不但在買入藥材的採藥人中具有極好的信譽，也在藥材賣出的主要對象醫工之中享有良好的口碑。更爲重要的是，宋清還不只是一位技藝高超的藥劑師，更具有一種急人之病、不計得失的良好品德，「雖不持錢者，皆與善藥，積券如山，未嘗詣取直。或不識，遙與券，清不爲辭。歲終，度不能報，輒焚券，終不復言」。而宋清也因此獲得了巨大的利益，「清居藥四十年，所焚券者百數十人，或至大官，或連數州，受俸博，其餽遺清者，相屬於戶」，「清之取利遠，遠故大」。

要之，柳宗元試圖通過對宋清這一形象的描寫，針對社會上日漸澎湃的商業大潮，提出了自己所思考的重商主義：一是應遵循商業本來之出發點，即急人所難並且要有所盈利。不排除商人追求合理的自身利益，但鄙視並反對一味追求眼前暴利的「小市人」，強調商人應具有一定的慈善精神；二是提倡商業互信，也就是《宋清傳》之中的「利遠故大」。在以往的研究中往往忽視了一個重要的現象，即《宋清傳》中所歌頌的其實並非宋清一人，還包括了日後發達而「益厚報清」的報恩者。正如宋清本人所云：「清逐利以活妻子耳，非有道也」，柳宗元並無意將宋清寫作成一個拋家舍業的義務勞動者，而是將他的一系列的善舉建立在養活家人的基礎上。而宋清之所以能夠在保障自家生活的基礎上持之以恆的助人爲樂，救死扶傷，恰恰是因爲那些受滴水之恩而湧泉相報者的存在。也正因這些人的存在，才使得「清誠以是得大利，又不爲妄。執其道不廢，卒以富，求者益衆，其應益廣。或斥棄沉廢，親與交，視之落然者，清不以怠。遇其人，必與善藥如故。一旦復柄用，益厚報清。其遠取利，皆類此」，主客之間形成了一個良好的商業循環。

其實，柳宗元的這種提倡言商急利及注重主客互信商德的思想，在柳集卷二十所收《吏商》（《文苑英華》卷三七四諷諭二）一文中亦有所反映，《吏商》原文如下：

吏而商也，汙吏之爲商，不若廉吏之商，其爲利也博。汙吏以貨商，資同惡與之爲曹，大率多減耗，役傭工，費舟車，射時有得失，取貨有苦良，盜賊水火殺敚焚溺之爲患，幸而得利，不能什一二，身敗祿奪，大者死，次貶廢，小者惡，終不遂。汙吏惡能商矣哉？廉吏以行商，不役傭工，不費舟車，無資同惡減耗，時無得失，貨無良苦，盜賊不得殺敚，水火不得焚溺，利愈多，名愈尊，身富而家強，子孫葆光。是故廉吏之商博也。苟修嚴潔白以理政，由小吏得爲縣，由小縣得大縣，由大縣得刺小州，其利月益各倍。其行不改，又由小州得大州，其利月益三之一。其行又不改，又由大州得廉一道，其利月益之三倍，不勝富矣。苟其行又不改，則其爲得也，夫可量哉？雖緒山以爲章，涸海以爲鹽，未有利大能若是者。然而舉世爭爲貨商，以故貶吏相逐於道，百不能一遂。人之知謀好邇富而近禍如此，悲夫！或曰：「君子謀道不謀富，子見孟子之對宋牼乎？何以利教爲也。」柳子曰：「君子有二道，誠而明者，不可教以利；明而誠者，利進而害退焉。吾爲是言爲利而爲之者設也。或安而行之，或利而行之，及其成功，一也。吾哀夫沒於利者，以亂人而自敗也，姑設是，庶由利之小大登進其志，幸而不撓乎下以成其政，交得其大利。吾言不得已爾，何暇從容若孟子乎？孟子好道而無情，其功緩以疏，未若孔子之急民也。」

如從傳統的儒學視野來看，這篇文章無疑亦是算得上是一個異端。因此，對於文中否定孟子之言論，歷代論者多有困惑之意，[13] 章士釗錄文時甚至還有意據錢重所考在文前加上了「吏非商也」四字來爲柳宗元予以粉飾說解。[14] 其實，《吏商》就是主張「吏」可「商」，而文中所云之「明而誠者，利進而害退焉」之「大利」，正與《宋清傳》所云之「遠利而大」一脈相承。兩文對讀，主題彰顯。要之，柳宗元之重商主義及其對於商業道德之提倡，就是其基於民本主義而衍生出來的一個主要的改革議題。[15]

三

上文我們站在傳統的「四民思想」的角度上分析了《宋清傳》所反映出來的柳宗元之重商思想及其對商業道德的思考。接下來，我們再來對其他四篇傳體文來做一些闡述，通過這四篇傳體文之傳主的身份分析，指出這四篇傳文的書寫，進一步反映了柳宗元對於中唐社會之四民結構變化與新商業階層之抬頭的看法。

在以往的研究之中，不乏有學者對柳傳傳主身份進行過分析，但都忽略了一個極爲重要的事實——無論是屬於農民階層的郭橐駝和區寄，還是屬於工匠階層的楊潛或士人階層的李赤，都非傳統意義上的典型士農工形象。衆所周知，中古社會四民結構中的農，主要是指國家稅收的主要群體之自耕農民，也就是所謂的「編戶齊民」。然而，柳傳中的郭橐駝以及區寄並不屬於這一群體。郭橐駝「業種樹，凡長安豪富人，爲觀游及賣果者，皆爭迎取養」，是一位類似於今日之從事園林業者的個體戶，由於其精於種樹，因此深受長安從事旅遊業及水果種植業中富有階層的歡迎。區寄則是「柳州蕘牧兒」，亦可視爲一位屬於一家從事牧樵業之砍柴畜牧的個體工作戶。過去對此傳的分析大多數將焦點聚集在了謳歌區寄機智勇敢的一面，卻忽略了文中結尾的「留爲小吏，不肯」之細節。從這一細節描寫我們可以推斷出從事牧樵業的區寄一家的生活應該保持了相當的水準，以致可以毫不躊躇地拒絕「爲吏」，也就是進入官薪階層的誘惑，這在中唐以前的社會結構中是很難想像的。

從以上分析可以看出，無論是郭橐駝還是區寄，都不屬於傳統以田耕爲生的「編戶齊民」，而是外溢出來的以技藝爲生的個體勞動者。其雖非如宋清一般的典型商人，但無論是郭橐駝還是區寄，這兩者的職業的背後同樣具有非常濃厚的商業氛圍。因此可以說，與其將其歸屬爲傳統四民結構中的農民，還不如將其歸類爲新興之城市近郊的工商業者更爲妥當。考柳傳中的梓人楊潛其實也是屬於這一類型。傳統的四民結構之中，「工」即手工業者，唐代一般歸屬於工部、少府監及將作監管理，編入匠籍，以便官府隨時據薄調遣。根據柳宗元的描述，楊潛本也是官匠中的一名，「故食於官府，吾受祿三倍作於私家」，是知楊潛採取了一種「納資代役」的手段，離開官府到民間選擇成爲了一名個體工商業者，以便尋求更爲豐厚的報酬。由於其對薪資的要求是官府時的三倍，因此，即使繳納其中的三分之一給官府代役，也可以留下三分之二的薪資供養家人，過上更爲富裕的生活。由見楊潛亦是一位受到中唐商業大潮之影響而選擇從事個體工商業的又一具有代表意義的文學形象。

另一方面，我們還可以對隱藏於柳傳文字之背後的社會現狀做一些深度的發掘。要之，郭橐駝及楊潛等人之就業市場的存在，從另一側面反映了中唐時期別墅、園林、觀光、水果販賣等業種之發達，由此亦可以看出元和時期的唐王朝已經逐漸擺脫了安史之亂的陰影，進入了經濟復甦甚至高速發展的時代。也正是在這一背景之下，農工階層開始分化，逐漸獨立出一群適應城鄉建設及需求的傭傭階層或個體工商業者。這群人物由於在本行業中技術高超，又相對講究職業道德，因此能夠迅速地適應市場的需求並獲得了相對比較富裕的生活。柳宗元爲這一群體寫作傳記，可以看出他對這些人物的職業追求是抱一種讚許的態度的，這也當視爲柳宗元之重商主義的內核之一，同時又反映了其對中唐時期所出現的傳統四民架構分化趨勢的肯定態度，因此我們又可將其統稱爲柳宗元的新四民思想⑯。換而言之，柳宗元的新四民思想不但反映在對具有高度商業道德之商人的讚譽、對從傳統農工業中分離出來的具有高度職業道德的手工業者的推許，還反映在了其對中唐時期所出現的這一新階層之集體的關注，也就是從四民階層外溢出來的之後被陳寛所稱之爲「庶」的階層。

上文已經提到過，在傳統的社會階層架構之中，四民組合一直是一個穩定的結構，然而，到了中唐時期，由於門閥制度的崩壞以及科舉制度的普及，社會開始出現了一個新的群體，並有形成一個新階層的趨勢。對於此，唐宣宗大中時人陳寬在其所撰的《譴案二十五等人圖》(17)之中，乾脆將這一群體從傳統的四民結構中獨立出來，在「次五等人」中予以了如下之重新的分類：

次五等人　士人　工人　庶人　農人　商人

並對於這五等人做了如下之定義：

士人第十六

士人者，餘緒人志也。未墮弓裘之業，無乖婚宦之義。守則灌園育蔬，隱則漱流臥石，居必擇地，交則近仁，委命順理。此士人之尚也。

工人第十七

工人者，藝士也。非隱非仕，不農不商。雖有操持之勞，信謂代耕之妙。或專粉繢之最，或在醫巫之能，百技無妨，濟身之要。莘他負千古之譽，般垂有百代之名，祿在其中。工人之上，雖無四人之業，常有濟世之能。此工人之妙也。

庶人第十八

庶人者，白屋之士也。家無軒冕，世□縉紳。既曠士風，或不知禮，輸十一人之稅，役丁年之夫，牧豕負薪，其體若一，井邑相望，其流實繁。或有業在典墳，心惟孝悌，競從鄉賦，自致青雲，何物之能諧？豈常途之有計？既非脫落，並庶人之疋也。不然，則謹身節用，以養父母。此庶人之本也。

農人第十九

農人者，平人也。習四人之業，耕二頃之田。上律天時，下順地理，審五土之肥瘦，察高下之所宜，誅鋤草茅，長我禾黍。雖日計不足，而歲計有餘。或倉廪至多，機梭盈足，卒致千箱。此老農之業也。

商人第二十

商人者，見利人也。善於貨易，常榮滿堂之珍，趨日中之市，莫不厭多。居則相比於財，交乃榮及於義。促思潤屈，豈假懷仁？遂意不出於錐刀，經求未越於方寸，助喪家之奢祭，爭供主之盛名；朋社賭錢，必為衆首，鮮裝華服，亦過於人。遇晦跡文儒，失路君子，一拔一毛，涓滴無施；別有大隱，高流漂泊之士，苟且失家，屠賈之問□玉石，不有殊異，即衆商人儔也。

以上是陳寬對於中唐時期次等人階層的重新構建與定義。雖然我們現在還沒有具體的證據去證明柳宗元對於社會階層的演變之認知與陳寬觀點相同，然而陳寬的分類無疑至少可以代表當時文人對於社會階層之變化的一個敏鋭認識。儘管在對於商人這一階層的態度陳寬與柳宗元不盡相同，然從上述之柳宗元爲這一階層人物分類集中立傳的這一文學行爲來看，柳宗元的思考與探索或就是陳寬「五民」理論之預流思想。

如果套用之後陳寬的「五民」理論，我們可以看出，上文所提到的郭槖駝、區寄、楊潛均似可歸納到「牧豖負薪」之「庶」的這一階層。而在這五篇柳傳中唯一沒有商業氣息呈現之《李赤傳》中的李赤，則極有可能是柳宗元對所塑造的從「士」這一階層所分離出來而歸入「庶」的一個文學的典型形象，是對以在四民架構爲理論基礎而創作的這一系列傳文的一個補完。衆所周知，李赤事蹟又見《太平廣記》卷三四一引《獨異志》，然而其與柳宗元《李赤傳》在人物身份的設定上卻存在着極爲重要的差異。據傳爲李亢所撰的《獨異志》云「貞元中吳郡進士李赤」，是知仍將這一故事設定爲唐代進士階層的一則傳奇軼事，而柳宗元卻在文中將李赤身份設定爲「江湖浪人」，云「其始爲士，無異於人」，在傳中敘述其雖善爲歌詩，但無法出仕，只得浪跡江湖，終患「病心」，以致於「一惑於怪，而所爲若是，乃反以世爲溷，溷爲帝居清都」。要之，柳宗元通過了他的細膩筆觸，爲我們刻畫出了一個善長文學卻無法至帝都出仕的悲劇文人形象，這也與陳寬所描述的「白屋之士」之屬性不無幾分相似之處。換而言之，通過《李赤傳》的書寫，柳宗元一方面隱晦地表達出了其對日益分化甚至淪落爲「江湖浪人」的舊士人階層的一種憂慮，另一方面在文中用廁所影射帝都，用廁鬼來影射權貴階級，或也同時表達出了對統治階層於對這一士族沉淪現象之漠視而無策的憤怒，這又可歸納爲柳宗元於新四民思想思考的又一重要主題。

四

本文試以《文苑英華》所收柳宗元傳文爲考察之對象，先對這五篇傳文的排列順序及人物身份做一些分析，指出這幾篇傳文雖非柳宗元一時之作，但卻系統地反映出了柳宗元的兩個核心思想——新四民思想與重商主義，而這兩種思想相輔相成，也對之後的宋代社會及古文運動產生了巨大的影響，爲我們今後進一步辨認唐宋古文運動「以文傳道」思想譜系之內核當有所裨益。

有意思的是，柳宗元的這種基於民本主義所衍生出來的重商主義，不但成爲了明清時期重商潮流的思想淵叢[18]，甚至還成爲了明治維新時期日本社會改良者的理論依據之一，如曾是《讀賣新聞》主筆的田島象二於《一大奇書 書林之庫二編》中專設「柳宗元釋民權，不甘西洋之說」一節，大力稱讚柳宗元的先進思想甚至優於西洋理論，借柳宗元之口提出「士農工商平等」、「國家乃人民之國，非政府之國」等思想，以此來抨擊明治政府的擅税專權⒆。

最後再附言一句，在對柳傳的先行研究之中，許多學者強調柳傳的史學意識。誠然，部分柳傳後被司馬光選入《資治通鑑》，成爲正史的一部分。然而，要引起我們注意的是，柳宗元本人其實並沒有將這些人物納入正史序列的企圖。恰恰相反，乃是爲之創作了一個自成系統的「傳」體，將其從史傳範疇中獨立出來，試圖通過對這一群體的集體書寫來反映出一個新的社會現象——在傳統四民結構鬆動之下的商業社會萌芽階段所出現的個體工商業者的群像，從而達到一個「以民爲鑑」的功效。這也確實在某種程度上促使了傳體文學向小說的靠近，成爲宋初文人納小説入正史的理論依據，這或許也是《文苑英華》對其傳體予以高度評價的又一理由。不過，對於這一現象的流變，非三言兩語即可澄清，還有待今後結合柳宗元的行狀碑誌等文體及宋代歐陽修等人的史學觀點來作進一步詳細的考證，此處就不再多言了。

注

⑴　對於《文苑英華》所收傳體文之綜合研究，可參考倪豪士《文苑英華中「傳」的結構研究》，收同氏《傳記與小説—唐代文學比較論集》，中華書局，二〇〇七年。本文所錄柳宗元文，均以尹占華・韓文琦《柳宗元集校注》爲底本，中華書局，二〇一三年。又，《河間傳》，諸柳集多收入外集，乃後人補遺作品，甚至有僞文之嫌，《文苑英華》亦未收，因此本文不將其納入討論範圍。

⑵　參照楊啟高《中國文學體例談》，南京書店，一九三〇年，第四七－四八頁。

⑶　章士釗《柳文指要》卷十七，中華書局，一九七一年，第五三三頁。

⑷　柳宗元傳記文與中唐小說之關係，可參照康韻梅《唐代古文與小說的交涉：以韓愈、柳宗元的作品爲考察中心》，《臺大文史哲學報》第六十八期，臺灣大學文學院，二〇〇八年五月，第一〇五－一三三頁。

(5) 葉國良《中晩唐古文家對「小人物」的表彰及其影響》,《長庚人文社會學報》第三卷第一期,二〇一〇年,第一-一八頁。
(6) 參照《二十二子》所收《管子》第八卷《小匡第二十》,上海古籍出版社,一九八五年,第一二二頁。
(7) 有關古代商人地位之演變,可參考余英時《人文與理性的中國》收《14商業文化與中國傳統—中國歷史上商人文化演變研究》,何俊編,程嫩生等譯,上海古籍出版社,二〇〇七年,第二六六-三一七頁。
(8) 《舊唐書》卷四十三《職官二・吏部郎中》:「凡官人身及同居大功以上亲,自執工商,家專其業,及風疾、使酒,皆不得入仕。」中華書局,一九七五年,第一八二〇頁。
(9) 於此參照《唐會要》卷三十一《雜錄》中的相關記錄,中華書局,一九五五年。
(10) 參照陽旭《從〈太平廣記〉看唐代商人》,《廣西師範大學研究生專輯》,一九九〇年增刊,第三九-四三,又四八頁。
(11) 張劍光、鄒國慰《唐代商人社會地位的變化及其意義》,《上海師範大學學報》一九八九年第二期,第一〇二-一〇九頁。後收張劍光著《唐代經濟與社會研究》,上海交通大學出版社,二〇一三年。
(12) 理綏《試論唐代商人社會地位的變化及其限度》,《中國社會經濟史研究》一九八八年第四期,第三二-三六頁。
(13) 有關《吏商》的介紹與考證,可參考山本昭《柳宗元「吏商」を読む》,《中國中世文學研究》第四五・四六合併號,二〇〇四年一〇月,第二〇〇-二一〇頁。
(14) 章士釗《柳文指要》卷二十,第六三七-六四〇頁。
(15) 有關柳宗元的新春秋學思想及民本主義,可參照齋木哲郎《永貞革新と春秋學:唐代新春秋學の政治的展開》,《鳴門教育大學研究紀要》第二二卷,二〇〇七年,第二六一-二七三頁;戶崎哲彥《唐代中期における「民主主義」の出現(1)—范伝真・柳宗元の官吏「公僕」論》,《彥根論叢》第三〇二輯,一九九六年七月,第六一-八六頁;同氏《唐代中期における「民主主義」の出現(2)—呂温と柳宗元の「主権在民」の思想》,《彥根論叢》第三〇三輯,一九九六年十月,第一-二七頁。
(16) 這一思想,也反映在韓愈的《汚者王承福傳》,不過,從傳體文的內容及篇數來看,柳宗元較韓愈更爲集中而全面地反映出四民架構鬆動下而從各階層分離出來的這些新興人物現象。

(17) 法藏敦煌文獻 p.2518，收羅振玉《雪堂叢刻》，一九二六年上虞羅氏排印本。又，有關《謹案二十五等人圖》及唐代的四民問題的相關考證，可參考凍國棟《唐宋歷史變遷中的「四民分業」問題》一文，《暨南史學》第三輯，二〇〇四年一二月，第二二六－二四二頁；後收同氏著《中國中古經濟與社會史論稿》，湖北教育出版社，二〇〇五年。

(18) 有關柳宗元之重商思想對於後世之影響，可參照李達嘉《從抑商到重商：思想與政策的考察》，《中央研究院近代史研究所集刊》第八二期，二〇一四年，第一－五三頁。

(19) 田島象二《一大奇書 書林之庫二編》，東京書賈玉養堂刊，一八七九年，第二一－四二頁。

埋沒した「怪奇」なる至寶
――歐陽脩「集古錄目序」における金石文及びその收集行爲の價値付け――

渡部雄之

一　はじめに

北宋の歐陽脩（一〇〇七〜一〇七二）が甲科十四位で登第した天聖八年（一〇三〇）三月十一日の殿試での出來事について、『宋會要輯稿』選擧七・親試（一作殿試）に「帝御崇政殿試禮部奏名進士、內出『藏珠於淵賦』、『溥愛無私詩』、『儒者可與守成論』題。進士歐《ママ》陽修等以聖題淵奧上請。帝宣諭久之、仍錄所出經疏疏《ママ》示之。（帝　崇政殿に御して禮部奏名進士を試み、內に『藏珠於淵賦』、『溥愛無私詩』、『儒者可與守成論』の題を出だす。進士歐陽修等聖題の淵奧なるを以て上請す。帝　宣諭すること之を久しくし、仍《よ》つて出だす所の經疏疏を錄して之を示す。）」という記載がある。科擧受驗者が、試驗問題の意味や出典を問う、所謂「上請」は、宋代初期には唐代の禮部試の制に倣い、省試、殿試いずれにおいても認められていた。[1] そのため歐陽脩等の行爲は、決して規則を犯していた譯でもなく、また當時において珍しいものでもなかった。ただ、後に文壇の領袖となって北宋文學史上に大きな足跡を殘し、古文家としては後世唐宋八大家の一人に数えられることともなる歐陽脩が、どうしても出典を問わねばならなかったという事實は、この時の出題の難しさを物語っている。

ところで、右の記録に見える三題のうち、賦の「藏珠於淵」は『莊子』天地篇を出典とすることばであるが、(2)歐陽脩はおよそ三十年後の嘉祐七年（一〇六二）に書いた「集古錄目序」（『居士集』巻四一、『歐陽文忠公集』巻四一）でも、これと似た表現を使用している。(3)

物常聚於所好、而常得於有力之彊。有力而不好、好之而無力、雖近且易、有不能致之。象犀虎豹、蠻夷山海殺人之獸、然其齒角皮革、可聚而有也。玉出崑崙流沙萬里之外、經十餘譯乃至乎中國。珠出南海、常生深淵。採者腰絙而入水、形色非人。往往不出、則下飽蛟魚。金鑛于山。鑿深而穴遠、篝火餱糧、而後進。其崖崩窟塞、則遂葬於其中者、率常數十百人。其遠且難、而又多死禍、常如此。然而金玉珠璣、世常兼聚而有也。凡物好之而有力、則無不至也。

物は常に好む所に聚まり、而して常に力有るの彊《つよ》きに得らる。力有るも好まず、之を好むも力無くんば、近くして且つ易しと雖も、之を致す能はざる有り。象犀虎豹は、蠻夷の山海の人を殺すの獸なるも、然れども其の齒角皮革は、聚めて有すべきなり。玉は崑崙流沙萬里の外に出で、十餘譯を經て乃ち中國に至る。珠は南海に出で、常に深淵に生ず。採る者絙《おほなは》を腰にして水に入り、形色　人に非ず。往往出でざるは、則ち下に蛟魚を飽かしむ。金は山に鑛す。鑿つこと深くして穴遠く、火を篝《かがり》し糧《かて》を餱して、而る後に進む。其の崖崩れ窟《あな》塞がれば、則ち遂に其の中に葬らるる者、率《おほむ》ね常に數十百人なり。其の遠くして且つ難く、而も又た死禍多きこと、常に此くの如し。然れども金玉珠璣は、世　常に兼聚して有するなり。凡そ物は之を好みて力有れば、則ち至らざる無きなり。

本序文の冒頭に當たるこの箇所では、未開の異民族の居住地で採れる象牙、犀角、虎豹の毛皮、萬里の彼方に產出する玉、山の奧底から採掘した鑛石中に存在する金とともに、南海の深い水底に產出する貴重な物として、珠が記される。洪本健氏が『初學記』に引く沈懷遠『南越志』を擧げて注するように(4)、直接の出典は必ずしも『莊子』天地篇ではないが、「淵」字を共通して使用する點から見て、本序文執筆の際に、『莊子』の文章が多少なりとも歐陽脩の意識にのぼっていた可能性はある。歐陽脩の作品ではもう一つ、「仁宗御飛白記」(『居士集』卷四〇、『歐陽文忠公集』卷四〇)にも「夫玉韞石而珠藏淵、其光氣常見於外也。故山輝如白虹、水變而五色者、至寶之所在也。(夫れ玉は石に韞《をさ》められて珠は淵に藏《をさ》めらるるも、其の光氣は常に外に見《あら》はるるなり。故に山　輝くこと白虹の如く、水　變じて五色なる者は、至寶の在る所なり。)」と、似た表現が用いられている。最上の寶は、たとえどこに隱されていたとしてもその輝きを外に放つと述べて、仁宗御筆の飛白の書のすばらしさを稱えている(5)。かように「淵に沈んだ珠」という表現は、何かを價値付けるために使用されることがあるのだが、實は「集古録目序」においても、このことばは同樣の目的で用いられていると考えられるのである(ただし後述するように、その價値付けの仕方は「仁宗御飛白記」とは異なる)。

『集古録』は、歐陽脩が長い年月を掛けて收集した三代以來の金石遺文をまとめた書である。朱熹「題歐公金石録序眞蹟」(四部叢刊本『晦庵先生朱文公文集』卷八二)に「集録金石、於古初無、蓋自歐陽文忠公始。(金石を集録すること、古初に於いて無く、蓋し歐陽文忠公自《よ》り始まらん。)」とあるように、金石遺文の收集、記録が歐陽脩によって始められた、あるいは歐陽脩以降に盛んとなったとする見方は、宋代にすでに現れていた。多くの分野においてそうであろうが、新たな領域が開拓される際には、その意義や價値を人々に認識させるための作業が、しばしば必要となる。「集古録目序」は、まさしく歐陽脩が、金石文の價値と、そうした遺文を收集する自らの行爲の意義とを示すために書いた文章である。實際彼は、本序文を執筆した同じ年、友人の蔡襄(一〇一二~一〇六七)に送った書簡（「與蔡君謨求書集古錄序書」、『居士外集』巻一九、『歐陽文忠公集』巻六九）で、「竊復自念、好嗜與俗異馳、乃獨區區收拾世人之所棄者、惟恐不及、是又可笑也。因輙自敍其事、庶以見其志焉。（竊かに復た自ら念《おも》ふに、好嗜　俗と異馳し、乃ち獨り區區として世人の棄つる所の者を收拾し、惟だ及ばざらんことを恐るるは、是れ又た笑ふべきなり。因りて輙ち自ら其の事を敍《の》べ、以て其の志を見《あら》はさんことを庶《こひねが》ふなり。）」と、世人に見向きもされない金石文を收集する自らの志を示すために、「集古錄目序」を執筆したと述べている。また本書簡では、「僕之文陋矣、顧不能以自傳。其或幸而得所託、則未必不傳也。由是言之、爲僕不朽之託者、在君謨一揮毫之頃爾。（僕の文陋にして、顧みるに以て自ら傳はる能はず。其れ或いは幸ひにして託《よ》る所を得れば、則ち未だ必ずしも傳はらずんばあらざるなり。是れに由りて之を言へば、僕の不朽の託と爲る者は、君謨の一揮毫の頃に在るのみ。）」と、「集古錄目序」が永く後世に傳わるよう、當代きっての能書家である蔡襄にこれを書するよう依頼をしており、本序文が彼にとって特別な作品の一つであったことが窺える。

小論では、金石文の收集が盛んに行われ始める北宋中期において、その端緒を開いたとされる歐陽脩が、自らの行爲を如何に價値付けたのかを、「集古錄目序」の記述を中心に見る。[6]

二　「淵に沈んだ珠」の表現について

「淵に沈んだ珠」という表現は、古く先秦時代の文獻にいくつかの例が見え、ほとんどが、その思想内容を表すためのことばとして用いられている。例えば、天聖八年の殿試の賦題「藏珠於淵」の出典である『莊子』天地篇の文は以下のようである。[7]

夫子曰、「……君子明於此十者、則韜乎其事心之大也。沛乎其爲萬物逝也。若然者、藏金於山、藏珠於淵、不利貨財、不近貴富、不樂壽、不哀夭、不榮通、不醜窮。不拘一世之利、以爲己私分、不以王天下爲己處顯。顯則明。萬物一府、死生同狀。」

夫子曰く、「……君子此の十者に明らかなれば、則ち韜乎として其れ心を事《た》つるの大なるなり。沛乎として其れ萬物の逝と爲るなり。然るが若《ごと》き者は、金を山に藏《をさ》め、珠を淵に藏めて、貨財を利とせず、貴富に近づかず、壽《ことぶき》を樂しまず、夭《わかじに》を哀しまず、通ずるを榮《は》えとせず、窮まるを醜ぢず。一世の利に拘《かか》はりて、以て己の私分と爲さず、天下に王たるを以て己　顯に處ると爲さず。顯なれば則ち明らかにす。萬物は府を一にし、死生は狀を同じくす」と。

君子は十の事柄（天、德、仁、大、寬、富、紀、立、備、完）をはっきり悟れば、心が廣々と修まり、萬物の集まる所となる。そうした人物は、財貨を自分の利益になるものだとは思わず、富貴に近づかず、長壽を喜ばず、短命を悲しまず、榮達を名譽とせず、貧窮を恥辱と思わない。すなわち「金を山に藏め、珠を淵に藏む」とは、「貨財」である金や珠を、それらが產出する山や深い水底に、埋もれたまま、沈んだままにしておくという意味であり、名利に拘泥しない君子の境地を表している。歐陽脩が殿試で作成した「藏珠於淵賦」（『居士外集』卷二四、『歐陽文忠公集』卷七四）もまた、右の『莊子』の記述、及び指定された八つの韻字「君子非貴難得之物（君子は得難きの物を貴ぶに非ず）」の意味[8]に沿って書かれており、聖人たる君主は、世に寶とされている物に心引かれることが無いよう戒める內容となっている。

同じく先秦の文章である『管子』の小稱篇にも、「丹青在山、民知而取之、美珠在淵、民知而取之。（丹青　山に在れば、民知りて之を取り、美珠　淵に在れば、民知りて之を取る。）」と、「淵に沈んだ珠」の表現が見られるが、こちらでは、珠を採集する行爲が肯定的に捉えられている。その理由は、善行のある爲政者は人民に懷き慕われることを言うための喩えとして、この表現を使っているからである。[9]

そもそも珠が採集物として記されるのは、「貨財」としての高い價値がそこに認められているからである。珠の採集を肯定的に取り上げる『管子』小稱篇はもちろんのこと、財物を放棄すべきことを述べていた『莊子』天地篇も、珠が人々の欲する貴重な物であるという前提に立って主張を行っている點では、これと同じ見方をしていると言える。

水中深くに產する珠の採集は、元々それだけで難しい作業であるが、例えば『莊子』列御寇篇に「夫千金之珠、必在九重之淵、而驪龍頷下。子能得珠者、必遭其睡也。使驪龍而寤、子尚奚微之有哉。（夫れ千金の珠は、必ず九重の淵、而も驪龍の頷下に在り。子の能く珠を得るは、必ず其の睡りに遭へばなり。驪龍をして寤《さ》めしめば、子尚ほ奚《なん》の微か之れ有らんや。）」といった記述があるように、[10]時に大變な危險が付きまとう仕事とも看做されてきた。歐陽脩もまた「集古錄目序」において、「採る者　紐を腰にして水に入り、……往往出でざるは、則ち下に蛟魚を飽かしむ」と、珠を採るために深海へ潛った者が、しばしば鮫の餌食となることを記している。かように命懸けで手に入れねばならないにも關わらず、珠が常に象牙や犀角、虎豹の毛皮、玉、金とともに、世人が集めて所有する物となっているのは、彼らが「之を好む」からだと歐陽脩は言う。先に引用した先秦の文獻では、珠は元來一定の價値を持つ「貨財」であるがゆえに、人々の採集する物となっていた。ところが「集古錄目序」では、珠が採集の對象となるのは、あくまで人々にこれを愛好する氣持ちが有るからだとして、その物自體に絶對的な價値が有るとは必ずしも認めていない。「はじめに」で引いた「與蔡君謨求書集古錄序書」に「好嗜　俗と異馳す」とあるように、少なくとも世人と好尚を異にする歐陽脩にとっては、珠や金玉のような物は大した價値を持ってはいなかった。

先秦の諸文獻の中で、同じく珠に對する人々の愛好について述べたものに、『太平御覽』卷八〇五「珍寶部四」玉下に引く『鄒子』の次の文がある。[11]

夫珠生於南海、玉出於須彌。無足而至者、人好之也。士有足而不至者、以人不好也。
夫れ珠は南海に生じ、玉は須彌より出づ。足無きも至るは、人之を好めばなり。士　足有るも至らざるは、人好まざるを以てなり。

戰國の思想家鄒衍の書である『鄒子』は、現在『玉函山房輯佚書』に佚文が收められている。斷片的な記述のため、何を主張しようとしたことばか分かりづらいが、同樣の記載が『韓詩外傳』（四部叢刊本）巻六にも「晉平公游於河而樂曰、『安得賢士與之樂此也。』船人盍胥跪而對曰、『主君亦不好士耳。夫珠出於江海、玉出於崑山。無足而至者、猶主君之好也。士有足而不至者、蓋主君無好士之意耳。無患乎無士也。』（晉の平公　河に游《あそ》びて樂しみて曰く、『安くんぞ賢士を得て之と此れを樂しまんや』と。船人の盍胥跪きて對して曰く、『主君も亦た士を好まざるのみ。夫れ珠は江海より出で、玉は崑山より出づ。足無きも至るは、猶《すなは》ち主君の好めばなり。士足有るも至らざるは、蓋し主君　士を好むの意無ければなり。士無きを患《うれ》ふる無きなり』と。）」と、より詳細な形で見られる。長江や大海、崑崙山に產する珠と玉は、主君が好むために、足が無いにも關わらずその手元に屆く。一方で、主君には士を好む氣持ちが無いため、彼らは足が有るにも關わらず、あなたの下にやって來ないのであると、船方の盍胥は晉の平公に苦言を呈する。『鄒子』の文も、同じく主君を諫めるために發されたことばだったのではないかと思われる。珠の產出場所を「南海」としている點といい、珠への愛好がその人手を可能にすると述べている點といい、『鄒子』と「集古錄目序」の記述には、互いにある程度の類似性が認められる。[12] ただし『鄒子』では、好む者のもとに珠が「至る」と單に述べているだけなのに對し、「集古錄目序」では、「兼聚して有す」と、積極的に珠を所有しようとする愛好者の姿勢を示している點でやや違いがある。

「はじめに」で述べたように、歐陽脩は「仁宗御飛白記」でも、「淵に沈んだ珠」の表現を用いている。だが、作品の題材となっている物との關係から見ると、「集古錄目序」、「仁宗御飛白記」二つの作品の間には、この表現の使われ方に違いがある。まず「仁宗御飛白記」では、仁宗御筆の飛白の書のすばらしさを稱えるための比喩として、珠が取り上げられていた。これに對し「集古錄目序」では、「近くして且つ易く」、「取之無禍（之を取ること禍無き）」金石遺文とは對照的に、「遠くして且つ難く、而も又た死禍多き」ものとして、珠が取り上げられている。すなわち「集古錄目序」では、遺文の價値を直接的に示すために「淵に沈んだ珠」の表現が用いられている譯ではないのである。では歐陽脩は、如何にして遺文の價値を示そうとしたのか。「集古錄目序」の續きの部分を見てみよう。

湯盤、孔鼎、岐陽之鼓、岱山、鄒嶧、會稽之刻石、與夫漢魏已來聖君賢士桓碑、彝器、銘、詩、序、記、下至古文、籒、篆、分、隸諸家之字書、皆三代以來至寶、怪奇偉麗、工妙可喜之物。其去人不遠、其取之無禍。然而風霜兵火、湮淪磨滅、散棄於山崖墟莽之間、未嘗收拾者、由世之好者少也。幸而有好之者、又其力或不足、故僅得其一二、而不能使其聚也。

湯盤、孔鼎、岐陽の鼓、岱山、鄒嶧、會稽の刻石と、夫の漢魏已來の聖君賢士の桓碑、彝器、銘、詩、序、記と、下は古文、籒、篆、分、隸諸家の字書に至るまで、皆三代以來の至寶にして、怪奇偉麗、工妙にして喜ぶべきの物なり。其の人を去ること遠からず、其の之を取ること禍無し。然れども風霜兵火ありて、湮淪磨滅し、山崖墟莽の間に散棄せられて、未だ嘗て收拾せられざるは、世の好む者少きに由るなり。幸ひにして之を好む者有るも、又た其の力或いは足らず、故に僅かに其の一二を得るのみにして、其れをして聚まらしむること能はざるなり。

本來至上の寶であるはずの夏殷周三代以來の遺文が、風や霜、兵火にさらされ、埋沒磨滅して、斷崖やくさむらの中にばらばらに打ち捨てられたままになっているのは、世の中にこうしたものを好む者が少なかったからであると、歐陽脩は言う。先に述べたように、「集古錄目序」では、珠を多くの人々が好む採集物として取り上げてはいるが、必ずしもそれ自體に絶對的な價値が有るとは認めていない。同様のことを遺文について言えば、世の中からは閑却されているが、實際は極めて大きな價値を持つのだと、歐陽脩は主張していることになる。つまり彼は、人々の愛好心の有無が、必ずしもその物の持つ價値を決定する譯ではないと考えているのである。

「集古錄目序」において「淵に沈んだ珠」は、遺文そのものを直接稱える形象としてではなく、その存在を際立たせるための對比物として取り上げられている。その意味で、やはり作品の題材を價値付ける役割を果たしていると言えるであろう。

三 「怪奇」なる至寶と、その獲得の三條件

前節の終わりに引いた「集古錄目序」の文において歐陽脩は、三代以來の金石遺文を至上の寶と述べていた。だが實のところ、ここまでに引用した序文前半の記述の中には、その價値の所在について具體的に述べたことばは無い(13)。あるいは尙古思想が、そうした評價の前提となっているのかもしれないが、遺文が人々の好尙に合わず、世の中から閑却されてきたものとして取り上げられている以上、少なくともここでは、右の見方は歐陽脩個人の考えとして示されている。

自身が「喜ぶべきの物」と考える遺文を評するため、歐陽脩は「怪奇偉麗工妙」の六字を用いている。このうち「怪奇」の語は、例えば「論刪去九經正義中讖緯箚子」（『奏議』巻一六、『歐陽文忠公集』巻一一二）に「其所載既

博、所擇不精、多引讖緯之書、以相雜亂、怪奇詭僻。(其の載する所既に博《ひろ》く、擇ぶ所精ならず、多く讖緯の書を引き、以て相ひ雜亂し、怪奇詭僻たり。)」とあるように、しばしば否定的ニュアンスを帯びて使用される。ただし、他の二語「偉麗」「工妙」が、いずれも肯定的評價を下す際に普通使われることばであることから、[14] ここでの「怪奇」の意味は、どちらかと言えば肯定に傾くと考えられる。川合康三氏によると、そもそも「奇」や「怪」は、規準からの偏差を表すことばであり、特に「奇」は、差異を持つところの對象が規範性、正統性といった確固とした價値概念と、衆多、尋常の堆積である無價値との間を搖れ動くため、同じく價値と反價値との間で搖れ動く性質があるという。[15]「集古錄目序」の内容をこれに當てはめて言えば、世人の好尙は規準、それも、必ずしも價値を持つものとは看做されない衆多、尋常の堆積としての規準であり、金石遺文は、むしろそこから外れることで價値を帶びた「怪奇」なものとなる。[16] かような評語の使用からは、自身が至上の寶と看做す金石遺文を、何とかして他者にも價値あるものと思わせようとする歐陽脩の苦心が窺える。

「怪奇」なる至寶である金石遺文は、世人の好尙に合わないため、從來收集の對象とされることは少なく、幸いに愛好者が現れたとしても、「其の力或いは足らざる」ために、わずかな數を得られるに過ぎなかった。ここで言う「力」は、收集者自身の能力とも解せるが、人々を收集へと驅り立てる内在的條件である「好」と對置されていることから、財力等の外在的條件を指すと取った方が良いように思われる。内在的條件と外在的條件、これら二つがともに揃ってこそ、すぐれたものを獲得できるという考えは、王安石(一〇二一~一〇八六)の「遊褒禪山記」(四部叢刊本『臨川先生文集』卷八三)にも見える。

於是予有歎焉。古人之觀於天地、山川、草木、蟲魚、鳥獸、往往有得。以其求思之深而無不在也。夫夷以近、則遊者衆、險以遠、則至者少。而世之奇偉、瑰怪、非常之觀、常在於險遠、而人之所罕至焉。故非有志者、不能至也。有志矣、不隨以止也、然力不足者、亦不能至也。有志與力、而又不隨以怠、至於幽暗昏惑而無物以相之、亦不能至也。然力足以至焉、於人爲可譏、而在己爲有悔。盡吾志也、而不能至者、可以無悔矣。其孰能譏之乎。此予之所得也。

是に於いて予歎ずること有り。古人の天地、山川、草木、蟲魚、鳥獸を觀ること、往往得る有り。其の求め思ふことの深くして在らざる無きを以てなり。夫れ夷《たひ》らかにして以て近ければ、則ち遊ぶ者衆《おほ》く、險《けは》しくして以て遠ければ、則ち至る者少なし。而して世の奇偉、瑰怪、非常の觀は、常に險遠に在りて、人の至ること罕なる所なり。故に志有る者に非ずんば、至る能はざるなり。志有り、隨ひて以て止《や》めざるも、然れども力足らざる者は、亦た至る能はざるなり。志と力と有り、而も又た隨ひて以て怠らざるも、幽暗昏惑に至りて物の以て之を相《たす》くる無くんば、亦た至る能はざるなり。然れども力以て至るに足れば、人に於いては譏《そし》るべしと爲し、而して己に在りては悔い有りと爲す。吾が志を盡くし、而も至る能はざる者は、以て悔い無かるべし。其れ孰か能く之を譏らんや。此れ予の得る所なり。

本作品は、王安石が和州含山県（現在の安徽省含山県）にある褒禪山を遊覽したことを記念して作った文章である。褒禪山の南側の斜面には、平らで廣々としており、遊覽者の多い前洞と、暗くて奥深く、人のあまり訪れない後洞とがある。右の引用文は、王安石が四人の人物と後洞を探險した際、その勝れた景観を最後まで窮めることなく、途中で引き返してしまった體驗から得た教訓を綴った部分である。彼は、世の中の類い稀なる絶景は、人のめったに至らない、險しく遠い場所に常にあると言う。そして、「志」の無い者、「志」が有っても「力」の無い者、「志」も「力」も有るが、助けとなる「物」を持たない者は、いずれも目的の場所に到達できないと述べる。ここで言う「志」は、「集古錄目序」の「好」と同じく、主體の内在的條件に當たるが、それよりも更に強い、確固とした意志を表すと考えられる。次に「力」は、洞窟探険中、連れの者が引き返そうと言い出した際の記述に「予之力尚足以入（予の力尚ほ以て入るに足る）」とあることから、「集古録目序」の「力」とは違い、主體の體力、あるいはより漠然と能力を言うと思われる。最後に「物」は、洞窟探険において使用された燈火のような事物を表し、むしろこちらが、「集古録目序」の「力」のような、外在的條件に當たる。目的のものを「奇偉」「瑰怪」「非常」といった語で表現する點も含め、「集古録目序」の文章と非常によく似た發想で書かれていると言える。[17]

本作品の制作時期は、末尾の記載によると至和元年（一〇五四）七月であり、「集古録目序」よりも八年早い。この年王安石は、舒州（現在の安徽省懷寧県一帶）での任期が満ち、京師へと戻る途中で褒禪山に立ち寄り、この作品を書いた。京師では、群牧判官の職に就いている。歐陽脩も、同年五月に母親の喪が明けて京師に戻り、七月には權判吏部流内銓の職に就き、さらに翌八月、『新唐書』の編集を命じられた後、翰林學士等の職に移されている。以降、歐陽脩が契丹に使いした一時期を除き、嘉祐二年（一〇五七）五月に王安石が常州（現在の江蘇省常州市一帶）へと赴任するまでの間、二人はいずれも基本的に京師に居り、互いに詩を應酬する等の交流を持っていた。[18] もし「集古録目序」の記述が「遊褒禪山記」の影響を受けているとするならば、この時期に歐陽脩は王安石の作品を讀んだのかもしれない。

目標に到達できるだけの「力」があるのに行き着けなければ、それは他の人にとっては非難すべきことであり、自分にとっては後悔が殘ることである。[19] 逆に自分の「志」を貫き通して、それでも到達できなかった場合には、後悔することはないし、誰もそれを非難することはできない、と王安石は言う。かように「遊褒禪山記」では、己の意志を貫く姿勢を最も重要視している。一方「集古録目序」では、「凡そ物は之を好みて力有れば、則ち至らざる無きなり。」と、愛好心と財力の兼有を主張していた。ただ、珠をはじめとする財貨の採集について述べた部分とは違い、金石遺文の收集に關する記述には、以下のように、さらにもう一つ、大事な要素が付け加えられている。

夫力莫如好、好莫如一。予性顓而嗜古。凡世人之所貪者皆無欲於其閒。故得一其所好於斯。好之已篤、則力雖未足、猶能致之。故上自周穆王以來、下更秦、漢、隋、唐、五代、外至四海九州、名山大澤、窮崖絶谷、荒林破塚、神仙鬼物、詭怪所傳、莫不皆有。以爲『集古録』。

夫れ力は好むに如《し》くは莫く、好むは一なるに如くは莫し。予の性顓《もつぱ》らにして古を嗜む。凡そ世人の貪る所の者は皆其の閒に欲する無し。故に其の好む所を斯に一にするを得。之を好むこと已《はなは》だ篤ければ、則ち力未だ足らずと雖も、猶ほ能く之を致す。故に上は周の穆王自《よ》り以來、下は秦、漢、隋、唐、五代を更《へ》、外は四海九州、名山大澤、窮崖絶谷、荒林破塚、神仙鬼物、詭怪の傳ふる所に至るまで、皆有らざるは莫し。以て『集古録』を爲《つく》る。

歐陽脩は、財力よりも、愛好心よりも重要なものとして、專一に收集に勵む熱意（「一」）を擧げる。目標到達に邁進する強い氣持ちを表す點で、「遊褒禪山記」の「志」に近いと言えよう。珠等の財貨は、愛好心と財力がともに備わってこそ採集が可能であった。金石遺文もまた同様であるが、こちらの場合、手近な所にあって入手し易く、收集に際して生命に關わるような危險も無いため、強い熱意を持つ者であれば、財力が充分でなくても多くを集めることができる。かように「一」を最も重要な條件として擧げるのは、金石遺文の收集が、世人の好尚からは外れるものの、それだけ精力を傾けるに値する行爲であることを示すためであろう。同時に、財力等を必ずしも必要としない點で、誰しもが携われる仕事だということを明らかにするためでもあると考えられる。ここに、元々自身の趣味に過ぎない古物の收集を、廣く他者にも行わせようとする歐陽脩の考えが窺える。

四　おわりに

歐陽脩は、『集古錄跋尾』十卷の中でも金石遺文の價値を繰り返し强調しているが、中には、例えば「唐李石神道碑」（『集古錄跋尾』卷九、『歐陽文忠公集』卷一四二）の

右「李石碑」、柳公權書。余家集錄顏、柳書尤多、惟碑石不完者、則其字尤佳、非字之然也。譬夫金玉、埋沒於泥滓、時時發見其一二、則粲然在目、特爲可喜爾。

右「李石碑」、柳公權書。余の家　顏、柳の書を集錄すること尤も多きも、惟だ碑石の完からざる者のみ、則ち其の字尤も佳きは、字の然るに非ざるなり。譬ふれば夫《か》の金玉、泥滓に埋沒して、時時其の一二を發見せしむれば、則ち粲然として目に在り、特に喜ぶべしと爲すのみ。

のように、「集古錄目序」と似た表現で、そのすばらしさを述べた文も見られる。ただし本跋文では、金や玉が直接的な比喩表現として用いられている點で違いがある。ここで金や玉に喩えられているのは、「碑石の完からざる者」を含む、顏眞卿及び柳公權の書の全てだと思われる。おそらく顏、柳二氏の書は、そのすばらしさが世人にも廣く認められていたため、かような表現が取られたのであろう。(20) だとすれば、歐陽脩の集めた遺文は、實際は必ずしもその全てが、世の人々の好尙に合わない「怪奇」なものではなかったことになる。かように跋文の記述と比べてみると、「集古錄目序」の文章は、やや誇張して書かれていることが分かる。

「集古錄目序」の末尾は、

或譏予曰、「物多則其勢難聚、聚久而無不散。何必區區於是哉。」予對曰、「足吾所好玩、而老焉可也。象犀金玉之聚、其能果不散乎。予固未能以此而易彼也。」

或ひと予を譏《そし》りて曰く、「物多ければ則ち其の勢ひ聚め難く、聚むること久しくして散ぜざる無し。何ぞ必ずしも是に區區たらんや」と。予對《こた》へて曰く、「吾の好玩する所に足りて、焉《ここ》に老ゆれば可なり。象犀金玉の聚まるも、其れ能く果たして散ぜざらんや。予固より未だ此れを以て彼に易ふること能はざるなり」と。

と、架空の人物との對話で締め括られているが、ここでは象牙、犀角、金玉といった世人の愛好する貨財が、再び遺文の對比物として取り上げられており、作者である歐陽脩は、やはり後者の収集にのみ熱意を持っていることが示されている。本序文において金石遺文は、あくまで作者だけが情熱を傾けて収集し愛玩する「怪奇」なる至寶として記述されている。だが歐陽脩は、あえてこうした書き方をすることで、逆に遺文に對する人々の關心を強く引き起こし、彼らをその愛好へと向かわせることを企圖していたと言えるのではないだろうか。

注

（1）荒木敏一『宋代科擧制度研究』（京都大學文學部内東洋史研究會、一九六九年三月三十日發行）第二章第二節　省試考官（その一）内簾官、第三章第二節三　進士科特奏名の試題、同章第六節一　期日及び上請の禁（附、秉燭と賜燭）を參照。

（2）他の二題のうち「儒者可與守成論」は、『孔叢子』答問篇の「已而〔陳王〕告人曰、『儒者可與守成、難與進取、信哉。』（已にして人に告げて曰く、『儒者與《とも》に守成すべきも、與に進取し難きは、信なるかな』と。）」を出典とする。「溥愛無私詩」に關しては、『莊子』天道篇、『文子』道德篇、『新書』壹通、『漢書』巻五八・公孫弘傳等に「兼愛無私」、『漢書』

巻五六「董仲舒傳」に「溥愛而亡私」といったことばが見られるが、正確な出典は不明。

（3）以下、歐陽脩の作品の引用は、四部叢刊本に據る。

（4）中國古典文學叢書『歐陽修詩文集校箋』（全三冊、上海古籍出版社、二〇〇九年八月第一版）中册一〇六二頁、箋注〔四〕。『初學記』巻二七「寶器部」珠第三・明月の項に引く沈懷遠『南越志』に「海中有大珠、明月珠、水精珠。（海中に大珠、明月珠、水精珠有り。）」とある。

（5）この箇所に対し、洪本健氏は前掲注（4）書で注を附していないが、おそらく直接の發想の元となったのは、『荀子』勸學篇の「玉在山而草木潤、淵生珠而崖不枯。（玉 山に在りて草木潤ひ、淵 珠を生じて崖枯れず。）」や、晉・陸機「文賦」（『文選』巻一七）の「石韞玉而山輝、水懷珠而川媚。（石 玉を韞《をさ》めて山 輝き、水 珠を懷きて川 媚なり。）」等であろう（李善注は、「文賦」の當該箇所について、右の『荀子』の二句を引く）。前者は、不斷の努力を重ね、修養を積んだ者の學問品性は世に傳わることを説いたものであり、後者は、類い稀なる表現を含む文章はそのすばらしさがはっきりと外に現れることを述べたものである。ただし「集古録目序」と同じく、「淵」字を使用する點からは『莊子』天地篇の文章に對する意識が窺える。

（6）「集古録目序」の後半部分に「又以謂聚多而終必散。乃撮其大要、別爲録目、因幷載夫可與史傳正其闕謬者、以傳後學。庶益於多聞。（又た以謂《おも》へらく聚むること多きも終には必ず散ぜんと。乃ち其の大要を撮りて、別に録目を爲《つく》り、因りて幷《あ》はせて夫《か》の史傳と其の闕謬を正すべき者を載せ、以て後學に傳ふ。庶《こひねが》はくは多聞に益せんことを。）」とあるように、金石遺文の實質的な價値は、歷史書の缺落を補い、誤記を正すことのできる點にある。實際に歐陽脩は、『集古録跋尾』十巻において、自らが集めた遺文を用いて史書の記述に檢討を加えるとともに、それらの史料的有用性を繰り返し强調している。多くの先行研究が考察の對象としていることから分かるように、遺文の史料的側面は、歐陽脩『集古録』の研究において無視することのできない重要な要素である。ただし小論では、あえてこうした點には目を向けず、專ら「集古録目序」の表現の分析を通して、歐陽脩が金石文及びその收集行爲の價値や意義を、如何にして多くの人に傳えようとしたかを示すことを目的とする。

（7）小論における先秦文獻の引用は、特に斷りの無い限り二十二子本に據る。

（8）この八字は、郭象注の「不貴難得之物。（得難きの物を貴ばず。）」に基づくと思われる。

（9）引用箇所の少し後に、「我有善則立譽我、我有過則立毀我。（我に善有れば則ち立ちどころに我を譽《ほ》め、我に過《あやま》ち有れば則ち立ちどころに我を毀《そし》る。）」という記述がある。

（10）『尸子』にも、「玉淵之中、驪龍蟠焉。頷下有珠也。（玉淵の中、驪龍蟠《わだかま》る。頷下に珠有るなり。）」のように、珠の採集に付きまとう困難と危險性を述べたと思われる文がある。ただしこれは斷片的に傳わった記述であり、そこから何らかの思想的内容を讀み取ることは難しい。一方、本文に引いた『莊子』列御寇篇の文章は、宋王から車十乘を下賜された者が、自身の置かれる危險な立場や狀況を悟らないことを戒めるために語られた寓話である。珠のような財物の採集を否定的に見ている點で、天地篇の内容と共通する。

（11）「須彌〔山〕」が佛教關係の語であることから、本引用文はあるいは漢代以降に書かれたものかとも疑われるが、不明。

（12）『鄒子』は、『漢書』藝文志以降、書籍目錄にその名が見えず、宋代にはすでに散佚していたと思われる。したがって、歐陽脩がこの文を意識して「集古錄目序」を書いたとは必ずしも言えない。

（13）ただし前掲注（6）で述べたように、後半部分では、遺文の實質的價値である史料としての有用性について語ったことばが、わずかだが見られる。

（14）「偉麗」は壯大なる美しさを表し、「工妙」は「巧妙」と同義。「工妙」については、「後魏神龜造碑像記」（『集古錄跋尾』卷四、『歐陽文忠公集』卷一三七）でも、「患其文辭鄙淺、又多言浮屠、然獨其字畫往往工妙。（其の文辭鄙淺にして、又た多く浮屠を言ふを患《うれ》ふるも、然れども獨り其の字畫のみ往往工妙なり。）」と、文字のうまさを表すために用いられている。

（15）『終南山の變容――中唐文學論集』（研文出版、一九九九年十月一日第一版第一刷發行、）「奇――中唐における文學言語の規範の逸脱――」（初出は、『東北大學文學部研究年報』三十、一九八一年）一　批評用語としての奇を參照。

（16）前掲注（15）論文において、「怪」は規範的なものからの隔たりが「奇」よりも更に進んだ、常軌を逸したものであり、しばしば否定的に用いられると説明される。ただ、同論文でも述べられるように、價値的な意味を込めた用例が無い譯ではない。例えば歐陽脩が「周伯著碑」(『集古錄跋尾』卷十、『歐陽文忠公集』卷一四三)において「其文字古怪、而磨滅無首尾、了不可讀。〔周〕伯著不知爲何人。……其事蹟不可考、文辭莫曉、而字畫不工、徒以其古怪而錄之。此誠好古之弊也。(其の文字　古怪にして、磨滅して首尾無く、了《つひ》に讀むべからず。伯著は何人爲《な》るかを知らず。……其の事蹟考ふべからず、文辭曉《さと》る莫くして、字畫工ならず、徒《た》だ其の古怪なるを以て之を錄す。此れ誠に古を好むの弊なり。)」と用いる「古怪」は、純粹に價値的な意味を込めた表現とは言えないまでも、この碑文を收錄する理由となっている點から、少なくとも單純な否定的の語ではないと思われる。

(17) 前代の作品で、「遊褒禪山記」と同じく、人跡の及ばない險遠の地のすばらしさを述べたものとして、例えば晉・湛方生「廬山神仙詩序」(『藝文類聚』卷七八)の「尋陽有廬山者。……其崇標峻極、辰光隔輝、幽澗澄深、積淸百仞。若乃絕阻重險、非人跡之所遊、窈窕沖深、常含霞而貯氣、眞可謂神明之區域、列眞之苑囿矣。(尋陽に廬山なる者有り。……其の崇標　峻極にして、辰光　輝きを隔て、幽澗　澄深たりて、積淸　百仞なり。若《も》し乃ち絕阻重險、人跡の遊ぶ所に非ず、窈窕沖深として、常に霞を含みて氣を貯へ、眞に神明の區域にして、列眞の苑囿と謂ふべきなり。)」のような、神仙に關わる記述や、唐・白居易「三遊洞序」(四部叢刊本『白氏文集』卷二六)の「初見石、如疊如削。其怪者、如引臂、如垂(※「垂」下原有「如」字、今據宋紹興本刪。)幢。次見泉、如瀉如灑。其奇者、如懸練、如不絕線。……仰睇俯察、絕無人迹。但水石相薄、磷磷鑿鑿、跳珠濺玉、驚動耳目。(初め石を見るに、疊《かさ》ぬるが如く削るが如し。其の怪なる者は、臂を引くが如く、幢《ほろ》を垂るるが如し。次に泉を見るに、瀉《そそ》ぐが如く灑《そそ》ぐが如し。其の奇なる者は、練《ねりぎぬ》を懸くるが如く、線《すぢ》を絕たざるが如し。……仰睇俯察するも、絕えて人迹無し。但だ水石相ひ薄《せま》り、磷磷鑿鑿として、跳珠濺玉、耳目を驚動するのみ。)」のような、山水の遊覽について書き記した文章等がある。ただ、「遊褒禪山記」のように、目的の場所に到達するために必要な條件を擧げたものは、筆者が調査した限りでは見付からなかった。また、「集古錄目序」のように、事物の收集について書いた文章においても、かような條件を示した例は見られない。

(18) 洪本健『宋文六大家活動編年』(華東師範大學出版社、一九九三年十二月第一版、一九九九年六月第二次印刷)を參照。

(19) 王水照氏が『宋代散文選注』（中國古典文學作品選讀、上海古籍出版社、一九七八年十一月第一版）七九頁【解釋】㉛で言うように、「然力足以至焉」の下には「而不能至」等のことばが省略されている。

(20) 例えば「唐中興頌」（『集古錄跋尾』巻七、『歐陽文忠公集』巻一四〇）には、「右『大唐中興頌』、元結撰、顔眞卿書。書字尤奇偉、而文辭古雅。世多模以黄絹、爲圖障。（右『大唐中興頌』、元結撰、顔眞卿書。書の字尤も奇偉にして、文辭古雅なり。世多く模するに黄絹を以てし、圖障を爲《つく》る。）」と、顔眞卿の書が世人に模寫されたことが書かれている。

本研究はＪＳＰＳ科研費１７Ｊ０３０１４の助成を受けたものです。

明代中後期文人對歐陽修散文的受容情況

杜　梅

明代茅坤（1512—1601），字順甫，號鹿門，曾編選《唐宋八大家文鈔》，其中輯錄了唐代的韓愈、柳宗元，北宋的歐陽修、蘇洵、蘇軾、蘇轍、王安石和曾鞏八人的文章。此後，八大家作為一個文學學術名詞出現，但筆者認為，這一學術名詞容易使人以群體研究的思維去認識其文學影響，致使後世人在品評明人對八大家中个別作家的受容情況时，存在含糊的认识。例如明中後期文人對歐文的受容情況是存在變化和分歧的。因此，本文試圖打破唐宋八大家這一群體性的內涵概念，不再籠統地分析明中後時期文人對唐宋八大家的批評、受容情況。借用個案研究的方法，根據明中後期文人對歐文的批評、受容情況進行客觀地釐清、梳理。

本文之所以將研究階段定位於明中後期，其原因有二：

首先，明初文學作品是傾向于迎合政治環境而創作，缺少審美意識的反思，尤其以台閣體為典型。正如陳書錄所言：〝楊士奇、楊榮及黃淮等台閣體作家的藝術心態是性情純正，〝和平易直〞；台閣體的文學功能是〝考見王政之得失，治道之盛衰〞；台閣體文學的思想內涵是抒寫〝愛親忠君之念，咎己自悼之懷〞等；台閣體文學的風格是〝和而平、溫而厚、怨而不傷〞，是〝清粹典則〞、〝沖和雅澹〞。考察這些文學思想與台閣體作家文化心態之間的關係，可見一方面是他們出於自安自得的心態而虔誠的藝術追求，另一方面又是懾于君主專制和朱學獨尊的淫威，並且秉承帝王旨意而為官方文學（其中包括台閣文學）製造理論。[1]〃可知，明初追求雍容醇厚之氣象，從而欣賞歐陽文忠公典麗、雍容的文風。楊士竒《聖諭録中二十四條》：〃上在東宮，稍暇即留意文事。間與臣士竒言：〃歐陽文忠文雍容、醇厚，氣象近三代。有生不同時之歎，且愛其諫疏明白切直〃[2]〃。正因如此，《四庫全書總目》載《東里集》提要云：〃明初〃三楊〃並稱，而士竒文筆特優，制誥碑版，多出其手。仁宗雅好歐陽修文，士竒文亦平正紆餘，得其髣髴……後来館閣著作，沿為流派。[3]〃筆者認為，在此政治文化背景下的文人創作及理論主張都並非出於對文學本身的思考，因此從文學研究的角度來看，分析明前期文人對歐陽修散文的受容情況其文學意義不大。

其次，明代中期以後的文學創作反思和探索更為活躍。明代中葉文學復古運動開始激烈的展開，文人相繼開始反思前人創作並對未來創作進行理論探索。而且廖可斌也認為：〃從唐中葉到明代中葉，伴隨著中國古典審美理想的解體，中國古典詩歌已經逐步衰落的道路上滑行了幾百年。[4]〃因此，明代中葉開始直至明末清初，伴隨傳統審美變遷，文人立足于文學本身開始對中國古典審美有了新的認識，尤其是積極活躍地對八大家的散文進行了討論並提出新的文學理論觀念。基於以上兩點，故本文不再探究明初文人對歐文的品評。

一、明代中期，肯定歐文風氣之萌動——前七子之一邊貢對歐文的肯定態度

雖然明初文人對韓、歐、蘇三家之文仍然持讚賞態度，如楊士竒《王忠文公文集序》：〃近數百年來，士多喜讀韓文公、歐陽文忠公，蘇文忠公之文，要皆本其立朝大節，炳炳焉有以振發人心者也[5]〃。但至明弘治、正德年間，前七子為了一改台閣體萎靡、慵懶之詩文風氣，從而宣導〃文必秦漢、詩必盛唐〃的詩文觀念。正如夏鹹淳所說：〃但到中

葉，政治、文化環境起了變化，不斷有人對宋學、宋文、宋代經義提出非議，出現了一股清算〝宋習〞的潮流。[6]〞如：李夢陽（1473—1530），字獻吉，號空同，為復古派前七子之領袖。他對歐文進行了批判，曾曰：〝陝西按察副使提學淩谿關正學院，羣秦士高等其中，置官設徒，豐餼嚴約，談經講道至者且數千，指風教大行。文自韓歐來，學者無所師承，迷昧顯。則我明既興隆，本雖切然要奧未聞也[7]〞。另外，〝歐陽人雖名世，《唐書》新靡加故，今之認識者購故而廢新。《五代史》成一家言是矣，然古史如畫筆，形神具出，覽者勇躍，卓如見之，歐無是也。[8]〞可見，李夢陽明確批判歐陽修的散文，認為與先秦文相比而缺少氣魄。另如，前七子之一的康海《明故承德郎戶部貴州司主事閻君墓誌銘》：〝君諱倬，字允章，號山泉子，太子太傅、兵部尚書恆齋公之季子也。……成化、弘治間海內爭誦之。予為諸生時，嘗辱其與進蓋歐陽文忠之流焉。[9]〞亦可見，康海亦曾對歐陽文忠公的輕視。因此，許多學者即認為前七子對唐宋八大家之文亦持批判態度。

同為前七子，然而邊貢卻不同于李夢陽、康海對歐陽文忠公的認識。邊貢（1476—1532），字廷實，道號華泉子，歷城人。《奉送石門翟學士典文北上》：〝鳴鹿宵聆賓宴歌，講臣秋考帝鄉科。文歸永樂真相匹，駕比歐陽不啻過。千里地靈江右占，一時人傑榜中多，西還有夢身先到，金殿東頭白玉坡。[10]〞這首詩歌為邊貢贈與他人之作，根據詩歌內容大致可判斷出，邊貢是誇讚翟學士詩文創作，並祝願其仕途一切順利。在古代文學作品中，雖然這類贈答詩歌俯首即是，但筆者認為可從這首詩歌看出一問題：邊貢身為前七子中一員卻一改前七子其他人貶歐之態度，反而借助歐陽修的文筆能力來讚美他人。由此可見，作為七子之一的邊貢對歐陽修表現出肯定甚至讚賞的態度，這是人所容易忽視的一點。

為進一步探究其原因，首先確定翟學士身份是十分關鍵的。《明史》：〝翟鑾，字仲鳴，其先人諸城人。曾祖為錦衣衛校尉，因家京師。舉弘治十八年進士……二十一年，言罷，鑾為首輔。嚴嵩初入，鑾以資地居其上，權遠出嵩下，而嵩終惡鑾，不能容。……會鑾子汝儉、汝孝與其師崔奇勛所親焦清同舉二十三年進士，嵩遂屬給事中王交、王堯曰劾其有弊。[11]〞此外，據《明史》載〝邊貢，字廷實，歷城人。……貢年二十舉於鄉，第弘治九年進士。除太常博士，擢兵科給事中。[12]〟可知，此人與邊貢同為山東人，而且曾官至內閣首輔。因此也就不難理解邊貢對其讚譽有加。其次，應探析翟學士的文學觀念或創作傾向。據許成名《光祿大夫柱國少傅兼太子太傅禮部尚書謹身殿大學士石門翟公鑾行狀》載：〝公諱鑾，字仲明，號石門，世為山東青州府諸城縣人。……公生峻嶷輔骨，峻起廣顙，河目視瞻有威。五六歲動止輒有禮度，十二三歲即為古文，雅愛陸宣公奏議及古文，眞寶，過目成誦。[13]〟據此可知，翟鑾雅愛陸宣公（陸贄，754－805，字敬輿，歷任翰林學士、中書侍郎、同平章事等職，頗受重用，著有《陸宣公翰苑集》）奏議及古文。雖然當時在李夢陽的引領下掀起了批判宋文，尤其是批判歐文的文學風氣，但是翟鑾卻並未放棄對古文的支持。而且，筆者透過翟鑾對陸宣公的肯定態度，認為可推斷翟鑾對韓、歐等人的肯定。原因在於：第一，〝歐陽詹，貞元八年，陸贄榜第二，人及第。與韓愈、李觀、李絳、崔羣、王涯、馮宿、庾承宣聯名，皆天下選，時號‘龍虎榜[14]’。〟據此可知，陸贄在主持科舉期間轉變以往詩賦取士的傳統，反而欣賞登韓愈、李絳、崔群等人。據此可見陸贄對韓愈文章的欣賞。第二，蘇軾《六一居士集序》：〝予得其詩文七百六十六篇，於其子棐乃次而論之曰：‘歐陽子論大道似韓愈，論事似陸贄，記事似司馬遷，詩賦似李白’。此非余言也，天下之言也。[15]〟蘇軾認為歐陽修的論事文章與陸贄頗為相似。可見，陸贄的文學態度同韓愈、歐陽修文章的密切關聯，亦可推斷出翟鑾除了雅愛陸贄之文，對韓、歐之文亦應持肯定觀點。翟鑾之所以並未直接表達其對韓、歐之文的肯定態度，應該與當時李夢陽等人排斥唐宋之文的態度息息相關。

據以上，筆者認為因為邊貢、翟鑾等人都曾舉進士，尤其翟鑾還曾入內閣，其具有一定政治影響力，一般來說，具有政治權柄的人同時能潛移默化地對文學風尚產生一定影響。雖然，目前學者已注意到明代中期在李夢陽等人的宣導下掀起排斥宋文，尤其是貶斥歐文的風尚，但不能一概而論，即認為前七子皆否定歐文，還是應該客觀分析。此外，在當時前七子也許只是文壇一角，很可能有另一群人在繼續支持唐宋文。而且這群人還具有一定的影響力，值得我們客觀認識和繼續探索。

二、明代中期，推崇歐文之風興起——唐宋派對歐文尤為推崇

在目前許多研究中，學者皆談到唐宋派反對前七子的模擬之風，並提倡唐宋文。例如：〃唐宋派反對復古擬古派呆板的摹秦漢，主張以唐宋通順的文體代替秦漢詰屈聱牙的文風。這是適應文學發展的形勢的。[16]〃許多學者也曾談及唐宋派主張唐宋文，但是筆者認為這一觀點說明的並不確切。因為，唐宋派代表者王慎中、唐順之、歸有光相比于對唐文的支持，更傾向于對宋文的支持，尤其是推崇歐文。如李長祥《天問閣文集》卷三《與龔介眉書》：〃然昌黎之法存也，故志表自昌黎以後推歐陽，歐陽之志表實繇昌黎，今人知歐陽不知昌黎，宜其謂歐陽之加其上也，又宜其謂好過司馬也。則但知歐陽並未知司馬也，總之未常讀書而即言作文，未常苦心深久讀書而即謂讀書，其所讀之書不過八大家，其八大家又不過孫茅之選本，而即謂讀八大家。八大家中又不過歐陽，而即謂已讀八大家，即作文即自謂能文，塗飾人耳目。[17]〃總之，自唐宋派起，崇尚歐文之風尚則開始大力興起。可見於以下幾點：

（一）王慎中對歐文的推崇

王慎中（1509—1559），字道思，號遵岩居士，後號南江。《明史》卷二八七《王慎中傳》載：〃慎中為文，初主秦漢，謂東京以下無可取。已悟歐、曾作文之法，乃盡焚舊作，一意師仿，尤得力于曾鞏。順之初不服，文亦變而從之。[18]〃據此可知，王慎中同前七子相類似，亦曾學習秦漢文，後來轉學宋文。

但是王慎中雖〃已悟歐、曾作文之法〃，不過筆者認為他對歐陽修散文尤為推崇。因為王慎中於《與華鴻山》曾明確談及他對歐陽修序文創作的崇拜之情，〃雖文不為工而其意獨至矣。至其所以致，推慕感憤於兄者，亦非苟然也。僕常愛歐陽六一所作，釋唯儼、秘演、梅聖俞《詩集》、《內制集》數序，感慨曲折，極有司馬子長之致，昌黎無之也。

常有意學之，而才力況趣，終不相近，此序亦頗有其風矣[19]。〃而且據此可知，相比於韓愈，王慎中認為歐陽修的序文所蘊含的情志更為曲折，因此更為欣賞歐文。

（二）唐順之對歐文的推崇

唐順之（1507－1560），字應德，一字義修，號荊川。唐順之早期也受前七子影響，曾標榜〝文必秦漢，詩必盛唐〞。但是中年受王慎中之影響，開始察覺到七子散文艱澀、抄襲之弊病，因此轉而師法唐宋文，提出〝文從字順〞的觀念。唐順之的這一觀念對茅坤也具有一定影響。

正如《明史·文苑傳》所言：〝坤善古文，最心折唐順之。順之喜唐、宋諸大家文，所著《文編》，唐、宋人自韓、柳、歐、三蘇、曾、王八家外，無所取，故坤選《八大家文鈔》。其書盛行海內，鄉里小生無不知茅鹿門者〞。因此，有的學者認為茅坤編選《八大家文鈔》，是直接源于唐順之的《文編》。筆者認為這一說法過於片面，因為：首先，明初時朱右曾就早已編過《八先生文集》。其次，唐順之的《文編》並非專門輯錄唐宋文，除了大量唐宋文之外，還選了《左傳》《國語》《史記》等秦漢文。

此外，這一說法也不夠確切。因為未能說明唐順之對茅坤影響的具體體現。本人認為，之所以說〝坤善古文，最心折唐順之〞是有一定道理的，唐順之對茅坤的影響體現在：茅坤繼承了唐順之對歐陽修的推崇。因為根據唐宋八家文章收錄傾向，筆者認為茅坤編選《八大家文鈔》的確是受唐順之《文編》之影響。據具體收錄數量看，唐順之《文編》共六十一卷，其中載韓愈文一百四十四篇，柳宗元文七十篇，歐陽修文二百一十篇，蘇軾文一百八十八篇，王安石文五十二篇，蘇洵文三十二篇，蘇轍文五十八篇，曾鞏文二十五篇。茅坤《八大家文鈔》載韓愈文十六卷，柳宗元文十二卷，歐陽修文三十二卷，附《五代史鈔》二十卷，蘇軾文二十八卷，王安石文十六卷，蘇洵文十卷，蘇轍文二十卷，曾鞏文十卷。可見，茅坤《八大家文鈔》與唐順之《文編》的輯錄數目的前三位的排序相同：歐陽修第一，韓愈，第二，蘇軾第三，可見二者皆傾向于歐文。因此，筆者認為根據兩人的選錄情況，可知，唐順之《文編》對茅坤的編選情況有一定影響。總之，唐順之大力推崇歐文，並影響著後學們的散文主張和觀念。

（三）歸有光對歐文的推崇

歸有光（1507—1571），字熙甫，又字開甫，別號震川，又號項脊生，世稱震川先生。不過，自清代以來，許多學者即已意識到歸有光與歐陽修之間的密切關係，甚至有學者認為歸有光頗以歐陽修之文為宗。如：錢謙益認為"歸有光文，今之歐陽子也。[20]"此外，《明史》："歸有光頗後出，以司馬、歐陽自命，力排李何王李。[21]"康熙五十九年舉人，田同之："前明二百七十餘年，其文嘗屢變矣，而中間最卓卓知名者，亦無不學於古人而得之。羅圭峯學退之者也，歸震川學永叔者也……[22]"可見，清代學者認為在散文創作方面，歸有光是以歐陽修為師的。此外，孫岱《歸震川先生年譜》附錄桐城方苞《書歸震川文集後》："修飾而情辭並得，使覽者惻然有隱，其氣韻蓋得之子長，故能取法於歐曾，而少更其形貌耳。[23]"可見，方苞亦認為歸有光吸取了歐曾作文之法。之後，茹敦和《竹香齋古文》載："古文自歐曾而後，斷以震川先生爲大宗[24]"。總之，據目前研究成果來看，歸有光推崇歐陽修是毋庸置疑的。

對於前人的這一結論，學者也認可此觀點並分析了這一原因，如洪本健老師曾提出："歸氏擅長散文創作，詩歌數量不多，不大為人所關注，他對歐公的接受主要表現在散文領域。韓、柳、歐、蘇是歸有光、唐順之、茅坤等所心儀的唐宋大家，歸氏對歐公情有獨鍾，不僅編有《唐宋四大家文選》，還專門編有《歐陽文忠公文選》（以下簡稱《歐選》），並加以自己和他人的評語。《歐選》精選歐文91篇，其中，議及朝政的二書、疏、劄子、狀計14篇，表、啟6篇，書8篇，政論、史論15篇，序及贈序14篇，記9篇，神道碑銘、墓誌銘、墓表17篇，祭文3篇，雜題跋3篇，賦2篇，各種文體較為齊全，比例也大體適當。由選文及評語可知歸氏熟讀歐文，對歐文有自己獨到的見解。[25]"除此之外，筆者認為還在於歸有光與歐陽修二人文學創作理論極為相似，皆主張真情觀。因為根據歐陽修對《詩經》的議論，可見其詩文觀點亦以真情為詩文之根本。而歸有光在詩文創作觀念方面，亦持有真情觀，與歐陽修有異曲同工之處，可體現於以下幾方面：

第一，從創作動因來看，二人認為人之性情是詩歌創作的最初動力，若無真性情則無以成詩。歐陽修《定風雅頌解》曾曰："秦漢而後，何其滅然也，王通謂：諸侯不貢詩，天子不採風，樂官不達雅，國史不明變，非民之不作也。《詩》出於民之情性，情性其能無哉，職詩者之罪也。通之言，其幾於聖人之心矣。[26]"雖然，這段話是歐陽修借王通之語來批判無《詩》言情的弊端，但是也可看出，他認可民之根本性情才可成詩，而且所成之詩之價值可視為出於聖人之心。歸有光《嘉靖庚子科鄉試對策五道》："雖然樂者千世一理而已矣，不以有傳而存，不以無傳而亡，其始在於人心，人心之動物使之然也，情動於中而發於聲，聲成文謂之音。[27]"由此，可見歸有光也認為情動而發聲，發聲以成文，所以對於詩文創作而言，二人皆認為情之萌動是最初的根本力量。

第二，從創作的內容來看，二人皆認為曲盡人情是詩歌創作的主體內容。歐陽修："《論》曰：《詩》文雖簡易，然能曲盡人事，而古今人情一也。求《詩》義者，以人情求之，則不遠矣。然學者常至於迂遠，遂失其本義。[28]"可見，他認為《詩經》能曲盡人情、曲盡人事，若要瞭解《詩經》之內涵，只要從人情處探源即可。歸有光《隆慶元年浙江程策四道》："古之所謂良史者，其明必足以周萬事之理，其道必足以適天下之用，其智必足以通難知之意，其文必足以發難顯之情，而後其任可得而稱也。[29]"歸有光認為史傳文章的文學意義在於能夠抒發他人難以抒發之情，可見真性情的流露不僅是創作者內在的動力，而且還要求創作主體能將其外化於文字，使他人得以感知。

第三，從創作意義來看，真實地抒情達意、彰顯性情以達禮，不僅是《詩經》所推崇的價值和意義，也是歐陽修詩文創作的一個重要觀點。歐陽修《書梅聖俞詩稿後》："古者登歌，清廟太師掌之，而諸侯之國亦各有《詩》，以道其風土性情。至於投壺、饗射，必使工歌，以達其意，而為賓樂。[30]"歐陽修認為《詩經》創作的意義在於展現風土人情，使人知禮，其意義高於投壺、饗射等其他古禮。歸有光《書冢盧巢燕卷後》："然予以為天下之禮，始於人情。人情之所至，皆可以為禮。孝子不忍死其親，徘徊顧戀於松楸狐兎之間而不能歸，此可以觀其情之至而禮之所本[31]。〃歸有光所認為的情與禮之間的關係比歐陽修更進一步，因為在他看來除了以詩展現風俗人情是禮，人之至情也是禮，可見他對真性情的追求。大概正因如此，他的散文才能夠情真意切，為後世人所傳頌。

第四，從創作實踐來看，二人皆認為應順情、節情而為文。歐陽修：〃故凡養生送死之道，皆因其欲而為之制，飾之物采而文焉，所以悅之，使其易趣也。順其情性而節焉，所以防之，使其不過也[32]。〃雖然情性是創作之根本，但若是情性過於氾濫，不知節制的話，反而會過猶不及。因此詩文創作過程中，真情的參與程度要合理、適量。歸有光《陶菴記》：〃余少好讀司馬子長書，見其感慨激烈、憤鬱不平之氣，勃勃不能自抑。以為君子之處世，輕重之衡，常在於我，決不當以一時之所遭，而身與之遷徙上下。……已而觀陶子之集，則其平淡沖和，瀟灑脫落，悠然勢分之外，非獨不困於窮，而直以窮為娛。百世之下，諷咏其詞，融融然塵查俗垢與之俱化。信乎！古之善處窮者也，推陶子之道可以進于孔氏之門[33]。〃可見，歸有光在不同人生階段對情感的表達是不同的，年少時情感激烈，但之後觀陶淵明之書卻認為能夠像陶淵明那樣能夠平其心志、怡其性情才是更高境界。若想追求瀟灑自然的心境，歸有光必然會對年少時激烈的情感加以控制，結合其詩文散文作品質樸簡潔卻又自然動人的藝術特點，可見此觀點對創作也產生著潛移默化的影響。

根據歸有光《歐陽文忠公文選》卷五，評《唐書兵志記》曰：〃風神機軸逼真太史公〃。筆者認為，歸有光也曾注意到歐陽修文辭所流露出的深情。並結合以上梳理內容，可見歸有光對歐陽修的承襲與推崇，尤其體現於歸有光、歐陽修二人詩文理論的真情觀。

三、明代後期，崇尚歐文風氣之起伏——文論觀呈多樣化傾向

明代後期歐文的崇高地位有所滑落，並非是說後期文人皆貶斥歐文，而是在於後期文人持有多樣化的文學主張和觀念。雖然有些人仍然推崇歐文，但有的文人轉而推崇八大家中的韓愈或者蘇軾，因此明代中期的趨歐風尚於明代後期開始滑落。其實，自明代中期後七子之領袖王世貞起，即對歐文已有反思。王世貞："文至於隋唐而靡極矣，韓柳振之，曰斂華而實也。至於五代而冗極矣，歐蘇振之，曰化腐而新也，然歐蘇則有間焉，其流也使人畏難而好易。[34]"在他看來，歐陽修雖然一改《舊五代史》文法繁冗、拖沓的弊病，但是其平易文風卻致使後世人的創作流於平淡和淺顯。王世貞對韓愈碑、志類文章極為推崇，曾於《書韓愈散文後》："韓公於碑、志之類，最為雄奇有氣力，亦甚古。"至明代後期，隨著社會經濟的變化和發展，士大夫階層與市民階層的文化追求和品味發生碰撞和融合。廟堂文學的典雅、雍容與極具世俗色彩的通俗文學在潛移默化中互相發生著影響；隨著程朱理學的衰落、封建禮教的衰微和晚明人自覺意識的覺醒，維護封建宗法禮教的觀念和追求自我、自由、自適的觀念也在發生碰撞。因此，明代後期文人極具個性化追求，敢於表達自我觀點，這在無形中影響了他們對歐文的認識和態度也各不相同。

(一) 李贄尤為推崇蘇文

李贄（1527—1602），名贄，字宏甫，號卓吾，別號溫陵居士、百泉居士等。明代思想家、文學家。他的童心說可謂是最具代表的張揚個性的明代文學理論。童心說即認為天下之至文，未有不出於童心者也。童心即出自人的本性，不假雕飾的情感。文學創作者以及文學作品都要符合這一觀點，作品要真實、坦率地流露作者的真情實感，絕不能以虛偽之心創作虛妄之言。因此，李贄將矛頭直指被當時士大夫階層所信奉的儒家程朱理學，認為其為偽道學。相比于對歐

陽修文章的推崇，李贄明顯更傾向於蘇東坡其人、其文。當時有無知狂妄者認為自己也能和蘇東坡一樣嬉笑怒罵之詞亦為文章，李贄對此進行批判和否定，認為這種人並未真實客觀瞭解蘇東坡，僅僅看到了最淺顯的表面現象而已，故曰〝無坡公之心而效其嚬，無坡公之人而學其步，而自謂曰：我能嘻笑怒罵也，我能風流戲謔也。〞更甚至激烈批判朱熹對蘇軾的評定，李贄曾讀楊慎《文公著書》而作劄記：〝朱文公談道著書，百世宗之。然觀其評論古今人品，誠有違公是而遠人情者：王安石引用姦邪，傾覆宗社也，乃列之《名臣録》而稱其道德文章；蘇文忠道德文章，古今所共仰也，乃力詆之，謂得行其志，其禍又甚于安石夫。以安石之姦，則未滅其已著之罪；以蘇子之賢，則巧索其未形之短，此何心哉？卓吾子曰：文公非不知坡公也，坡公好笑道學，文公恨之，直欲爲洛黨出氣耳，豈其真無人心哉！若安石自宜取。……文忠困阨一生，盡心盡力幹辦國家事一生。據其生平，了無不幹之事，亦了不見其有幹事之名，但見有嬉笑遊戲，翰墨滿人間耳。而文公不識，則文公亦不必論人矣[35]。〞本來蘇東坡之文受古今人所推崇，但朱熹卻大力詆毀，未能客觀公正地給予評定。李贄認為，其原因在於朱熹因不滿蘇東坡對道學地譏笑，因此打擊報復蘇東坡，從而認為朱熹並不公允。據此，也可看出李贄對蘇軾之文的肯定與欣賞。李贄《復焦弱侯》曾曰：〝蘇長公何如人，故其文章自然驚天動地。世人不知，祇以文章稱之，不知文章，直彼餘事耳。世未有其人不能卓立，而能文章垂不朽者[36]。〞他認為東坡之文之所以能夠為古今所敬仰，原因在於東坡其人的品格之高。可見，李贄不僅對蘇東坡其文讚譽，更認為其人格魅力卓爾不群。

（二）孫慎行延續唐宋派對歐文的推崇

像李贄這樣，極力反對程朱理學思想的激進學者仍是少數。明代後期仍有一部分學者對歐文尤為推崇。如：明代後期孫慎行，據《明史》知，字聞斯，武進人。幼習聞外祖唐順之緒論，即嗜學。萬曆二十三年舉進士第三人，授編修，累官左庶子。數請假里居，鍵戶息交，覃精理學。唐順之為孫慎行的外祖父，因而孫慎行的文學觀點在某種程度上受唐順之影響。例如，孫慎行對於唐宋八大家文辭尤為肯定。孫慎行《書八大家文抄後》：〝腐文可唾，卑文可掃，奇文可嗜，高文可師，如之何其混而一也？既已可混而一，又焉得不畔而逃？余少讀《軌範》，一班耳已，而覩茅氏《八大家文抄》，則浩矣。又覩唐氏《文編》《文略》，則庶乎有裁。嗚呼！道術之悳，文教之純，袞衣繡裳之不為窄袖小冠，清廟明堂之不為白草黃蒿，賴是物也。而世初學小生不識先生大人深奧，多以史漢為高，以八家為卑，又甚者驚俗下若奇，畏八家若腐，其畔而逃也若是。余心慨焉，茲之抄大約窮微極變，洞心駭耳居多，即三氏選中，間有搜其佚，發其沉湮者。[37]〟此外，在孫慎行所肯定的八家裡，尤為推崇的應屬歐陽修。一是，因為他較為欣賞歐陽修《新五代史》的編撰體例。《編雜傳序》十一月初八載：〝夫歐陽子之為《五代史》也，事一朝者分為各朝傳，歷事數朝者總為雜傳，他賢好不論，獨論君臣大義忠貞，畔逆一開卷判若□曰，可謂繼《春秋》而垂教，先綱目而立義者也。[38]〟二是，因為孫慎行贊同歐陽修避佛道的觀點。孫慎行《文格》十一月十三日：〝余性未嘗不喜觀佛經典及道家言，然講儒家道理便不欲舉。相印證即作文，亦絕不欲用其語句。嘗以為儒衣破綻終不可用，袈裟若羽衣一片為補綴。……自漢魏來學士大夫言之雜出，無可分別久矣，韓子、歐陽子一意闢佛老，其文章絕不用其語言，影響所以深醇，爾雅起衰，復古卓為文家宗。[39]〟據此可見，孫慎行認為歐陽修等人之文章之所以能夠雍容典雅，很大部分原因在於他有意在文章創作實踐中不用佛老之言，他對此創作特點極為肯定。

(三) 公安派和竟陵派對歐公詩文的肯定

竟陵派雖然比公安派更追求〝幽深孤峭〟與〝別理奇趣〟的文章韻味，其總體而言公安派和竟陵派都追求〝獨抒性靈，不拘格套〟的文學思想，主張書寫自我的心靈感受與個性追求。此外，袁宏道與譚元春在對待歐陽修詩文的態度方面是較為相近的。

袁宏道（1568—1610），字中郎，又字無學，號石公，又號六休。《江進之》：〝近日讀古今名人諸賦，始知蘇子瞻、歐陽永叔輩見識真不可及。[40]〃另外，《與李龍湖》：〃近日最得意無如批點歐蘇二公文集，歐公文之佳無論，其詩如傾江倒海，直欲伯仲、少陵宇宙間，自有此一種奇觀。但恨今人爲先入惡詩，所障難不能虛心盡讀耳。[41]〃可見，袁宏道對歐陽修詩文所流露出的才情、氣魄較為欣賞，因此流露出讚美之情。

譚元春（1586—1637），湖廣竟陵人，字友夏，號鵠灣，別號蓑翁。《徐中丞集序》：〃春從事於詩文者也，往見歐陽子有言：唐《四庫書目》，班固《藝文志》其所列著書之士，多者百餘篇，少者三四十篇，而散亡不存一二。雖以文章之麗、言語之工，營營汲汲以終其身，而卒無異千飄眼之草木、過耳之好鳥，未嘗不爽然喪其嗜古之志。然而歐公之文流傳千古，無一篇失者。則嘗思之：彼多者百餘篇，而不存一二，少者或一二篇，而亦足以傳，皆命也。意篇章之業，或賴道德以久，或附經濟以見，或風期才華之美，各有所因，而流於人間與？[42]〃雖然譚元春並未直接點明對歐文的看法，但據〃歐公之文流傳千古，無一篇失者〃即引發了他對文學創作的思考，無論原因為何，歐公之文之所以能為世人傳頌，可見其文筆之深厚。因此可感知到譚元春對歐陽修的欽佩。

（四）明代後期山人代表陳繼儒尤喜好韓柳、蘇之詩文

明代山人之風自嘉靖時期興起[43]，雖然山人本意是指因不願為官而隱逸於山中之士，但明代山人卻並非如此，往往是指遊走市朝之人，他們以近似門客的身份結交朝中官員和權貴，來維持生機或求顯達。陳繼儒雖然並非以山人身份維持生計或求顯達，但後世人往往將其視為明代後期山人群體的代表人物。陳繼儒（1558—1639），字仲醇，號眉公、麋公，不僅是明代書畫家，亦是文學家。《明史》卷二百九十八《隱逸傳》載：〃幼穎異，能文章，同郡徐階特器重之，長為諸生，與董其昌齊名。……詩善文，短翰小詞，皆極風致。兼能繪事，又博聞強識，經史諸子，術技稗官，與二氏家言，靡不校核。[44]〃陳繼儒《鳳皇山房稿後序》載：〃古人有云：文不容僞，以氣完爲主，韓柳之不敵勝在氣耳！[45]〃，可見，他欣賞韓柳之文並且認為韓柳之文在於氣勝。另外，陳繼儒輯《古文品外錄》十二卷，《中國文學珍本叢書》第一

輯第四十七種本是據原刊本排印，貝葉山房張氏藏版，民國二十五年九月出版。書中卷七至卷十二為唐宋文，共一百七十八篇，其中唐宋八大家中韓愈文四篇、柳宗元文十篇、歐陽修文五篇、蘇軾文九篇、王安石文四篇、蘇轍四篇，在所選篇目中柳宗元之文數目較多，可見他對柳文的肯定。此外，《詠物詩序》：〃詠物如寫照，不在形而在神。亦復如臨帖，不在點畫而在波瀾。……東坡之爲詩，須飽參，然後味乃同[46]。〃據此可見，他認同蘇軾的詩歌觀點，認為必須充分領略事理，才能創作出好的詩歌，為文亦應如此。

陳繼儒之所以未對歐文流露出如此崇尚態度，筆者認為原因有二：一是與他入仕卻科舉不第的人生經歷息息相關，並且他意識到晚明政治漩渦，主動放棄追求仕途，體現了他順從自我本心意志，敢於突破傳統儒家思想追求個人價值的人生態度。因此他對作為廟堂文學代表的歐文並未曾流露出喜愛之情。而是對講究氣勢的韓柳之文流露出讚賞態度。二是與他獨特的氣質個性有著密切關聯，正如《空青先生墓誌銘》中所言〃稱性而出，率性而止[47]〃，另如《陳眉公先生全集》卷十二《藝苑贅言序》中所言〃余宇宙之贅人也！方其翩翩為儒生也，近儒；及其毀冠紳，遊戲於佛奴道民之間，近二氏；醉臥酒爐，高吟騷壇，近放；遇人倫禮樂之事，扣舌屏氣，斤斤有度，近莊；好譚天文禽道及陰陽兵家言，近迂；浪跡山根樹林之傍，與野獮瘦猿騰躍上下而不能止，近野。故余之遊於世也，世不知其何如人，余亦不自知其何如人。其五行所不能束，三教之所不敢收者邪？蓋宇宙之贅人也！[48]〃他的個人氣質綜合了儒釋道三家思想，並且性情也尤為率直、磊落，有豪士之氣。因此他較為推崇韓柳、蘇三家詩文。

（五）明末文人艾南英重啟模擬歐文之風氣

艾南英（1583—1646），字千子，號天傭子，撫州府臨川東鄉（今江西省撫州市東鄉區）人。明朝末年散文家、文學評論家。明末八股文風日漸衰敗，內容和形式僵化，艾南英為改變此風氣，主張學習唐宋派，唐宋八大家之文中尤為推崇歐陽修之文，曾曰：〃至先生所作古文，一洗腐爛之習，固歐、曾之苗裔而震川、筋川諸先生之高足也。〃另外，《再答夏彝仲論文書》："歐者《史記》之嫡子，而此老（歸有光）則歐之高足也。……然文至宋而體備，至宋而法嚴，至宋而本末源流遂能與聖賢合，恐太史公複生，不能不撫掌稱快。"可見，他對歐陽修的史傳散文更是推崇備至。

雖然艾南英模擬歐文卻為後人所批評，如錢基博："艾南英模放歐陽，而生吞活剝，亦落膚剿，不能如歸有光之神逸。……學唐宋文之窠臼，而壹出於模擬者，羅玘、南英也。[49]"儘管其創作水準不高，但是可見其對歐文的熱忱。而且，這一模擬之風甚至延續至清初，因為"艾南英的這種觀點在當時並非只是個人見解，王夫之也曾發表過類似的看法，他將學習歐陽修與學習八家中其他諸家的利弊進行比較，得出的結論是：學蘇明允修與學習八家中其他諸家的利弊進行比較，得出的結論是：'學蘇明允，猖狂譎躁，如健訟人強詞奪理。學曾子固，如聽村老判事，止此沒要緊話，板今掉古，牽曳不休，令人不耐。學王介甫，如拙子弟效官腔，轉折煩難，而精神不屬。八家中，唯歐陽永叔無此三病。[50]'"總之，艾英南所宣導的學習歐文之風氣不僅於明末產生了影響力，而且其影響波及清初。

總之，通過專門客觀探析明代中後期文人對歐陽修一人的散文受容情況，不僅釐清了以往模糊地認識中後期文人對唐宋八大家的評判問題，而且也從中發現了新的文學現象及其原因，以及意識到值得進一步進行探究的問題。首先，前人皆認為前七子主張"文必秦漢，是必盛唐"，從而忽視了邊貢對歐陽修詩文的肯定態度。因而筆者認為以往研究結論在某種程度上可能放大了前七子在當時的文學影響力，這對前七子文學影響力的相關研究有所助益。其次，唐宋派的確推崇唐宋八大家，但筆者認為可以更精確地認識到唐宋派對歐陽修是尤為推崇的，本文並對其具體推崇的內容，推崇的原因等給予分析和說明。王慎中對歐陽修序文創作的崇拜之情；唐順之《文編》在選文篇目安排方面對茅坤編選《八大家文鈔》產生了重要影響；歸有光詩文創作的真情觀與歐陽修有異曲同工之處。第三，明代後期各種文學流派紛繁迭出，各有主張和標榜對象，有的文人轉而推崇韓柳、蘇軾等人，崇尚歐文之風氣明顯不如明代中期，但是明末時期則又掀起了崇尚歐文的熱潮，甚至這一熱潮延續至清初時期，因此清代對歐陽修散文的受容情況也是值得我們繼續探究的。

參考文獻：

（1）陳書録《明代詩文創作與理論批評的演變》，2013年鳳凰出版社出版，第121頁。
（2）（明）楊士奇《東里集》東里續集卷二，淵閣四庫全書補配清文津閣四庫全書本。
（3）（清）永瑢《四庫全書總目》卷一百七十集部二十三，清乾隆武英殿刻本，第22頁。
（4）廖可斌《明代文學復古運動研究》，商務印書館，2008年，第40頁。
（5）（明）楊士奇《東里續集》卷十四，清文淵閣四庫全書補配清文津閣四庫全書本。
（6）夏鹹淳《明代文人心態之律動》，東南大學學報，2004年7月，第124頁。
（7）（明）李夢陽《空同集》卷四十七志銘《淩谿先生墓誌銘》，清文淵閣四庫全書補配清文津閣四庫全書本。
（8）（明）李夢陽《論史答王監察書》，《空同集》卷六十二，清文淵閣四庫全書補配清文津閣四庫全書本。
（9）（明）康海《對山集》卷三十七墓誌，明萬曆十年潘允哲刻本。
（10）（明）邊貢《華泉集》卷六詩集，清文淵閣四庫全書本。
（11）（清）張廷玉等撰《列傳》卷一百九十三列傳第八十一，中華書局，1974年版，第5111頁。
（12）（清）張廷玉等撰《列傳》卷二百八十六卷列傳第一百七十四，中華書局1974年版，第7354頁。
（13）（明）焦竑《國朝獻徵録》卷十五內閣四，明萬曆四十四年徐象橒曼山館刻本。
（14）（宋）李俊甫《莆陽比事》卷一，清嘉慶宛委別藏本。
（15）（宋）呂祖謙《宋文鑒》，皇朝文鑑卷第八十九，四部叢刊景宋刊本。
（16）南炳文、湯綱《明史》下，上海人民出版社，2014年12月，第1373頁。
（17）（明）李長祥《天問閣文集》卷三，民國求恕齋叢書本。
（18）（清）張廷玉等撰《明史》卷二百八十六卷列傳第一百七十四，中華書局，1974年版，第7368頁。
（19）（明）王慎中《遵巖集》卷二十二書，清文淵閣四庫全書本。

(20)（清）錢謙益《列朝詩集》丁集卷十二，清順治九年毛氏汲古閣刻本。
(21)（清）張廷玉《明史》卷二百八十五列傳第一百七十三，中華書局，1974年版，第7307頁。
(22)（清）田同之《西圃文説》卷三，清乾隆刻本。
(23)（明）孫岱《歸震川先生年譜》，清光緒刻歸顧朱三先生年譜合刻本。
(24)（清）茹敦和《竹香齋古文》卷上，清刻本。
(25)洪本健《歐陽修和他的散文世界》，上海古籍出版社，2017年3月，第405頁。
(26)（宋）歐陽修《詩本義》卷第十五，四部叢刊三編景宋本。
(27)（明）歸有光《震川集》震川先生別集卷二上，四部叢刊景清康熙本。
(28)（宋）歐陽修《詩本義》卷第六，四部叢刊三編景宋本。
(29)（明）歸有光《震川集》震川先生別集卷二上，四部叢刊景清康熙本。
(30)（宋）歐陽修《歐陽文粹》卷十六雜著，清文淵閣四庫全書本。
(31)（明）歸有光《震川集》震川先生集卷五，四部叢刊景清康熙本。
(32)（宋）歐陽修《歐陽文粹》卷一論，清文淵閣四庫全書本。
(33)（明）歸有光《震川集》震川先生集卷十七，四部叢刊景清康熙本。
(34)（明）王世貞《弇州四部稿》卷一百四十七説部，明萬曆刻本卷一百四十七説部，藝苑卮言四。
(35)（明）李贄《李溫陵集》卷十七，明刻本。
(36)（明）李贄《李溫陵集》卷四，明刻本。
(37)（明）孫慎行《玄晏齋集》玄晏齋文抄卷一，明崇禎刻本。
(38)（明）孫慎行《玄晏齋集》玄晏齋文抄卷一，明崇禎刻本。
(39)（明）孫慎行《玄晏齋集》玄晏齋文抄卷一，明崇禎刻本。
(40)（明）袁宏道《袁中郎全集》卷二十三，明崇禎刊本。

(41)（明）袁宏道《袁中郎全集》卷二十三，明崇禎刊本。
(42)（明）譚元春《譚友夏合集》卷八序，明崇禎六年刻本。
(43)（明）沈德符《萬暦野獲編》，清道光七年姚氏刻同治八年補修本，卷二十三，第6頁。《山人名號》：〝（山人）始于嘉靖之初年，盛於今上之近歳〞。
(44)（清）張廷玉等撰《明史》卷二百九十八列傳第一百八十六，中華書局，1974年版，第7631頁。
(45)（明）陳繼儒《陳眉公集》卷六序，明萬暦四十三年刻本。
(46)（明）陳繼儒《陳眉公集》卷六序，明萬暦四十三年刻本。
(47)（明）陳繼儒《陳空青先生墓誌銘》，《陳眉公集》卷十二，續修四庫集部1380冊，第216頁。
(48)（明）陳繼儒《藝苑贅言序》，轉引自吳承學、李斌《隱逸與濟世——陳眉公與晩明的士風》，《中國文化研究》2005年春之卷。
(49)錢基博《中國文學史》下，上海古籍出版社，2015年8月，第829頁。
(50)陳慶元主編、歐明俊副主編《中國散文研究》中國古代散文國際學術研討會論文集，鳳凰出社，2011年12月，第619頁。

蘇洵と科挙

紺野達也

一　はじめに

唐宋八大家は文学者であると同時に思想家でもあった。そして、多くの場合、官僚（政治家）という一面を持っていた。しかし、蘇洵だけは試秘書省校書郎を授けられ、霸州文安県主簿として「太常因革礼」の編纂にあたったという官歴などがあるものの、これらの官職はいずれも寄禄官であり、官僚としての実質的な経験はなかった。

彼が政治に関わる言説を多く遺し、それらが彼の文学の大きな柱の一つであるということはいうまでもない。しかし、蘇洵という人物とその文学を考えようとする時、彼が政治の実務経験がなかったことを考慮しないわけにはいかない[1]。そして、蘇洵が政治の実務に直接関わらなかった、あるいは関われなかった最大の理由は彼が科挙に及第できなかったことにある。それはまた唐宋八大家における蘇洵と他の七人との間の決定的相違の一つでもある。

それでは、蘇洵はその科挙とどのように関わっていたのだろうか。本稿はそれを検討することで、蘇洵における科挙の意味を考えてみたい。

二　科挙受験の断念

嘉祐元年（一〇五六）、蘇洵が欧陽脩に献じた「上歐陽内翰第一書」（『嘉祐集箋註』巻十二[2]）の次の部分は彼の学習の過程を顕著に示している。

洵少年不學、生二十五歲、始知讀書、從士君子遊、年既已晚、而又不遂刻意厲行、以古人自期。而視與己同列者、皆不勝己、則遂以爲可矣。其後困益甚、然後取古人之文而讀之、始覺其出言用意、與己大異。時復内顧、自思其才則又似夫不遂止於是而已者。由是盡燒曩時所爲文數百篇、取論語・孟子・韓子及其他聖人賢人之文、而兀然端坐、終日以讀之者七八年。方其始也、入其中而惶然、博觀於其外而駭然以驚。及其久也、讀之益精、而其胸中豁然以明。若人之言固當然者、然猶未敢自出其言也。時既久、胸中之言日益多、不能自制、試出而書之、已而再三讀之、渾渾乎覺其來之易矣。然猶未敢以爲是也。近所爲洪範論・史論凡七篇、執事觀其如何。

（洵少年にして学ばず、生れて二十五歳、始めて書を読むを知り、士君子に従いて遊ぶも、年既に已に晩く、而も又た遂に刻意厲行して、古人を以て自ら期せず。而るに己と同列なる者を視て、皆な己に勝らざれば、則ち遂に以て可と為す。其の後困ずること益ます甚しく、然る後に古人の文を取りて之を読み、始めて其の出言、用意の己と大いに異なるを覚ゆ。時に復た内顧し、自ら其の才を思えば則ち又た夫の遂に是に止まるのみならざる者に似たり。是に由りて尽く曩時に為る所の文数百篇を焼き、論語・孟子・韓子及び其他の聖人、賢人の文を取り、而して兀然として端坐し、終日以て之を読む者七八年。其の始めに方りてや、其の中に入りて惶然とし、博く其の外を観て駭然として以て驚く。其の久しきに及びてや、之を読むこと益ます精しく、而して其の胸中豁然として以て明らかなり。人の言の固より当に然るべき者の若きも、然れども猶お未だ敢て自ら其の言を出だささるなり。時既に久しく、胸中の言日び益ます多く、自ら制する能わず、試み出して之を書し、已にして再三之を読めば、渾渾乎として其の来るの易きを覚ゆ。然れども猶お未だ敢て以て是と為さざるなり。近ごろ為る所の洪範論・史論凡そ七篇、執事其れを観ること如何）。

先行研究はこの文章をもとに蘇洵に二度の転機があったことを指摘し、「この二度の転機とは、二十七歳で応挙を決意した時、度重なる落第を経験するとともに父の死に遭遇した三十九歳、をそれぞれ暗に指示している。慶暦年間の最後の年（一〇四八）には、四十年を迎え、科挙の受験、及第を経て出仕する、このような出世の通常ルートに沿った人生設計を、蘇洵は断念するに至る」と論じる。(3)

蘇洵の父である蘇序が没したのは慶暦七年（一〇四七）のことである。その前後の蘇洵の情況について、上述の「上歐陽内翰第一書」に依拠して記されたと思われる欧陽脩「故霸州文安縣主簿蘇君墓誌銘並序」(4)に

年二十七始大発憤、謝其素所往來少年、閉戸讀書爲文辭。歳餘、擧進士再不中、又擧茂材異等不中。退而歎曰、「此不足爲吾學也。」悉取所爲文數百篇焚此。益閉戸讀書、絶筆不爲文辭者五六年、乃大究六經百家之說、以考質古今治亂成敗、聖賢窮達出處之際、得其精粹、涵蓄充溢、抑而不發。

（年二十七にして始めて大いに発憤し、其の素より往来する所の少年を謝し、戸を閉ぢて書を読み文辞を為る。歳餘、進士に挙げらるるも再び中らず、又た茂材異等に挙げらるるも中らず。退きて歎きて曰く、「此れ吾が学と為すに足らざるなり」と。悉く為る所の文数百篇を取り此を焚く。益ます戸を閉ぢて書を読み、筆を絶ちて文辞を為らざる者五六年、乃ち大いに六経百家の説を究め、以て古今の治乱成敗、聖賢の窮達出処

の際を考質し、其の精粋を得て、涵蓄充溢すれども、抑えて発せず。)

という。文中に「戸を閉ぢて」とあることから、この時期、蘇洵は自らの居宅、すなわち故郷眉州(現在の四川省眉山市)の自宅において「六経百家」の研学に勉めていた。そして、現在に遺る蘇洵の古文とは前述の二度目の転機の際にそれまでの文章を焼き捨て、眉州で儒学を中心とした古典の研学に専念した成果であると言えよう。

しかし、蘇洵がこの慶暦七年以降に改めて始めた古典の研学は、ただ科挙に落第した彼が「此れ吾が学と為すに足らざるなり」、つまり科挙及第のための学習を自らの学問とするには不充分であると考えたことのみに由来するのだろうか。

欧陽脩の墓誌銘を読む限り、あたかも常挙である礼部試および皇帝主宰の臨時試験である「茂材異等」科に落第した後、すぐに眉州の故宅に退居したように描かれている。しかし、実際には、蘇洵が父の蘇序の訃報を実際に聞いたのは、都開封から見て、蜀とは全く方向を異にする虔州(現在の江西省贛州市)であった。「祭史彦輔文」(『嘉祐集箋注』巻十五)に

慶暦丁亥、詔策告罷、予將西轅。慨然有懷、吾親老矣、甘旨未完。往從南公、奔走乞假、遂至于虔。……及秋八月、予將北歸、亦既具船。有書晨至、開視驚叫、遂丁大艱。

(慶暦丁亥、詔策罷むを告げ、予将に西轅せんとす。慨然として懐有り、吾が親老ゆるも、甘旨未だ完うせず。往きて南公に従い、奔走して假を乞い、遂に虔に至る。……秋八月に及び、予将に北帰せんとし、亦た既に船を具す。書有り晨に至り、開きて視れば驚叫し、遂に大艱に丁る)。

とあり、北上（ただし、贛水・長江を経て蜀に帰郷するための行動だとは断言できない）の準備中に父の死を伝える書簡が来たという。一方、五言古詩「憶山送人」（『嘉祐集箋註』巻十六）に

……
下山復南邁　　山を下りて復た南のかた邁み
不知已南虔　　知らず　已に南して虔なるを
五嶺望可見　　五嶺　望めば見るべし
欲往苦不難　　往かんと欲すれば苦はだ難からず
便擬去登玩　　便ち去りて登玩し
因得窺羣蛮　　因りて群蛮を窺わんと擬す
……

と詠い、廬山を下山し、虔州に至った蘇洵はさらにその南に聳える五嶺に登ろうと企図していたようである。虔州まで南下した蘇洵の真意が那辺にあったかは詳らかでない。ただし、蘇轍「東坡先生墓誌銘」[5]に、

公生十年、而先君宦學四方。
（公生まれて十年、而して先君四方に宦学す。）

とあり、慶暦五年頃、蘇洵が故郷を離れて天下に遊んでいたことをいう。[6]蘇轍は父の行為を「宦学」と呼んでおり、

蘇洵の旅は学習の目的を持ったものであることが窺える。その詳細は明確ではないが、「晩學無師」(『嘉祐集箋註』巻十五「送石昌言使北引」)を自認する蘇洵が改めて師を求めようとした、あるいは司馬遷や杜甫といった先人のように天下を周遊することで見聞を広めようとしたのであろうか。いずれにせよ、この虔州滞在時までの蘇洵の「宦学」はやはり科挙及第(あるいは及第後の任官)を目指す、または準備する行動であり、もし、父の死を伝える書簡が蘇洵のもとに届かなければ、彼の遊学は「憶山送人」詩にいうようにさらに続いたのではないかと思われる。この推測が当を得ているとすれば、科挙の落第のみがその後の蘇洵の心境の変化、つまり科挙受験の断念をもたらしたのではないのではないか。

ここで、当時の蘇洵の家族の情況を検討しておこう。蘇洵の一家の経済情況は蘇序の死によって一定程度の打撃を受けたと思われる。それを明確に示した資料は管見の限り確認できないが、それを窺わせる記述を蘇洵自身が遺している。たとえば蘇軾・蘇轍兄弟が嘉祐二年の礼部試に及第したものの、彼等の母であり、蘇洵の妻である程氏が没したため、父子三人は急いで蜀に戻った。「上歐陽内翰第三書」(『嘉祐集箋註』巻十二)には留守にしていた僅か一年あまりの期間に眉州の故居が荒廃したことを次のように記す。

洵離家時、無壯子弟守舍、歸來屋廬倒壞、籬落破漏、如逃亡人家。今且謝絶過從、杜門不出、亦稍稍取舊書讀之。

(洵家を離れし時、壮たる子弟の舎を守る無し、帰来すれば屋廬倒壊し、籬落破漏し、逃亡人の家の如し。今且く過従を謝絶し、門を杜して出でず、亦た稍稍旧書を取りて之を読む。)

蘇洵父子が故郷を離れている間、残る者が十数人もいたという[7]居宅をほとんど補修もできないほど、家族等は困窮

していたらしい。また、やはり嘉祐元年に作られたと思われる「上田樞密書」（『嘉祐集箋註』巻十一）では自らの財産を

洵有山田一頃、非凶歳可以無饑。力耕而節用者、亦足以自老。
（洵に山田一頃有り、凶歳に非ずんば以て饑うること無かるべし。力耕して節用すれば、亦た以て自ら老するに足る）。

と記す。蘇洵自身は老後を送るのに必要な財産があることをいうが、客観的には「山田一頃」とは決して広い面積ではないと思われる。「上歐陽内翰第三書」は故郷の家屋の破壊を言うことで妻の不在の寂寥を強調し、また「上田樞密書」の記述が世に認められなくとも自活することが可能だといい、自らはあえて官を求めるものではないと示すことで、逆に自身を売り込もうとしたものであることから、これらをそのまま信用することには慎重にならざるを得ない。しかし、嘉祐元年春から翌年夏までの僅か一年あまりで急激に窮乏したとは考えにくい。したがって、少なくとも蘇序が死没してからの約十年、蘇洵の家は経済的に苦しかったことは充分に想定できる。

つまり、蘇洵は慶暦七年の段階では、すでに度重なる科挙の落第を経験したにもかかわらず、経済的な若干の餘裕もあってか、科挙に挑戦する、あるいは天下の遊学（遊歴）を続けることが可能であり、実際それを思わせる行動を取っていた。そうだとすれば、この時期の蘇洵は科挙及第のための文章を作っていたと考えられる。しかし、慶暦七年の父蘇序の死という〝偶発〟的な事件に遭遇し、眉州に帰郷して服喪せざるを得なくなった。それ以降、家計も厳しくなり、それまでのような生活を継続できなくなったと思われる。そのような情況のなか、改めてこれまでの落第を回顧し、古典の研読を始めたのではないだろうか。

三　蘇洵の晩学と科挙

蘇洵は眉州に帰郷後、これまで執筆した文章を焼却し、改めて古典の研学に勉めた。既に述べたように、現在の蘇洵の文章はほとんどがその成果である。そして、一般に蘇洵は晩学であるがゆえに、科挙及第とそれに伴う栄達を諦めたと理解される。[11]

しかし、蘇洵は科挙及第を断念する以前において、それまでの自らの学習に全く満足していなかったわけではないようにも思われる。嘉祐元年、蘇洵は同郷の先輩である石揚休（字は昌言。景祐五年（一〇三八）進士及第）が契丹に使者として赴くのを見送った。その際の詩（詩そのものは散逸）の序である「送石昌言使北引」（『嘉祐集箋註』巻十五）に、

吾以壯大、乃能感悔、摧折復學。又數年、游京師、見昌言長安、相與勞苦如平生歡。出文十數首、昌言甚喜稱善。吾晚學無師、雖日爲文、中甚自慚。及聞昌言說、乃頗自喜。

（吾れ以に壮大にして、乃ち能く感悔し、摧折して復た学ぶ。又た数年にして、京師に游び、昌言に長安に見え、相い与に労苦して平生の歓の如し。文十数首を出せば、昌言甚だ喜び善しと称す。吾晩学にして師無く、日び文を為ると雖も、中に甚だ自ら慚づ。昌言の説を聞くに及び、乃ち頗る自ら喜ぶ。）

という一段があり、慶暦五年頃に〝長安〟[12]で石揚休に会った時のことを記録する。当時、蘇洵は晩学で師を得てないがゆえに、文章を作っても内心、〝慚愧〟[13]していた。しかし、同郷で、かつ幼少より交流のあった石揚休に十数篇の

文章を呈上した結果、彼に称賛され、蘇洵はそれを喜んだ。つまり、蘇洵は慶暦七年以前においても、石揚休の称賛を得ることで、「晩學無師」と卑下していた自らの学習とその成果である文章に一定の満足を感じていたことになるだろう。

前章で示したように、この時、蘇洵はまだ科挙（常挙である礼部試および臨時試験である制科）の及第とそれによる仕官を目指していた。そうだとすれば、この同郷の進士及第者である石揚休に見せた文章は科挙及第を目指すための学習の成果であったと考えられる。

「送石昌言使北引」には蘇洵の幼少期から慶暦五年頃の石揚休との再会までの彼自身の学習が綴られている。それにもかかわらず、「上歐陽内翰第一書」（あるいは「上田樞密書」など）とは異なり、嘉祐元年における石揚休との再会に言及する部分には、慶暦七年以降の境遇と心境の変化が全く言及されていない。嘉祐元年前後に複数の大官にそれまでの十年に近い研学の成果である文章を献上した蘇洵が同郷の旧知の人物で、かつ進士に及第しており、さらには自らの文章をはじめて評価した石揚休にそれを行わなかったというのは考えにくい。したがって、蘇洵にとってその変化は誰に対しても伝える必要があるものではなかったと言えないだろうか。

むしろ、蘇洵にとっては二十五歳頃、遅ればせながら学問に志し、その後、一貫して継続したことのほうがより重要だったと思われる。そもそも蘇洵の〝学習〟は二十五歳から始まったわけではない。「送石昌言使北引」には、石揚休が科挙に及第した景祐五年以前、蘇洵は、

吾後漸長、亦稍知讀書、學句讀・屬對・聲律、未成而廢。昌言聞吾廢學、雖不言、察其意甚恨。

（吾れ後に漸く長じ、亦た稍や書を読むを知り、句読・属対・声律を学ぶも、未だ成らずして廃す。昌言吾が学を廃するを聞き、言わざると雖も、其の意を察するに甚だ恨まん。）

であったという。すなわち、遅くとも天聖七年（一〇二九）以前、蘇洵二十一歳より以前に彼が「読書」し、「句読」「属対」「声律」の学習をしていたことになる。文章の句読および詩文の対句や平仄を学ぶことは科挙の受験に必須であった、基礎的な知識・技能の修得である。[14] ただし、蘇洵はこのような二十一歳以前に行い、中途で放棄した基礎的学習を本格的な学問だとは思っていなかった。それゆえ、二十五歳以降の学習の再開（「送石昌言使北引」では「復学」）をあえて「始知讀書」と呼び、また自らを「晩学」の人間であると規定したのである。つまり、蘇洵にとって、彼の人生における学問上の最も大きな境界は二十五歳の学習の開始であった。確かに蘇洵は慶暦七年から数年の後、それまでの文章を全て焼却したが、それは学習の成果としての文章に満足できなかったということを示している。それに対し、学習・研学という行為そのものについては、蘇洵は二十五歳以降一貫して継続してきたと認識し、このことをより重視していた。当然、そこには科挙の及第のために続けた学習も含まれるのである。[15]

四　科挙をめぐる蘇洵の批判

それでは、蘇洵は長期にわたり挑戦を続けたものの、結局は及第することのなかった科挙そのものについてはどのように考えていたのだろうか。蘇洵の文章における科挙そのものへの言及、特に批判的言辞を確認したい。

蘇洵の「上皇帝書」（『嘉祐集箋註』巻十）は嘉祐三年に皇帝の召喚に応えるかわりに提出した長篇の書簡で、十条にわたって政治改革、特に人事制度の改革を求める。まずは、このなかに見える科挙への言及を引用する。

①其五曰……文有制科、武有武擧、陛下欲得將相、於此乎取之、十人之中、豈無一二。

（其の五に曰く、……文に制科有り、武に武挙有り、陛下将相を得んと欲し、此乎に於いて之を取れば、十人の中、豈に一二無からんや。）

この「其五」は、主に武挙を復活させるとともに、その旧弊を改革することを主張する一段である。それにあたり、蘇洵は将を得るために行う武挙の機能を明示しようと、優秀な「相」（宰相）を得るために行われたと彼が考える「制科」に言及する。制科はいわゆる常挙（礼部試）とは異なり、皇帝による臨時試験を指す。したがって、蘇洵は制科の持つ皇帝による特例的な推挽の機能を認めていたことになるだろう。蘇洵自身も常挙の落第後、この制科（「茂材異等」科）も受験しており、そのような推挽を強く希求していたのである。

次の例を確認しよう。

②其六曰、……今兩制知擧、不免用封彌謄錄、既奏而下御史、親往莅之、凜凜如鞫大獄、使不知誰人之辭、又何其甚也。臣愚以爲如此之類、一切撤去、彼稍有知、宜不忍負。

（其の六に曰く、……今両制知挙するに、封弥謄録を用いるを免がれず、既に奏して御史に下し、親しく往きて之を莅ること、凜凜として大獄を鞫するが如く、誰人の辞なるかを知らざらしむ、又た何ぞ其れ甚しきや。臣愚かにも以為らく此くの如きの類、一切撤去すれば、彼稍や知る有り、宜しく負くに忍びざるべしと。）

この「其六」は法による統治の限界を描写し、そのなかで宋代に制度化された科挙（ここでは常挙）の厳密性を批判する。つまり、蘇洵は「封弥」、すなわち受験者の氏名を隠して答案を評価する「糊名」、そして筆蹟によって受験生を弁別することを防ぐ「謄録」が大事件の審理に相当していることを否定的に考える。さらにそのような措置を廃止することで、受験生の人物を知ることができると述べる。

嘉祐六年、蘇洵は宰相の韓琦に官職を求めた。その「上韓丞相書」(『嘉祐集箋註』巻十三)でも、

今朝廷糊名以取人、保任以得官。苟應格者、雖屠沽不得不與。何者。雖欲愛惜而無由也。今洵幸爲諸公所知似不甚淺、而相公尤爲有意。至於一官、則反覆遲疑不決累歳。嗟夫。豈天下之官以洵故冗邪。

(今朝廷糊名して以て人を取り、保任して以て官を得たり。苟しくも格に応ずる者は、屠沽と雖も与らざるを得ず。何者ぞ。愛惜せんと欲すと雖も由無ければなり。今洵幸いに諸公の知る所と為ること甚しくは浅からざるに似たり、而して相公尤も有意と為す。一官に於いて、則ち反覆遅疑して決せざること歳を累ぬ。嗟夫。豈に天下の官洵を以て故さらに冗たらんや。)

といい、「糊名」を施している科挙は規定にさえ合致すれば、「屠沽」、身分の低いものであっても官となり得ると口を極めて批判する。同時に、蘇洵が韓琦を始めとする大官に深く人物を知られているにもかかわらず、官を得られない不満を、当時大きな政治問題となっていた冗官の問題まで持ち出して訴える。これらの二例は、公平性あるいは厳密性という宋代に著しく進展した科挙の〝特徴〟(16)を蘇洵が否定的に考えていたことを示している。ただし、「上韓丞相書」に端的に示されるように、そこには改革的要素がほとんどなく、むしろ自らが任官されないことへの不平や不満に由来すると思われる。

「上皇帝書」にはさらに科挙に言及した記述がある。

③其七曰、臣聞爲天下者可以名器授人、而不可以名器許人。人之不可以一日而知也久矣。國家以科擧取人、

四方之來者如市、一旦使有司第之、此固非眞知其才之高下大小也、特以爲姑收之而已。將試之爲政、而觀其悠久、則必有大異不然者。今進士三人之中、釋褐之日、天下望爲卿相、不及十年、未有不爲兩制者。……臣愚以爲三人之中、苟優與一官、足以報其一日之長。館閣臺省、非擧不入。彼果不才者也、其安以入爲。彼果才者也、其何患無所擧。此非獨以愛惜名器、將以重朝廷耳。

（其の七に曰く、臣聞く、天下を為す者名器を以て人に授くるべきも、而るに名器を以て人に許すべからずと。人の一日を以て知るべからざるや久し。国家科挙を以て人を取り、四方の来る者市の如し、一旦有司をして之を第せしむるも、此れ固より真に其の才の高下大小を知るに非ざるなり、特に以為らく姑く之を収むるのみと。将に之が政を為すを試し、而して其の悠久を観れば、則ち必ず大いに異なりて然らざる者有り。今進士三人の中、釈褐の日、天下卿相と為るを望み、十年に及ばずして、未だ両制と為らざる者有らず。……臣愚かにも以為らく三人の中、苟しくも一官を優与すれば、以て其の一日の長に報ゆるに足る。館閣臺省は、挙げらるるに非ずんば入れず。彼れ果して不才なる者や、其れ安くんぞ以て入りて為さんや。彼れ果して才ある者や、其れ何ぞ挙げらるる所無きを患えんや。此れ独り以て名器を愛惜するのみに非ず、将に以て朝廷を重んぜんとするのみ。）

「其七」は「名器を以て人に許すべからず」、すなわち科挙の上位及第者に長期にわたる特権を与えるべきでないと主張する。具体的には、上位及第者には合格時の任官を優遇すれば充分であって、たとえば十年以内に知制誥もしくは翰林学士（「両制」）に昇任させることに反対する。つまり、科挙、特に常挙の成績を重視するのではなく、実際に政務を担当させて才能を明らかにすることを重要視している。

この「上皇帝書」の三例にはいずれも科挙制度への蘇洵の不平、不満が示されているが、それだけではない。科挙、特に常挙では才能ある人物を選抜できるとは限らず、それとは異なる別の試験（制科）や推薦の重要性をも指摘している。蘇洵はある時は皇帝主宰の特例の試験による推挽を願い（①）、あるいは科挙の厳密性を否定し（②）、さらには科挙の上位及第者の特権を認めるべきでないと述べる（③）のは、いずれも科挙では明らかにし得ない才能を持つ人物が存在し、それを抜擢することを主張するためであろう[17]。

一方で、蘇洵は科挙の本質、すなわち「試験によって人材を選抜する」ということ自体を否定してはいないことも指摘しておく必要があるだろう。また、「糊名」「謄録」といった厳密性確保のための措置には反対しながらも、科挙制度の抜本的改革、たとえば試験科目の変更や解答の文体の変更といったことにはほとんど言及していないことも注目される。それまでの范仲淹のいわゆる「上十事疏」にある科挙改革[18]や欧陽脩による嘉祐二年の礼部試における「太学体」の排斥[19]、あるいは後の王安石にある「詩賦」の廃止の例からも確認できるように、北宋には科挙の制度や文体の改革が行なわれ、それはしばしば北宋における政治改革の核心の一つともなっていた。それに対し、蘇洵は「上皇帝書」のなかで政治改革、とりわけ人事制度の変革を訴えながらも、科挙そのものについては改革の必要をほとんど認めていなかったということになる[20]。

「上皇帝書」における蘇洵の主張、つまり科挙では才能ある人物を網羅できないということは既に嘉祐元年の春までに書かれたとされる「衡論」の一つ、「廣士」（『嘉祐集箋註』巻四）にも見える。

夫人固有才智奇絶而不能爲章句名數聲律之學者、又有不幸而不爲者。苟一之以進士、制策、是使奇才絶智有時而窮也。使吏胥之人、得出爲長吏、是使一介之才無所逃也。進士、制策網之於上、此又網之於下、而曰天下有遺才者、吾不信也。

（夫れ人固より才智奇絶にして而も章句、名数、声律の学を為す能わざる者有り、又た不幸にして為さざる者有り。苟しくも之を一にするに進士、制策を以てするは、是れ奇才絶智なるをして時に窮せる有らしむるなり。吏胥の人をして、出でて長吏と為るを得さしむるは、是れ一介の才をして逃す所無からしむるなり。進士、制策は之を上に網し、此れ又た之を下に網せば、而して天下に遺才有りと曰う者、吾れ信ぜざるなり。）

ここでも、蘇洵は「章句、名数、声律の学」といった科挙に必要な学問ができなかった、また不幸にして学んでこなかったもので才能ある人物、特に下僚である吏胥にも機会を与えねばならないと主張する。一方、「進士」「制策」といった語で表現される科挙は「之を上に網し」と、人材選抜の方法として依然として上位に置かれている。ここでも蘇洵は科挙を否定すること、あるいはその抜本的改革を唱えることをしないのである。

嘉祐二年、欧陽脩が権知貢挙となって礼部試を主宰し、蘇軾・蘇轍兄弟等が及第した。この時に欧陽脩が取った科挙における文体改革の措置はよく知られる。しかし、この「廣士」は嘉祐元年以前に記されており、当然、蘇洵は嘉祐二年の科挙において文体の改革が行われることを知り得ない。それにもかかわらず、「廣士」のなかで、文体の変更などを含む、科挙そのものの改革をほとんど主張しないということは、彼が嘉祐元年の時点においてもその改革の必要に関心を示していなかったことを意味すると考えられる。(21)

五　小結

本稿は蘇洵における科挙の意味を主に彼の文章に即して考えてきた。

蘇洵は二十五歳の一大転機以来、一貫して継続した自らの学習・研学を〝晩学〟として捉え、重要視していた。

そこには慶曆七年の蘇序の死に伴う眉州帰郷の頃までの科挙（常挙および制科）の及第のための学習も含まれる。そして、帰郷の前後に古文革新の動きを感じ取り、さらに帰郷後の経済的困窮という情況のなか、それまでの学習の成果である文章を焼却して科挙すなわち「試験による抜擢」を断念するとともに、改めて古典を精読し、やがて古文を著すようになった。しかし、蘇洵はこのように自らの晩学と深く関わっている科挙そのものを否定することはなかった。さらに科挙の制度や解答の文体を変更するといったような科挙の抜本的改革もほとんど念頭にはなかった。

蘇洵が科挙の改革を訴えなかったことは、科挙及第を断念した後の彼が科挙に無関心になっていったことを示しているかのようにも見える。しかし、蘇洵は自らこそその及第のために記した文章を焼却したものの、科挙及第のための学問を決して無視していたわけではない。嘉祐元年の「上張侍郎第一書」（『嘉祐集箋註』巻十二）は、

洵有二子軾・轍、齠齔授經、不知他習、進趨拜跪、儀狀甚野。而獨於文字中有可觀者、始學聲律、既成、以爲不足盡力於其間。讀孟・韓文、一見以爲可作。引筆書紙、日數千言、坌然溢出、若有所相。年少狂勇、未嘗更變、以爲天子之爵祿可以攫取。聞京師多賢士大夫、欲往從之游。因以擧進士。

（洵に二子軾・轍有り、齠齔に経を授け、他習を知らず、進趨拝跪、儀状甚だ野なり。而るに独り文字の中に於いて観るべき者有り、始め声律を学び、既に成りて、以為らく力を其の間に尽くすに足らずと。孟・韓の文を読み、一たび見れば以為らく作すべしと。筆を引き紙に書し、日び数千言、坌然として溢出し、相くる所有るが若し。年少狂勇、未だ嘗て更変せず、以為らく天子の爵祿以て攫取すべしと。聞くならく京師に賢士大夫多く、往きて之に従いて游ばんと。因りて以て進士に挙げらる。）

とあるように、蘇洵が若き蘇軾・蘇轍兄弟の古文の才を見出したことを示す重要な資料である。しかし、同時に蘇

洵は科挙の及第のための教育も施したことを見落とすべきではない。やはり、蘇洵は科挙そのものを否定せず、また、その及第のための学習も否定したわけではないのである。

蘇洵は確かに自らが科挙に及第できなかったことによる不平、不満を懐き、科挙の他に才能ある人物を抜擢する方法を取るように主張していた。一方で、科挙制度とその及第のための学習を否定することもなかった。ここに示される寛大、あるいは自在な姿勢が蘇洵の文学、特に政治論を考えるときに見過ごせないように思われる。

注

（1）たとえば、藤堂明保監修・横山伊勢雄訳『唐宋八家文　下』（一九八三年一二月初版、学習研究社）一二〇頁は蘇洵の文章が時に詭弁的になるのは「彼が官途につかず、一士人として在野の立場から発言して来たことに起因している」という。

（2）本稿では、蘇洵の詩文については、全て曽棗荘・金成礼『嘉祐集箋註』（上海古籍出版社、一九九三年三月第一版）による。

（3）西上勝「蘇洵晩学」（山形大学『山形大学紀要（人文学部）』第一五巻第三号（二〇〇四年二月））二五五頁。

（4）洪本健『欧陽脩詩文集校箋』（上海古籍出版社、二〇〇九年八月第一版）『居士集』巻三十四。

（5）（宋）蘇轍『欒城集』（上海古籍出版社排印本、一九八七年三月第一版）『欒城後集』巻二十二。

（6）曽棗荘「蘇洵年譜」（曽棗荘『蘇洵評伝』（四川人民出版社、一九八三年五月第一版））一九三－一九九頁によれば、蘇洵は慶暦五年に眉州から長安（現在の陝西省西安市）を経て開封に赴き、慶暦七年には嵩洛から廬山を経て虔州に至っていることを指摘する。孔凡礼『三蘇年譜』（北京古籍出版社、二〇〇四年一〇月第一版）七六－九〇頁もほぼ同様の記述である。これらの年譜では慶暦六年八月に実施された制科が「賢良方正能直言極諫」科であり、欧陽脩の墓誌銘のいう「茂材異等」科ではないが、北宋期、特に天聖七年（一〇二九）に制科が復置されて以降、常挙の年に制科も実施されたことから「茂材異等」科も行なわれたと考えられる。荒木敏一『宋代科挙制度研究』（東洋史研究会、一九六九年三月発行）「第七章　北宋時代の制科」四〇五・四〇六頁を参照。

（7）「上張侍郎第一書」（『嘉祐集箋註』巻十二）に「居者尚十數口。」とある。

（8）前述の欧陽脩「故霸州文安縣主簿蘇君墓誌銘並序」に「進士に挙げらるるも再び中らず、又た茂材異等に挙げらるるも中らず」とあり、進士科に少なくとも二回、制科である「茂材異等」科に一回落第している。前掲注（6）「蘇洵年譜」一八〇頁は「送石昌言使北引」の「未成」を進士及第できなかったことと考え、蘇洵が天聖四年に科挙を受験し、落第したとする（実際の常挙は翌年であり、近年の研究では天聖五年とするものが多い）。また前掲注（6）『三蘇年譜』二九頁は「郷試未発解」、すなわち科挙の予備試験である郷試の落第として、天聖四年に繫年する。

（9）（宋）蘇軾『蘇軾文集』（中華書局排印本、一九八六年三月第一版）巻十六「蘇廷評行状」に「凶年鬻其田以濟飢者、既豐、人將償之。公曰、吾固自有以鬻之、非爾故也。」（凶年其の田を鬻ぎて以て飢者を済う。既に豊かなれば、人将に之を償わんとす。公曰く、吾れ固より自から以て之を鬻ぐ有り、爾が故に非ざるなり。）という。これはある程度の家産があってはじめて可能なことである。

（10）藤井京美「蘇洵論」（大阪市立大学中文学会『中国学志』同人（十三）（一九九八年一二月））三〇・三一頁によれば、蘇洵が慶暦五年前後、既に古文に関心を寄せていたことが窺える。馬斗成『宋代眉山蘇氏家族研究』（中国社会科学出版社、二〇〇五年一二月第一版）第三章「科挙時代的士大夫家族」第一節「以科挙為旨帰的蘇氏家族」一二八頁も時期を特定しないが、蘇洵が当時の文風に反対し、先秦・漢代の古文および韓愈の文章を一人、鑑賞し、模倣することを述べる。ただし、これらは蘇洵の嗜好を述べたものであり、慶暦七年以前に科挙及第のための文章を書かなかったということではないだろう。もし、彼が既に今日に伝わる文章と同様の作品を書いていたならば、眉州帰郷後にそれまでの文章を焼却する必要がないからである。

それでは、彼がそれまでの文章を焼却したのはいつだろうか。「上田樞密書」には「曩者見執事於益州、當時之文、淺狭可笑、饑寒窮困亂其心、而聲律記問又從而破壞其體、不足觀也已。」（「曩者に執事に益州に見ゆ。当時の文、浅狭にして笑うべし、饑寒窮困して其の心を乱し、而して声律記問又た従りて其の体を破壊し、観るに足らざるのみ。」）とあり、この時、蘇洵が田況に面会した際に呈上した文章は科挙及第のためにそれまで作ってきた文章、あるいはそれをもとにしたものだと思われる。その面会の時期について、前掲注（6）「蘇洵年譜」二〇三頁は皇祐二年（一〇五〇）、同『三蘇年譜』九二・九三頁は慶暦八年に繫年する。

（11）福本雅一監修『中国文人伝　第四巻　宋二』（藝文書院、二〇〇七年一二月初版）「蘇洵」（田上惠一執筆）二頁は「晩学のゆえをもって官途栄達に意を絶ち、余生は学問著述に専念することになった」という。

（12）蘇洵における〝長安〟の用法を考えれば、開封ではなく、現在の陝西省西安市を指すか。

（13）蘇洵が何に対して慚愧していたかは必ずしも明言していないが、おそらくは自らの文章の拙さとそれによって落第を重ねたことをいうものではないかと考えられる。

（14）蘇洵が天聖四年あるいは五年に科挙（もしくは郷試）を受験していたことは注（8）を参照。

（15）馮志弘『北宋古文運動的形成』（上海古籍出版社、二〇〇九年四月第一版）第九章「論北宋天聖年間四川仕風的嬗変――三蘇文章匯入北宋古文運動的地域背景」（初出は二〇〇七年）二四三・二四四頁は蘇洵の「二十七」歳の「發憤讀書」は実際には「科挙」への発憤だとし、本稿に類似した見解を示す。ただし、本稿は蘇洵自身が科挙及第のための学習も含めた「学習・研学」の継続を重視していたことを強調したい。たとえば、「上皇帝書」の「臣之所以自結髮讀書至於今茲、犬馬之齒幾已五十、而猶未敢廢者」（臣の結髪読書せしより今茲に至り、犬馬の歯已に五十に幾くして、而も猶お未だ敢て廃せざる所以は）というのも二十五歳頃以後の学問・研学の継続を指す。

（16）袁行霈等主編・稲畑耕一郎監訳・紺野達也訳『中国の文明五　世界帝国としての文明　上』（潮出版社、二〇一五年一〇月初版。原著は二〇〇六年）二五七頁を参照。

（17）前掲注（10）藤井論文四一頁は「「才」の実用性を重んじ、多くの場合「才」を有すれば、それだけで登用の条件を満たすとする」と指摘する。また前掲注（3）西上論文二四七頁も「蘇洵は、士人が生まれつき持っている優れた資質、すなわち才が、十全に発揮できる世界を夢見る」と述べる。

(18) 東英寿『欧陽脩古文研究』(汲古書院、二〇〇三年一月初版)下編「欧陽脩の古文復興の展開」第一章「慶暦の改革と古文の復興」(初出は二〇〇〇年)二八二頁によれば、この「精貢擧」の部分は実際には欧陽脩が執筆したとする。

(19) 前掲注(18)東著書下編第二章「太学体の排斥」(初出は一九八八年)三一六頁は、この時「古文という文体の範囲内において、「険怪奇渋」の太学体から「明快達意」の古文へ変化したという。

(20) たとえば、慶暦元年の富弼「上仁宗乞革科擧之法令牧守監司擧士」(〔宋〕趙汝愚『宋朝諸臣奏議』(上海古籍出版社排印本、一九九九年一二月第一版)巻八十所収)は「臣欲今後科場考試、以策論爲先。校度所放人數、且取其半。餘半詔天下諸州、於境内捜訪土著之人、自來爲郷黨所推」(臣今後科場の考試は策論を以て先と為さんと欲す。放つ所の人数を校度し、且く其の半ばを取る。餘半は天下の諸州に詔し、境内に於いて土著の人を捜訪すれば、自から来たるは郷党の推す所と為る)と推薦の実施と科挙の改革を訴えており、蘇洵とは異なる。

(21) 嘉祐元年に記された「上文丞相書」(『嘉祐集箋註』巻十一)では、冗官を改革するために「減任子、削進士、以求便天下」(任子を減じ、進士を削り、以て便を天下に求む)ことを建議した大臣の意見に反論しており、蘇洵はやはり科挙の改革を考えてないように思われる。

曾鞏の散文について
――歐陽脩の散文との類似點――

東　英　寿

一　はじめに

二〇一六年五月、中國嘉德のオークション「大觀夜場」に、北宋・曾鞏（一〇一九～八四）の自筆「局事帖」が出品され、競賣の結果、落札額が一億八千萬元（約三十億圓）という高額になった。そのため、世間では曾鞏とは如何なる人物かということに關心が集まり、曾鞏を紹介する幾つかの文章が發表されたが、その中でも押沙龍氏の「唐宋八大家中存在感最弱的人　曾鞏嚴謹和窄仄是他對抗命運的武器」(1)という文章が現在における曾鞏の評價に言及しており、實に興味深い。まずタイトルで「唐宋八大家中存在感最弱的人」と記して、唐宋八大家における曾鞏の存在感の弱さ、影の薄さを表し、さらにこの文章の中で、

但問題是、現代人眞的不太能讀出他的好來。當然也會感得不錯、絶不會有〝哇！這眞是優秀文學作品！〟的感

覺、當我們讀韓愈、蘇軾、歐陽脩他們的文章時、是很容易體會到這感覺的。

ただ問題なのは、現代人は眞に曾鞏の好さをあまり讀み取ることができない。當然ながら悪くないと感じるはずだが、「ああ、これは本當に素晴らしい文學作品だ」という感覺、我々が韓愈、蘇軾や歐陽脩らの文章を讀むに當たり、非常に容易に感じ至る、このような感覺は絶對にあるはずが無いのだ。

として、押沙龍氏は同じ唐宋八大家である、韓愈、蘇軾や歐陽脩の文章と比べて、曾鞏の文章からは素晴らしい文學作品という感覺が全く生じてこないと述べる。散文の大家として唐宋八大家の一人に數えられる曾鞏であるが、確かに「唐宋八大家中存在感最弱的人」という印象は否めず、そのためか曾鞏の散文に對するのこれまでの研究情況についても、たとえば陳飛『中國古代散文研究』では「可在世紀初到1980年的80年間，却頗遭冷落」として、その研究が低迷していたことを指摘する。さらに同書では次のように記述する。(2)

1949年以後至70年代末、80年代初，研究曾鞏的論文幾乎一篇也沒有，文學史提到他往往略略帶過。

1949年以後70年代末、80年代初めに至るまで、曾鞏を研究する論文はほとんど一篇もなく、文學史において彼はいつもわずかに言及される程度であった。

一九八〇年代初めまで曾鞏についての論文が一篇もないという記述から、当時中國では曾鞏の研究がほとんど行われていなかったことが窺える。(3)日本においても、中國と同様に中國文學史上で唐宋八大家の一人として論及されることはあっても、まとまった研究書はまだない。

その後、中國においては、一九八三年に沒後九百年を記念して、曾鞏の故鄕である江西南豐で學術討論會が行われ、そこでの發表が一九八六年に『曾鞏研究論文集』としてまとめられ江西人民出版社から刊行された。また、一九八四年には中華書局から『南豐先生元豐類稿』を底本とした『曾鞏集』が刊行された。さらに、その後に刊行された主な書籍をあげると、祝尚書『曾鞏詩文選釋』（巴蜀書社、一九九〇年）、包敬第、陳文華注譯『曾鞏散文選』（三聯書店、一九九〇年）、夏漢寧『曾鞏』（中華書局、一九九三年）、李震『曾鞏年譜』（蘇州大學出版社、一九九七年）、李震『曾鞏資料彙編』（中華書局、二〇〇九年）、李俊標注釋『曾鞏集』（中州古籍出版社、二〇一〇年）などがあり、次第に曾鞏の研究は進んでいるが、しかし同じ唐宋八大家の歐陽脩や蘇軾に比べると、量的にも質的にも劣っているのが實情である。

それではどうして曾鞏の研究がかくも立ち遲れたのであろうか。押沙龍氏の言うように曾鞏散文の魅力のなさと言えばそれまでであるが、陳飛『中國古代散文研究』の中に實に興味深い指摘がある。[4]

朱安群《從鼎鼎大名到世罕見世——論曾鞏文學地位的變遷》一文，從歷史、文化的角度，全面探討了曾鞏從盛名煊嚇到遭受冷落的原因，竝指出了曾鞏文章局限。………南宋、元、明、淸人之所以重視曾鞏，是因爲他的思想接近道學，是因爲他們共同的〝文以載道〞的〝雜〞文學概念，還因爲曾鞏的文章有法可循。但理學家覺得他的哲理水平低，思想史、學術史不提他，文學家則覺得他的文章道學氣太重，缺乏形象性和抒情性，所以文學史也冷落他。

朱安群《從鼎鼎大名到世罕見世——論曾鞏文學地位的變遷》は、歴史、文化の角度から、曾鞏が盛名とどろく状況から冷遇を受けるに到った原因を本格的に検討して、曾鞏の文章の限界を指摘している。………南宋、元、明、清人が曾鞏を重視したのは、彼の思想が道學に近いためであり、彼らに共通する〝文は以て道を載す〟という〝雜〟文學概念のためであり、更に曾鞏の文章には規範性があるためである。しかし、理學家は曾鞏の思想性は低いと感じ、思想史、學術史に取り上げず、文學家は彼の文章には道學臭が非常に強く、形象性と抒情性に缺けていると感じた。だから文學史でも彼を粗略に扱った。

曾鞏の文章には儒家思想が表出しているため、南宋以降重んじられてきたが、しかし理學家から見るとその思想には物足りないものがあり、從って思想史、學術史側からのアプローチは少なく、一方、文學側からの研究について言えば、彼の文章に見られるこうした儒家思想の表出が、その魅力を阻害してしまい、研究對象として遠ざけられていたと思われる。このように、不幸にもいわば理學と文學のはざまに曾鞏の文章が位置していたために、その研究が鈍ってしまったのであった。

二　曾鞏の評價

唐宋八大家の一人である曾鞏、字は子固は、北宋の天禧三年（一〇一九）に江西建昌の南豐で生まれた。進士に及第したのは嘉祐二年（一〇五七）三十九歳の時で、その後、各地の知事を歴任するなどして、元豐五年（一〇八三）六十四歳で中書舍人となるが、翌元豐六年（一〇八四）病のため六十五歳で亡くなっている。

『宋史』卷三百十九、曾鞏傳の冒頭では、彼の文章作成能力について次のように記述する。

曾鞏字子固、建昌南豐人。生而警敏、讀書數百言、脱口輒誦。年十二、試作六論、援筆而成、辭甚偉。甫冠、名聞四方。

曾鞏、字は子固、建昌南豐の人なり。生れながらにして警敏、讀書數百言、口より脱すれば輒ち誦す。年十二にして、六論を試作し、筆を援けば而ち成り、辭は甚だ偉なり。甫めて冠し、名は四方に聞ゆ。

このように、曾鞏は幼い時から、文才を如何なく發揮していた。十二歳の時には、既に『六論』というまとまった作品を完成させたと言う。筆を執れば一氣に書き上げ、しかもその文辭は素晴らしく、彼の名聲は四方に知れ渡っていたのである。曾肇「南豐先生行狀」では、曾鞏の文章が世間で流行していた様子について、次の如く述べる。

其所爲文、落紙輒爲人傳去、不旬月而周天下。學士大夫手抄口誦、惟恐得之晩也。

其の爲る所の文は、落紙すれば輒ち人の傳へ去ると爲り、旬月ならずして天下に周し。學士大夫は手抄口誦し、惟だ之れを得ること晩きを恐るるなり。

人々は曾鞏の文章を我先に入手し、一刻でも早くそれを書き写し暗誦しようとしていたことが窺える。このように北宋當時、彼の文章が大いに受け入れられていたのは間違いない。

ところで、前述した如く曾鞏の文章に儒學的側面が表出していることは、これまで多くの指摘がある。『宋史』卷三百十九、曾鞏傳には、

爲文章、上下馳騁、愈出而愈工、本原六經、斟酌於司馬遷、韓愈、一時工作文詞者、鮮能過也。

文章を爲るに、上下馳騁し、愈々出でて愈々工みなり、六經を本原とし、司馬遷、韓愈を斟酌し、一時の文詞を作るに工みなる者、能く過ぐること鮮きなり。

と記述し、彼が司馬遷や韓愈を學んだこととともに、「本原六經」として六經に基づいて、文章を作成していることを指摘する。曾鞏自身も「寄歐陽舍人書」の中で墓誌銘を作成することができる者として次のように述べる。

非蓄道德而能文章者、無以爲也。

道德を蓄へて文章を能する者に非ずんば、以て爲す無きなり。

曾鞏は道德の蓄積があってこそ、文章が優れたものになると主張しており、これは内面（道）の充實によって表出した文章が光り輝くという所謂「先道後文」の考え方に通じる。(5) 從って、曾鞏の文章を道の重視という儒家の側面から分析することは多く、たとえば、明・甯瑞鯉「重刻曾南豐先生文集序」では、「蓋先生之文至矣、乃六經之羽翼、人治之元龜、自孟軻氏以來、未有臻斯盛者也」として、曾鞏の文章が孟子を繼ぐものと評價する。また、近人・錢貴成「論曾鞏散文的藝術風格」(6) では「所謂〝明聖人之心〟的爲文主旨是始終不變的」と述べ、曾鞏の文章の主旨は所謂聖人の心を明らかにすることにあるとして儒家的視點から分析する。

ところで、こうした儒家思想面からの分析ではなく、あくまで彼の文章表現面に視點を据えた考察になると實は甚だ少ない。たとえ論及されることがあっても、その指摘は次に擧げるように具體的でないことが多い。

這些都可見歐文的別一風格，即雄辯俊辭，富于文彩的一面。而曾文則無此一面。所以有人説曾文缺少文彩。

これらから歐陽脩文章の風格における別の側面、すなわち雄辯俊辭で、文彩に富む一面を知ることができる。一方曾鞏の文章にはこのような一面はない。だから人は曾鞏の文章は文彩が缺けていると言う。

（萬雲駿「義理精深、獨標靈彩――試論曾鞏散文的素朴美」[7]）

他有時抒情發感慨，也頗搖曳多姿，但沒有歐文那樣的文彩和情韻。

彼（曾鞏）は時に抒情的に感慨を發し、また様々な表情を見せるかのようであるが、しかし歐陽脩の文章のような文彩と情韻がない。

（呉小林『唐宋八大家』[8]）

これらの記述では、曾鞏の文章の如何なる部分について文彩や情韻がないのかという具體的指摘は一切ない。このように見てくると、曾鞏の文章は彼の修得した儒學思想が文章に表出したものとして評價されることはあるが、彼の文體面に着目して具體的に評價されることはほとんどないと言ってよく、あっても文彩や情韻が無いという抽象的な評價であることが明らかとなる。

本稿では、曾鞏の文章をこれまでのように儒家の思想が表出したものであるというフイルターをかけて安易に解釋するのではなく、あくまで彼の文體面に視點を据えて考察したい。その際、大いに手がかりを與えてくれるのは次に擧げる清・姚鼐の「復魯絜非書」の記述である。

宋朝歐陽、曾公之文、其才皆偏於柔之美者也。

宋朝の歐陽、曾公の文、其の才は皆柔の美に偏する者なり。

曾鞏の文章は歐陽脩の文章と同じく「柔之美」という特色を持つことを指摘する。この記述が據り所となり、曾鞏や歐陽脩の文章が「陰柔」という特色を持つと言われ、それとは對照的に韓愈の文章が「陽剛」という特色を持つと見なされるようになった。以降「陰柔」が曾鞏・歐陽脩、「陽剛」が韓愈の、それぞれの文章の特色を表す評語として定着する。また、清・劉熙載は『藝概』の中で「昌黎文意思來得硬直、歐・曾來得柔婉」として、韓愈の文章は「硬直」で曾鞏の文章は歐陽脩の文章と同じく「柔婉」という特色があると指摘している。

これらの記述から注目したいのは、曾鞏の文章の特色を指摘する際に歐陽脩と竝稱されているという事實である。このことは曾鞏の文章が歐陽脩の文章と同じような印象を抱かせ、その特色が類似しているということを表していると考えられる。これは裏を返せば、この類似箇所を明らかにすることによって、曾鞏の文章の特色も浮かび上がってくると思われる。從って、曾鞏の散文の特色を解明する上で、歐陽脩の文章との關連を考察することは不可缺のことだと言えよう。

以下、曾鞏の散文の如何なる部分が歐陽脩と類似しているのかを具體的に指摘することを通して、曾鞏の文章の特色を考察したい。

三、虚詞の類似――曾鞏と歐陽脩――

『宋史』巻三百十九、曾鞏傳の末尾に彼の文章の特色を次のように形容する。

論曰……曾鞏立言於歐陽脩、王安石閒、紆徐而不煩、簡奧而不晦、卓然自成一家、可謂難矣。

論に曰く……曾鞏は歐陽脩、王安石の閒に立言するに、紆徐にして煩ならず、簡奧にして晦ならず、卓然として自ら一家を成すは、難しと謂ふべし。

ここで言う「紆徐而不煩、簡奧而不晦」が、曾鞏の文章の如何なる部分から導き出されたかについては具體的に指摘されていないが、曾鞏の文章が緩やかにうねっていて奥行きがあるというイメージは窺えると思う。一方、歐陽脩の文章の特色について、蘇洵は「上歐陽内翰書」の中で次のように言う。

執事之文、紆餘委備、往復百折。

執事の文は、紆餘委備にして、往復百折す。

歐陽脩の文章が「紆餘委備」、すなわちうねり曲がっているが隅々に理論が行き届いている特色を持つと蘇洵は述べるのである。この「紆餘委備」という評語は、『宋史』に言う曾鞏の「紆徐而不煩」という評語と同一の方向性を持っており、曾鞏の文章が歐陽脩の文章と確かに類似する印象を持つことがこれらの評語からも窺えると思う。

曾鞏の文章にみられるこうした印象はどこから生じるのか。言い換えれば、曾鞏の散文の特色はどこにあるのであろうか。それを考える際に有力な手がかりを與えてくれるのが、前野直彬編『中國文學史』の記述で、そこには歐陽脩の文章の特色について次の如く述べる。(9)

具體的に指摘できる現象としては、助字の多用がある。句頭の夫・惟・然、句中の而・之、句末の也・矣などといった文字を助字と總稱するが、これらを多用すれば句と句とのつながりが明瞭となり、讀んでいて自然に論理の筋をたどることができるかわりに、文章はそれだけ長くなる。歐陽脩の文には、こうした助字が多い。その一方、助字は省略することもできるが、讀者は頭のなかでそれを補いつつ讀まなければならないわけで、助字の少ない文章は、讀者に論理の筋をたどろうとする緊張感をあたえる。

歐陽脩の文章にみられる、このような虚詞（助字）の多用説に對して、高橋明郎氏は歐陽脩の文章に用いられた虚詞を接續形式が〈非明示型〉と〈明示型〉に分けてより詳細に分析し、歐陽脩の文章には〈非明示型〉の虚詞が多用されるという結論を導いた。(10)また、清・劉淇『助字辨略』の自序には次のように記述する。

構文之道、不過實字虛字兩端、實字其體骨、而虛字其性情也。

構文の道は、實字虛字の兩端に過ぎず、實字は其の體骨にして、虛字は其の性情なり。

實字は文章の骨格であり、虚字（虚詞）は作者の思いや感情を添加する働きを持っていると述べる。確かに、たとえば文末にくる斷定の語氣を表す「也」、「矣」等の虚詞は、たとえそれを使用しなくとも文意は變わらない。これらの虚詞を用いるかどうかは、作者の判斷であり、そこに作者の書き癖や個性が表れると考えることができる。劉徳清『歐陽脩論稿』では、「文章神氣，駢文在音律，散文在虚字，是有一定道理的」と記述し、[11]「駢文では音律、散文では虚字（虚詞）」に特色が表れることを指摘する。とすれば、曾鞏の文章にみられる虚詞の使用状況を分析することは、彼の文體の特色を窺う有力な手段になるのは間違いないと言える。

さて、曾鞏の文章については、明代の茅坤が「曾之記、序爲最」と言うように、[12]彼の本領は、記や序というジャンルに發揮されると思われる。そこで、曾鞏の詩文集『曾鞏集』に収録されている全ての序・記七四篇について使用されている虚詞の個數を調べた。[13]考察對象としたのは次にあげる十六の虚詞である。[14]

○而……順接、逆接、追加などを表す連詞。
○也……認定、疑問・反語、感嘆を表す語氣詞。
○於……限定に用いられる介詞。比較の場合も含めた。
○因……上句と下句を順接で繋ぐ副詞。「因之」の様に、「たよる」、「もとづく」等の意味で使用される動詞の場合も含めた。
○乃……上文をうけて下文を起こす副詞。
○則……上句と下句を順接で繋ぐ副詞。
○然……轉折の意味を持つ連詞。
○矣……斷定を表す語氣詞。

○蓋……限定を表す副詞。
○爾……認定を表す語氣詞。
○乎……疑問・反語、感嘆を表す語氣詞。
○哉……詠嘆を表す語氣詞。
○焉……認定を表す語氣詞。
○耳……認定を表す語氣詞。
○邪……疑問を表す語氣詞。
○歟……疑問、反語、感嘆を表す語氣詞。

その文章が「陰柔」という特色を持つとして曾鞏としばしば竝稱される歐陽脩についても、『歐陽文忠公集』に収録されている全ての序・記八七篇について[15]、この十六の虚詞の使用個数を調べて、曾鞏と合わせて表1としてまとめた。

確かに「而」は曾鞏が936字、歐陽脩が1079字、「因」は曾鞏が55字、歐陽脩が76字、「乃」は曾鞏が51字、歐陽脩が62字、「乎」は曾鞏が105字、歐陽脩が117字、「歟」は曾鞏が22字、歐陽脩が24字というように、使用個数がかなり近似している。ただ、總字数が若干異なるので、正確を期すために一萬字あたりの出現数に換算したのが表2である。

既に指摘した虚詞以外に、たとえば「也」の使用は、一萬字あたり曾鞏が153字で歐陽脩が129・6字であり、「蓋」の使用は曾鞏が28・5字、歐陽脩20・1字であり、

（表１）

作者	総字数	而	也	於	因	乃	則	然	矣	蓋	爾	乎	哉	焉	耳	邪	歟
曾鞏	39,607	936	606	755	55	51	273	218	172	113	10	105	96	68	21	45	22
歐陽脩	38,748	1,079	502	508	76	62	168	290	128	78	22	117	66	116	9	29	24

（表２）

作者	字数	而	也	於	因	乃	則	然	矣	蓋	爾	乎	哉	焉	耳	邪	歟
曾鞏	10,000	236.3	153.0	190.6	13.9	12.9	68.9	55.0	43.4	28.5	2.5	26.5	24.2	17.2	5.3	11.4	5.6
歐陽脩	10,000	278.5	129.6	131.1	19.6	16.0	43.4	74.8	33.0	20.1	5.7	30.2	17.0	29.9	2.3	7.5	6.2

その使用頻度は類似していると言えよう。

ところで、歐陽脩の虚詞使用の特色が表れた作品として「醉翁亭記」がある。「環滁皆山也」で始まる「醉翁亭記」には、「也」が21字も使用されており、そのことについて、たとえば劉德清『歐陽脩論稿』では次の如く述べる。(16)

歐陽脩在本文中連用二十一个〃也〃字，它有規律地散見全篇，反復出現，加強了文章的節奏感和抒情氣氛，也強化了文章詠嘆的韻味，讀起來琅琅上口。

歐陽脩は本文中に二十一個の〃也〃字を連用するが、それは規則的に全篇に散見し、反復して出現し、文章のリズム感と抒情の雰圍氣を強め、また文章に詠嘆の味わいを増して、讀んでみると朗々と讀めるのである。

「醉翁亭記」に用いられている21字の「也」が効果的であり、それによってリズム感や抒情を強める効果があることを指摘する。このように虚詞を繰り返し使用し、文章効果を高めている曾鞏の作品として、「宜黄縣學記」が擧げられる。「宜黄縣學記」は歐陽脩の「醉翁亭記」と同じく虚詞の使用が顯著で、「而」が31字、「則」が14字、「於」が19字用いられている。今、その一節を擧げると次の通りである。

宋興幾百年矣。慶暦三年、天子圖當世之務、而以學爲先。於是天下之學、乃得立。而方此之時、撫州之宜黄、猶不能有學。

宋興りて幾んど百年なり。慶暦三年、天子當世の務めを圖りて、學を以て先と爲す。是に於て天下の學、乃ち立つを得。而るに此の時に方りて、撫州の宜黄、猶ほ學有ること能はず。

ここに用いられている二つの「而」や斷定を表す「矣」は、使用しなくても文意は全く變わらない。これらを使用したのは作者の判斷であり、そこには曾鞏の好みや書き癖が表れたと考えられる。また、王羲之の古跡と傳えられる墨池に關して書き記した曾鞏「墨池記」の次の一節を考えたい。

然後世未有能及者。豈其學不如彼邪。則學固豈可以少哉。況欲深造道德者邪。

然る後に世未だ能く及ぶ者有らず。豈に其の學の彼に如かざるか。則ち學は固より豈に以て少《か》くべけんや。況んや深く道德に造《いた》らんと欲する者をや。

この僅か三十一文字の中に、「豈…邪」、「豈…哉」という反語を表す語句や「況…邪」という抑揚を表す形式を連續して用いている。しかも、「墨池記」中には、他にも「豈…邪」を二カ所、「豈…耶」を一カ所、「況…哉」を一カ所使用しており、「墨池記」は僅か二百八十五字の小文にもかかわらず、曾鞏は虚詞を多用し、反語や抑揚を表す形式を驅使していることが窺えるのである。

四、曾鞏と韓愈における虚詞の使用

前章で、曾鞏と歐陽脩の文章における虚詞の使用傾向を調べた。ただ、曾鞏を歐陽脩と比較するだけではいまだ不十分で、他の作者との比較も行う必要があろう。曾鞏の文章が歐陽脩と極めて類似していることは、他の作者との比較をすることで一層明確になると考えるからである。そこで、本章では比較の對象として韓愈を取り上げたい。韓愈は、曾鞏、歐陽脩と同じく、散文の名手で唐宋八大家の一人であるので、曾鞏、歐陽脩の二人と比較するのは好都合だと言える。

前章で取り上げた十六の虚詞について、韓愈の序・記四五篇[17]について使用個數を調べ、それを歐陽脩、曾鞏と比べたのが表3である。總字數が異なるので、比較の都合上一萬字あたりの出現數に換算したのが表4である。

前掲した高橋氏は、韓愈と比較した場合の歐陽脩の文章特色として、接續形式が〈非明示型〉の虚詞の使用が多いと結論づけていたが、〈非明示型〉とは「例えば〝而〟は順接・逆接・竝列のいずれにも用いられるので、接續形式を連詞のみで確定することはできない。一方〝則〟は順接でしか働かない。今假に前者を〈〈接續形式〉非明示型〉、後者を〈明示型〉と呼ぶとする」と規定される[18]。そこで、表4に見られる〈非明示型〉の「而」について見ると、曾鞏は236・

（表3）

作者	総字数	而	也	於	因	乃	則	然	矣	蓋	爾	乎	哉	焉	耳	邪	歟
曾　鞏	39,607	936	606	755	55	51	273	218	172	113	10	105	96	68	21	45	22
歐陽脩	38,748	1,079	502	508	76	62	168	290	128	78	22	117	66	116	9	29	24
韓　愈	15,921	341	233	241	14	20	58	60	51	8	1	79	20	62	13	20	2

（表4）

作者	字数	而	也	於	因	乃	則	然	矣	蓋	爾	乎	哉	焉	耳	邪	歟
曾　鞏	10,000	236.3	153.0	190.6	13.9	12.9	68.9	55.0	43.4	28.5	2.5	26.5	24.2	17.2	5.3	11.4	5.6
歐陽脩	10,000	278.5	129.6	131.1	19.6	16.0	43.4	74.8	33.0	20.1	5.7	30.2	17.0	29.9	2.3	7.5	6.2
韓　愈	10,000	214.1	146.3	151.4	8.8	12.6	36.4	37.7	32.0	5.0	0.6	49.6	12.6	38.9	8.2	12.6	1.3

3字であり、歐陽脩は278・5字、一方韓愈は214・1字である。曾鞏の使用數は歐陽脩と韓愈の中間に位置していることになるが、韓愈と比べると一萬字あたりの出現數が多いことは注目したい。一方、〈非明示型〉と同じ働きをする「蓋」については、曾鞏が28・5字、歐陽脩が20・1字であるのに對して、韓愈は5・0字で、明らかに曾鞏と歐陽脩の「蓋」の使用數と、韓愈の使用數との間には差異が見られる。〈非明示型〉について、高橋氏は「讀み手に視點のフィードバックを伴う筋の確認作業を要求する」と言う。[19] たとえば、「蓋」や「而」が用いられると、讀み手は判斷の確認を促されその部分の前後を何回か讀み直し、そこではじめて理解に至るという讀解プロセスをとることになる。包敬第、陳文華『曾鞏散文選』前言の中で、曾鞏「墨池記」の文章について次のような指摘がある。[20]

這種不一筆寫書而留待讀者思考的筆法，使文章顯得呑吐有致，姿態横生。

この種の書寫せずして讀者の思考を待つ筆法は、文章に趣を出し入れし、色々な姿を自由に現すようにさせる。

ここでは「墨池記」の論の進め方において「留待讀者思考的筆法」を指摘するが、たとえば「蓋」のような〈非明示型〉の虚詞が惹起するフィードバックを伴う筋の確認作業においても、讀者は判斷を求められることになるので「讀者の思考を待つ」という印象を強く抱く要因になるのではないかと考えられる。

また、文末の疑問を表す「歟」は、曾鞏5・6字、歐陽脩6・2字に對して、韓愈は1・3字であり、「爾」についても、曾鞏2・5字、歐陽脩5・7字に對して、韓愈は0・6字と差がある。もちろん、「乃」のように歐陽脩16・0字に對して、曾鞏は12・9字、韓愈は12・6字で、曾鞏と韓愈の使用數が近い虚詞もある。

ただ、こうした個別の虚詞の使用數だけに視點を据えると、全體的な虚詞の使用傾向を見誤る可能性もある。そこで、序・記というジャンルにおける曾鞏、歐陽脩、韓愈の虚詞の使用傾向を全體的に把握しようと思う。まず、この三人の作者について、十六の虚詞における使用個數の多い順に番號を振った順位表が表5である。

これに基づき、スピアマンの順位相關係數を算出したい[21]。相關係數とは、2つのデータ列の間の相關（類似性の度合い）を示すもので、-1から1の間の實數値をとり、1に近いときは2つのデータ列には正の相關があると言い、-1に近ければ負の相關があると言う。0に近いときはもとのデータ列の相關は弱いことになる。スピアマンの順位相關係數とは、順位に基づいた相關關係のことを言い、本稿では前述した十六の虚詞の使用頻度に基づいて順位をつけてその相關を求めた。

曾鞏と歐陽脩の虚詞の使用におけるスピアマンの順位相關係數は0・9735である。1であれば全く同一の文章であると言えるので、ここでは1に非常に近く二人の虚詞の使用傾向には強い正の相關關係があると言える。一方、曾鞏と韓愈のスピアマンの順位相關係數は0・8171となり、歐陽脩との場合よりも1から遠ざかっているのがわかる。ここから、曾鞏の虚詞の使用傾向は、韓愈よりも歐陽脩と類似性の度合いが強いことが明らかになる。これまで曾鞏は歐陽脩と竝稱されて「陰柔」と言われてきたが、その大きな理由が二人の文章に表れた、こうした虚詞の使用傾向の類似だったのではないかと考える。一方、韓愈の文章がこれまで曾鞏・歐陽脩の二人と傾向が相違していると感じられてきたのも、やはりこのような虚詞の使用法の違いにあったのではないかと考えられる。

ちなみに、歐陽脩と韓愈のスピアマンの順位相關係數は0・8761となり、曾鞏と韓愈の

（表5）

作者	而	也	於	因	乃	則	然	矣	蓋	爾	乎	哉	焉	耳	邪	歟
曾鞏	1	3	2	11	12	4	5	6	7	16	8	9	10	15	13	14
歐陽脩	1	3	2	10	12	5	4	6	9	15	7	11	8	16	13	14
韓愈	1	3	2	12	10	7	6	8	14	16	4	10	5	13	10	15

スピアマンの順位相關係數が０・８１７１なので、歐陽脩の文章と韓愈の文章との相違よりも、曾鞏の文章と韓愈の文章との相違の方がより大きいことになる。つまり、序・記というジャンルにおける虚詞の使用傾向に着目すると、歐陽脩よりも曾鞏の方が、より韓愈との相違があると言えるのである。

五、おわりに

最後に、これまで見てきたように曾鞏の虚詞の使用が歐陽脩と類似するようになったのはどうしてなのであろうか。そのことについて、曾鞏と歐陽脩との繫がりという視點から考えたい。

曾鞏にとって歐陽脩は鄕里の先輩で十二歳年長であった。曾鞏は、慶暦元年（一〇四一）二十三歳の時に上京して歐陽脩のもとを訪れた。歐陽脩は曾鞏の文章を初めて見た感想について、「送呉生南歸」に次のように述べる。

我始見曾子　　我始めて曾子を見
文章初亦然　　文章初めて亦た然り
崑崙傾黄河　　崑崙は黄河に傾き
渺漫盈百川　　渺漫として百川に盈つ

歐陽脩は曾鞏の文章のスケールの大きさを感じ取っていた。『宋史』巻三百十九、曾鞏傳では「歐陽脩見其文、奇之」として、歐陽脩は初めて見た時から曾鞏の文章を高く評價していたと記述する。慶暦二年（一〇四二）に曾鞏は科擧を受驗するが、落第し故鄕へ歸ることとなる。その際、歐陽脩は「送曾鞏秀才序」を作り、曾鞏を勵ますとともに曾鞏のような俊秀が落第する科擧の現状について「有司棄之、可怪之」、「有司所操果良法」と記述して、大いに憂慮し、曾鞏の實力に問題があるのではなく科擧試驗の方法にこそ問題があると指摘する。故鄕に戻った後も、曾鞏は歐陽脩にしばしば書簡を送り（「上歐陽學士第二書」、「上歐陽舍人書」、「再與歐陽舍人書」）、自己の意見を述べ、指導を仰いでいる。そして、嘉祐二年（一〇五七）歐陽脩が權知貢擧の時、曾鞏は科擧に及第する。時に三十九歳であった。二年後、歐陽脩の推擧によって編校史館書籍を拜命し、更に館閣校勘校理となり書籍の編集校勘を行う。その作業の經驗から「戰國策目録序」、「梁書目録序」等の所謂目録序と稱する彼の代表作が生み出されるのである。

さて、曾鞏は「上歐陽學士第二書」の中で、

執事每曰、過吾門者百千人、獨於得生爲喜。

執事每に曰ふ、吾が門を過ぐる者は百千人にして、獨り生を得るに於て喜びと爲すのみ。

として、歐陽脩は曾鞏と出會えたことを喜びであるといつも語っていたことを記す。このように、歐陽脩にとって數多い門下生のなかで最も優秀で信頼を置いていた弟子が曾鞏なのであった。一方、曾鞏自身は「祭歐陽少師文」の中で、歐陽脩を師と仰ぎ、師に言動の規範を求めていたことを「言由公誨、行由公率」と記述する。曾鞏にとって、歐陽脩との出會いと交流が生涯を左右したと言っても過言ではないのである。

そして、曾鞏の文章作成を考える上で、看過できない記述は、次に擧げる曾鞏の「上歐陽學士第一書」である。

鞏自成童、聞執事之名、及長得執事之文章、口誦而心記之。

鞏成童自り、執事の名を聞く、長ずるに及び執事の文章を得、口誦して心に之れを記す。

少年の頃から歐陽脩の名聲を聞き及んでおり、歐陽脩の文章を記憶し、暗誦していたと曾鞏が記述していることは極めて注目される。このような曾鞏の試みによって、彼は歐陽脩の文體、筆遣いを知らず知らずに自分の掌中に収めたのではなかろうか。これこそが、曾鞏の文章が歐陽脩の文章と同一の雰圍氣を持ち、讀者に同じような印象を抱かせるようになった最大の要因だと考えるのである。

本稿で取り上げてきた虛詞は、文意には直接關係ないので、どのように使用するかについては作者の好みや書き癖が反映される。曾鞏も歐陽脩の文章を學んだとは言え、文章作成にあたって歐陽脩の虛詞の使用法までを意識して模倣したとは到底考えられない。曾鞏は彼獨自の文體を當然の如く確立させていたと言ってよい。しかし、幼い頃から歐陽脩の文章に觸れそれを積極的に學んだことが、無意識のうちに曾鞏の文章の血となり肉となっていたのも事實であろう。それが曾鞏の散文の特色の一つになっていたと言える。その證據に、今日、曾鞏の文章に見られる虛詞の使用傾向を分析すると、そこには歐陽脩の文章の匂いを感じとることができるのである。

注

（1）『國家人文歷史』二〇一六年第十三期所收。

（2）陳飛『中國古代散文研究』（福建人民出版社、二〇〇五年）二八四頁～二八五頁の記述。

（3）一九九三年に中華書局から刊行された中國文學知識叢書『曾鞏』（夏漢寧著）一一一頁には「特別是建國以來，曾鞏研究更是無人問津，除了幾部文學史有些簡單地介紹外，研究論著竟付諸闕如，這種狀況與曾鞏這位散文大家的地位是極不相稱的，這不能不説是一種遺憾」と記述し、九十年代初頃まで中國における曾鞏研究が低迷していたことを指摘する。

（4）注（2）陳飛『中國古代散文研究』二八七頁の記述。

（5）「先道後文」は唐宋八大家などの古文家の文章を考察する際にしばしば用いられる用語で、道（内面）の充實があって、その後に文章が輝くということを表しており、いわば文が道を表す手段であるという考え方に基づいている。

（6）『曾鞏研究論文集』（江西人民出版社、一九八六年）所收。

（7）注（6）『曾鞏研究論文集』所收。

（8）呉小林『唐宋八大家』（黄山書社、一九八四年）二〇八頁の記述。

（9）前野直彬編『中國文學史』（東京大學出版會、一九七五年）一四七頁の記述。

（10）高橋明郎「歐陽脩の散文文體の特色――韓愈の散文との差の成因――」（『日本中國學會報』第三八集、一九八六年）。

（11）劉德清『歐陽脩論稿』（北京師範大學出版社、一九九一年）二七三頁の記述。

（12）茅坤「曾文定公文鈔引」の語句。

（13）曾鞏の作品については、『曾鞏集』（陳杏珍、晁繼周校點、中華書局、一九八四年）に基づいた。調査對象とした作品は次の通り。「新序目録序、梁書目録序、列女傳目録序、禮閣新儀目録序、戰國策目録序、陳書目録序、南齊書目録序、唐令目録序、徐幹中論目録序、説苑目録序、鮑溶詩集目録序、李白詩集後序、先大夫集後序、王深父文集序、王子直文集序、王容季文集序、范貫之奏議集序、王平甫文集序、強幾聖文集序、思軒詩序、越州鑑湖圖序、類要序、相國寺維摩院聽琴序、張文叔文集序、館閣送錢純老知婺州詩序、齊州雜詩序、順濟王敕書祝文刻石序、敍盜、贈黎安二生序、送傅向老令瑞安序、送周屯田序、送江任序、送劉希聲序、送李材叔知柳州序、送趙宏序、送王希序、王無咎字序、送蔡元振序、送丁琰序、謝司理字序、分寧縣雲峯院記、仙都觀三門記、禿禿記、醒心亭記、繁昌縣興造記、墨池記、菜園院佛殿記、宜黄縣縣學記、學舍記、南軒記、金山寺水陸堂記、鵝湖院佛殿記、思政堂記、兜率院記、飲歸亭記、擬峴臺記、撫州顔魯公祠堂記、洪州新建縣廳壁記、清心亭記、閬州張侯廟記、歸老橋記、尹公亭記、筠州學記、瀛州興造記、廣德軍重修鼓角樓記、廣德湖記、齊州二堂記、齊州北水門記、襄州宜城縣長渠記、徐孺子祠堂記、江州景德寺新戒壇記、洪州東門記、道山亭記、越州趙公救災記」。

(14) 本稿における虚詞の意味やその働きについては、主として牛島徳次『漢語文法論（中古編）』（大修館書店、一九七一年）に基づいた。

(15) 歐陽脩の作品については、『歐陽文忠公集』（四部叢刊）に基づいた。調査對象とした作品は次の通り。「泗州先春亭記、夷陵縣至喜堂記、峡州至喜亭記、御書閣記、畫舫齋記、王彦章畫像記、襄州穀城縣夫子廟記、吉州學記、豐樂亭記、醉翁亭記、菱谿石記、海陵許氏南園記、眞州東園記、浮槎山水記、有美堂記、相州晝錦堂記、仁宗御飛白記、峴山亭記、章望之字序、釋祕演詩集序、釋惟儼文集序、詩譜補亡後序、集古録目序、蘇氏文集序、鄭荀改名序、韻總序、送楊寘序、送曾鞏秀才序、送田畫秀才寧親萬州序、謝氏詩序、送張唐民歸青州序、送王陶序、孫子後序、梅聖兪詩集序、送祕書丞宋君歸太學序、送徐無黨南歸序、廖氏文集序、外制集序、禮部唱和詩序、内制集序、帝王世次圖序、帝王世次圖後序、思潁詩後序、歸田録序、仲氏文集序、續思潁詩序、江鄰幾文集序、薛簡肅公文集序、河南府重脩使院記、河南府重修淨垢院記、陳氏榮鄉亭記、明因大師塔記、叢翠亭記、非非堂記、遊大字院記、李秀才東園亭記、樊侯廟災記、東齋記、伐樹記、戕竹記、養魚記、游鯈亭記、浙川縣興化寺廊記、湘潭縣修藥師院佛殿記、偃虹隄記、大明水記、孫氏碑陰記、三琴記、仁宗御集序、送方希則序、送陳經秀才序、送楊子聰户曹序、送廖倚歸衡山序、送梅聖兪歸河陽序、張應之字序、尹源字子漸序、胡寅字序、送陳子履赴絳州翼城序、送孫屯田序、張令注周易序、刪正黄庭經序、送王聖紀赴扶風主簿序、送太原秀才序、傳易圖序、月石硯屏歌序、七賢畫序、龍茶録後序」。

(16) 注（11）劉徳清『歐陽脩論稿』二七三頁～二七四頁の記述。

(17) 韓愈の作品については『朱文公校昌黎先生文集』（四部叢刊所收）に基づいた。調査對象とした作品は次の通り。「送陸歙州詩序、送孟東野序、送許郢州序、送竇從事序、上巳日燕太學聽彈琴詩序、送齊皥下第序、送陳密序、送李愿歸盤谷序、送牛堪序、送董邵南序、贈崔復州序、贈張童子序、送浮屠文暢師序、送楊支使序、送何堅序、送廖道士序、送王

秀才序、送孟秀才序、送陳秀才彤序、送王秀才序、荊潭唱和詩序、送幽州李端公序、送區册序、送張道士序、送高閑上人序、送殷員外序、送楊少尹序、送權秀才序、送湖南李正字序、送石處士序、送温處士赴河陽軍序、送鄭尚書序、送水陸運使韓侍御歸所治序、送鄭十校理序、韋侍講盛山十二詩序、石鼎聯句詩序、送汴州監軍倶文珍序、送浮屠令縱西遊序、汴州東西水門記、燕喜亭記、徐泗豪三州節度掌書記廳石記、畫記、藍田縣丞廳壁記、新修滕王閣記、科斗書後記」。

(18)　注（10）高橋論文參照。

(19)　注（10）高橋論文參照。

(20)　包敬第、陳文華『曾鞏散文選』（三聯書店、一九九〇年）前言八頁の記述。

(21)　『統計學辭典』（東洋經濟新報社、一九八九年）にスピアマンの順位相關係數について、「順位からつくったピアソンの相關係數（中略）をスピアマンの順位相關係數（Spearman's rank correlation coefficient またはスピアマンのρ）という（C. Spearman〔1944a〕）」とある。なお、ここではスピアマンの順位相關係數は同順位修正版を用いた。これらについては鹿児島大學理學部の近藤正男教授（統計學）にご教示いただいた。

（附記）

本稿は、拙稿「曾鞏の散文文體の特色――歐陽脩散文との類似點――」（『橄欖』第十四號、二〇〇七年）を、本書に收録するに當って全面的に改稿したもので、あわせて題目も變更した。

〃修廟〃與〃立學〃：北宋學記類文章的一個話題

——從王安石《繁昌縣學記》入手——

朱　剛

劉成國先生新出《王安石年譜長編》，繫《繁昌縣學記》於慶曆七年（1047），考為〃現存公學記中最早一篇[1]〃。此文開篇即議論孔廟與學校的關係問題：

奠先師先聖於學而無廟，古也。近世之法，廟事孔子而無學。古者自京師至於鄉邑皆有學，屬其民人相與學道藝其中，而不可使不知其學之所自，於是乎有釋菜、奠幣之禮，所以著其不忘。然則事先師先聖者，以有學也。今也無有學，而徒廟事孔子，吾不知其說也[2]。

這是因為當時州縣的學校，往往僅是孔廟的一個不常設的附屬部分，而北宋朝廷興辦學校的政策，事實上也以修葺孔廟為先導，故王安石初作〃學記〃，便首先要審辨〃修廟〃與〃立學〃的關係。廟事孔子，春秋釋奠，似乎被看做中華禮樂文明的核心節目之一，然而若依王安石的思路，在三代制度的意義上理解禮樂，則祭祀孔子當然不可能是周公〃制禮作樂〃的原始內容。雖然說祭孔非禮，似乎有點驚世駭俗的味道，但其非三代之制，則可無疑。相反，〃自京師至於鄉邑〟皆有學校，倒是經典明文記載的真正三代之制，而後世用以祭孔的釋奠之禮，原本是學校裡舉行的一種體現學問傳承意識的儀式，就算這種儀式以孔子為尊事的對象，那也應該是祭孔之儀附屬於學校，不應該是學校附屬於孔廟。所以王安石明確表示：〝今也無有學，而徒廟事孔子，吾不知其説也。〟在他看來，兩者的關係被弄顛倒了，是一種錯誤。

作為一篇〝學記〟，自須強調立學的意義，而且也不妨説立學遠比祭孔重要，但因此而走到非議祭孔的地步，似乎並無必要。然而，王安石次年又作《慈溪縣學記》，不但以更大篇幅展開了這個話題，甚且把廟事孔子形容為〝四方之學者，廢而爲廟，以祀孔子於天下，斲木摶土，如浮屠、道士法，爲王者象〟[3]，幾乎詆為異教了。可見他對待這件事的態度非常嚴厲，反映出他的思想與現實之間一個相當激烈的衝突點。王安石以這個衝突點為他撰作〝學記〟的起點，很值得我們關注。雖然其〝學記〟中更著名的一篇，也可以被看做宋代〝學記〟之代表作的，是將近二十年後所寫的《虔州學記》[4]，但後者充分地展開其關於〝學〟的思想，全文不涉及〝廟〟，則前後聯繫來看，揚棄孔廟而建立學校，是他撰寫〝學記〟的總體思路。用他自己的話説，是〝變時而之道〟[5]，孔廟是〝時〟而學校是〝道〟。這就包含了批判和建樹兩個方面，《虔州學記》全力建樹，之前的《繁昌縣學記》、《慈溪縣學記》則更多地展示出批判性。

那麼，以批判〝修廟〟為倡導〝立學〟之前提，是不是這位〝拗相公〟與衆不同的任性表現，或者説獨立主張呢？要回答這個問題，需要考察一下別人的同類文章是怎麼寫的。什麼是同類文章呢？首先當然是題名為〝學記〟的文章。事實上，學術界已經注意到〝學記〟是宋代古文的一個重要品種，近年已有不少研究成果[6]，但為了考察〝修廟〟與〝立學〟的關係這一話題，除了題名為〝學記〟的文章外，我們還需要把有關孔廟的許多〝記〟或〝碑〟文也納入視野，而且實際上宋人也有稱為〝廟學記〟的文章，《全宋文》裡面可以找到十餘篇，如李堪《古田縣廟學記》，蔡襄《福州修廟學記》、《亳州永城縣廟學記》等[7]，同時記敘〝廟〟與〝學〟的興建。多年以前，就因為注意到這些〝廟學記〟，筆者曾把宋代〝學記〟文類的淵源推至前人的孔子〝廟碑〟或〝廟記〟，然後經過〝廟學記〟這一過渡形態，發展出〝學記〟[8]。這個推想忽視了宋代以前題為〝學記〟的文章已經存在的事實，劉成國先生在《宋代學記研究》中亦已加以糾正。[9] 然而，由於〃廟〃與〃學〃的糾纏在現實中也確實存在，故宋人所撰廟碑、廟記、廟學記、學記等，對此多有回應，在這個意義上，筆者以為仍可將它們視為同類文章，加以考察。[10] 對於宋人來說，廟事孔子，而以學校附焉，是從前代延續下來的現實，對此現實的質疑是逐漸產生的，本文旨在梳理這個產生的過程，從而將王安石的批判置入歷史語境，加以考察。

一，廟事孔子

宋制，每歲國家祭祀分為三級：大祀三十、中祀九、小祀九，孔廟釋奠屬於〃中祀〃。[11]《宋史・禮志》記其沿革情形云：

至聖文宣王，唐開元末升為中祠，設從祀，禮令攝三公行事。朱梁喪亂，從祀遂廢。後唐長興二年，仍復從祀。周顯德二年，別營國子監，置學舍。宋因增修之，塑先聖、亞聖、十哲像，畫七十二賢及先儒二十一人像于東西廡之木壁。太祖親撰先聖、亞聖贊，十哲以下命文臣分贊之。建隆中，凡三幸國子監，謁文宣王廟。太宗亦三謁廟，詔繪三禮器物、制度于國學講論堂木壁，又命河南府建國子監文宣王廟，置官講說，及賜九經書。真宗大中祥符元年，封泰山，詔以十一月一日幸曲阜，備禮謁文宣王廟。[12]

此處概敘了宋初三朝祭祀和建設孔廟的情況，只說是繼承唐禮而來，並不追究更早的來歷。[13] 北宋文人所作學記，有的更具歷史意識，如胡旦《儒學記》云：

漢魏以來，奉祀孔子，惟曲阜闕里。至唐開元始詔州縣置廟，並像十哲、七十子，春秋釋奠，載於典章。我宋因之。(14)

胡旦是太宗朝的狀元，他對孔廟的形成歷史有個簡明的把握，就是從名人家鄉所建的紀念館，逐步發展為國家層面的祭祀項目。但顯然，他並不像後來的王安石那樣質疑孔廟的合理性。相反，對於唐代中央和地方州縣普遍設置孔廟的做法，宋初士大夫多數予以肯定。這方面值得注意的，是唐代韓愈在《處州孔子廟碑》中提出的〝通祀〟之說：

自天子至郡邑守長，通得祀而遍天下者，惟社、稷與孔子為然。(15)

這個〝通祀〟說，在王禹偁作於咸平二年（999）的《黃州重修文宣王廟壁記》中便有響應：

韓吏部曰：〝天下通祀者三，唯社、稷與夫子廟。〟某敢輕議哉？(16)

其後，尹洙《鞏縣孔子廟記》亦云：

某按著令，縣皆立先聖廟，釋奠以春秋，唐韓文公所謂郡縣通祀孔子與社、稷者也。自五代亂，祠官所領，在郡邑者頗廢墜不舉，間或增祀，率淫妄不經，獨孔子、社、稷，其奠祭器幣莫之能損益，真所謂通祀哉！(17)

〝通祀〟大約是中央和地方上下都祭祀的意思，突出了祭孔的普遍性、重要性。王禹偁、尹洙都是北宋前期的古文家，韓愈的《處州孔子廟碑》成為他們寫作同類文章時明確意識到的典範。在中國崇奉孔子的歷史上，唐代詔令州縣立廟確實是個重要的里程碑，〝通祀〞的說法相當鮮明地揭示了這一里程碑的意義。

時至宋代，全國所有孔廟中，自以首都開封府的孔廟最為重要，但所謂太祖、太宗皆三謁孔廟之事，目前並無相關記文留存。《全宋文》蒐集的宋初修建孔廟之碑記，時間上最早的是劉從乂《重修文宣王廟記》，作於宋太祖建隆三年（962），所記為永興軍亦即唐代首都長安的孔廟，所以文中提到唐代的太學、石經[18]，這是長安孔廟能夠直接從唐代繼承的特殊遺產，非其它州縣可比。作於太祖朝的還有梁勗《重修文宣王廟碑》，文末明記〝時乾德二年（964）歲次甲子九月甲戌朔十八日辛卯〞，文中又有〝明天子以關輔之地，爲雄望之首〞云云[19]，似乎也是長安的孔廟。另一個比較特殊的孔廟，就是孔子家鄉兖州的文宣王廟了，太宗朝狀元宰相呂蒙正撰有《大宋重修兖州文宣王廟碑銘》，時在〝太平興國八年（983）歲次癸未，十月癸未朔，十六日戊戌〞[20]，記錄了朝廷出資翻修兖州孔廟的盛舉。不過撰於太宗朝的還有一些其它州縣的孔廟碑記，如太平興國八年（983）柳開《潤州重修文宣王廟碑文》[21]、雍熙二年（985）徐鉉《泗州重修文宣王廟記》[22]、雍熙三年（986）王禹偁《崑山縣新修文宣王廟記》[23]、同年田錫《睦州夫子廟記》[24]等。田錫還寫有《請復鄉飲禮書》[25]，此禮的舉行，需要孔廟、學校為場所，可以說是跟地方州縣修葺孔廟相配套的活動。太祖、太宗朝留存的這些碑記，反映出孔廟釋奠之禮從唐代繼承下來，從中央和某些特殊地區（長安、兖州）向全國擴散的進程。

此後，王禹偁《黃州重修文宣王廟壁記》作於真宗朝咸平二年（999），是他自己擔任知州時主持修葺的[26]；咸平五年（1002）段全為仙游縣尉，也主持了孔廟徙址重修之事，并附建學校，作《仙游縣建學記》[27]；翁緯作秀州海鹽縣的《縣學記》[28]，在大中祥符元年（1008），此時作者亦為縣令。這些都是地方官親力親為、自撰記文的例子。值得一提的是後兩篇已經不名〝廟記〞而題為〝學記〞，但文章敘述的內容其實仍以修廟為主。也許，作為地方官的他們意識到修廟只是手段，真正需要完成的是振興當地教育、向朝廷貢士的責任，所以原本只是附屬於〝廟〞的〝學〞，受到了一定程度的重視。

把祭孔禮儀推向高潮的，是大中祥符元年（1008）宋真宗封禪泰山，還至曲阜，親祀孔廟之舉。《續資治通鑒長編》卷七十記：

（十月）丙辰，次兗州，以州爲大都督府，特賜酺三日。十一月戊午朔，上服鞾袍，詣文宣王廟酌獻。廟內外設黃麾仗，孔氏家屬陪列。有司定儀，止肅揖，上特再拜。又幸叔梁紇堂，命刑部尚書温仲舒等分奠七十二人、先儒，暨叔梁紇、顏氏。上制贊，刻石廟中。復幸孔林，以樹木擁道，降輿乘馬，至文宣王墓奠拜。詔加謚曰〝玄聖文宣王〟，祝文進署，仍修葺祠宇，給近便十户奉塋墓。丁卯，次范縣，賜曲阜縣玄聖文宣王廟九經、三史，令兗州選儒生講說。[29]

皇帝親自來到祖庭，再拜表敬，在禮儀上達到了極致。不過很明顯，當時的兗州孔廟只具象征意義，其附屬學校並不發達，連必備的書籍和教師都需要皇帝專門下令頒賜、選拔。當然，皇帝這麼做，會帶動各地紛紛響應，崇修孔廟，從現存記文來看，徐晟《大宋真定府藁城縣重修文宣王廟堂記》署刻石時間在大中祥符二年（1009）二月，[30]孫僅《大宋永興軍新修玄聖文宣王廟大門記》作於同年六月，[31]二文都提到當今皇上尊崇孔廟是地方官修廟的動因，其中孫僅就是地方官本人。《續資治通鑒長編》卷七十三又記，大中祥符三年（1010）六月〝丙辰，頒諸州釋奠玄聖文宣王廟儀注，并祭器圖〟，[32]可見州縣守令已有需要獲得標準的行禮程序和相關器具之形制。這一點在現存記文中也留下了印證，李慶孫《寧海縣文宣王廟記》作於〝皇帝東封之三年〟，也就是大中祥符三年，其中說：〝學校載興，庠序益嚴，詩書以存，絃誦以繼。嗣而朝廷頒以祭器，故上下之禮，由茲而為新廟之殊觀也。[33]〟他的說法是修廟帶動了學校的復興，但以上這些記文都不稱〝學記〟，〝學〟還是〝廟〟的附屬。

宋初三朝的記文作者，也有的像王安石那樣，意識到廟事孔子作為一種偶像崇拜，性質上與〝浮屠、道士法〟相似，但他們中的多數以另一種思路考慮這件事：祭拜聖人的孔廟，居然還沒有佛寺、道觀那麼莊嚴華麗，真是儒者之恥！宋初古文家柳開就為此痛心疾首，其《重修孔子廟垣疏》開篇即慨歎：〃儒宮荒凉久矣。噫！天下太平，厥道斯用。〃又云：〃痛心釋氏之門壯如王室，吾先師之宮也反如是哉！〃[34]與佛寺比較的結果，是強調興修孔廟的迫切性。在來自朝廷的倡導之外，這裡出現了士人修廟的另一種動機：恥不如佛道。段全《興化軍文宣王廟碑》敘述了一個具體的實例：

咸平二年（999）冬十月，興化軍作文宣王廟，明年夏四月廟成。先是，進士方儀以舊廟卑毀，不若諸浮屠、伯陽之祠，實將新而大之……工止是而貲已竭。既而儀貢藝京師，因亟伏闕下，表其事，請出公錢以周是廟，以示文教于遠人。上嘉之，以三十萬俞之，命庫帑出之，軍之官其主之。由殿之北，辟廊為室，以秘經籍，以休生徒。[35]

進士方儀因為恥孔廟之不如佛寺、道觀，而出資興修，後來因私力不足，求助朝廷，得到了真宗皇帝的支持，命官方完成此事。從記文來看，這種由士人自發興修的孔廟，可能對附屬學校比較重視。

與此相似的說法，也見於景德元年（1004）的孫昱《重修文宣王廟碑》：

夫廟者貌也，蓋貌其形似，以致恭敬。釋曰寺，道曰觀，其實一也。噫！三教并興于周，自周而下，斯須不可得而去者，孔子之教也，乃嚴其祠者，釋道耳。何以日用其教，而日損其祠，于我先師孔子何薄歟！[36]

此文將偶像崇拜直接視為三教的一致性，而指責薄待孔子的現實。作於次年的李堪《古田縣廟學記》，就更進一步，作者借其身為地方官的權力，〝下車視事〞不久，即〝薙佛宮、灰淫祠為之學〞㊲。佛寺和某些民間祭祀的產業被他改造為孔廟的附屬學校。這可能是最早名為〝廟學記〞的文章，也顯示出此種動機下的修廟行為，往往比僅僅響應朝廷號召而修廟者更重視學校。但是，這些作者並不像王安石那樣反思儒學與佛道宗教的差異。

在王安石的前輩中，梅堯臣曾經表示了對祭孔之禮走向宗教化、迷信化的不滿，其《新息重修孔子廟記》云：

予思昔忝邑時，見邑多不本朝廷祭法，往往用巫祝於傍曰：〝牛馬其肥，癘疫其銷，穀麥其豐。〞瀆悖為甚㊳。

在縣級層面，祭孔的情形與所謂〝淫祠〞相去無幾。雖然梅堯臣此文敘及慶曆七年事，其寫作時間未必早於王安石的《繁昌縣學記》，但他描述的這種現象也許王安石亦曾目睹，而且這也說明，當時的士人已經開始反思一個問題：祭孔是否為崇興儒學的正確方法？

二，景德〝廟學〞

孔廟是個行禮的場所，作為其附屬部分的學校，也主要完成禮儀功能，自唐以來，其實並非真正的教育場所。不過，在北宋興盛起來，從而被諸多〝學記〞所描寫的州縣官學，又確實脫胎於孔廟之附屬學校，這也是事實。此脫胎之過程，當然與北宋朝廷的〝興學〞政策相關。目前教育史研究中，一般把北宋的教育政策概括為三次〝興學〞，即分別由范仲淹、王安石、蔡京主導的慶曆興學、熙寧興學和崇寧興學㊴。劉成國的《宋代學記研究》基本上也持此說。但這是專就朝廷下令州縣〝立學〞的情況而言，若考慮到學校原是孔廟的一部分，而朝廷倡導〝修廟〞的時間更早，則北宋朝廷和士大夫的關注點如何從〃廟〃轉到〃學〃，便是一個值得考察的課題。我們研讀學記類文章，可以為這樣的考察提供一個切入點。

現存的北宋學記類文章，其實記錄了慶曆以前的一次伴隨著〃修廟〃的〃立學〃詔令，下達於宋真宗景德三年（1006），比其東封祭孔還略早一些。楊大雅《重修先聖廟并建講堂記》云：

今皇帝嗣位之初，嘗幸大學，召博士諸儒設講榻，當御座之前，執經釋義，賜帛有差。自是，大學之制一變，復古籩豆干戚之容，粲然大備。大學士王公欽若上言：〃王者化民，由中及外。古之立學，自國而達鄉。今釋菜之禮，獨盛于上庠，函丈之教，未洽于四海。興文之代，而闕禮若斯！〃上以其言下之有司。去年詔天下諸郡咸修先聖之廟，又詔廟中起講堂，聚學徒，擇儒雅可為人師者以教焉。[40]

此文自署〃時景德四年（1007）協洽歲林鍾月吉日記〃，則文中所謂〃去年〃當指景德三年，因為王欽若的建議，宋真宗下達了詔令，其主要內容：一是各州都要〃修廟〃，二是廟中要有講堂，擇教師，聚學徒，也就是〃立學〃[41]。不知出於什麼原因，《續資治通鑒長編》等史書並不記載此事。但其為史實，可以無疑，《孔氏祖庭廣記》卷十至十一臚列〃廟中古碑〃，其中就有一塊題為《景德三年勑修文宣王廟》的宋碑：

中書門下牒京東轉運司：資政殿大學士尚書兵部侍郎知通進銀臺司兼門下封駁事王欽若奏：〃諸道州府軍監文宣王廟，多是摧塌，及其中修蓋完葺者，被勾當事官員使臣指射作磨勘司推勘院。伏以化俗之方，儒術為本，訓民之道，庠序居先。況傑出生人，垂範經籍，百王取法，歷代攸宗。苟廟貌之不嚴，即典章而何貴？恭以睿明繼統，禮樂方興，咸秩無文，徧走群望。豈可泮宮遺烈，教父靈祠，頗闕修崇，久成廢業？仍令講誦之地，或為置對之司，混捶撻於弦歌，亂桎梏於籩豆，殊非尚德，有類戲儒。方大振於素風，望俯頒於明制，欲乞特降勑命指揮，令諸道州府軍監文宣王廟摧毀處，量破倉庫頭子錢修葺。仍令曉示，今後不得占射充磨勘司推勘院，及不得令使臣官員等在廟內居止。所貴時文載耀，學校彌光，克彰鼓篋之聲，用洽舞雩之理。候勑旨。〟牒：奉勑，宜令逐路轉運司遍指揮轄下州府軍監，依王欽若所奏施行。牒至，准勑，故牒。

景德三年二月十六日牒。刑部侍郎參知政事馮拯、尚書左丞參知政事王旦[42]。

碑文將中書門下的牒文完整上石，時間準確到年月日，還有值日宰執的簽名，自可信賴。但一般情況下，這裡引錄的大臣起請之奏狀，則並非全文，所以跟楊大雅引錄的〝大學士王公欽若上言〟，當事人一致，具體內容卻不同。鑒於碑文末涉及〝廟中起講堂〟事，我們也不妨推測王欽若有兩道奏狀，皇帝所下的〝修廟〟和〝立學〟詔令也分成兩次，故楊大雅也表述為〝又詔〟云云。然而即便是兩次，大概也相距不遠。重要的是，如楊大雅記文所顯示的那樣，景德三年詔令給人留下〝廟〟、〝學〟並修的印象。

就詔令的實際效果來說，估計大部分州縣地方官的應對措施，仍以〝修廟〟為主。前文已提到，大中祥符元年（1008）十一月宋真宗親至兗州謁孔廟後，還有〝賜曲阜縣玄聖文宣王廟九經、三史，令兗州選儒生講說〟之舉，則時隔兩年半了，看來連這個儒學的發源地也沒有在〝立學〟方面認真奉詔！即便只是〝修廟〟，也容易引起糾紛，《續資治通鑒長編》沒有記錄景德三年的詔令，卻在卷六十六記載了一次因〝修廟〟引起的訴訟，景德四年（1007）九月甲子朔，〝知華州起居舍人張舒，與官屬率民錢修孔子廟，爲民所訟，並坐贖金。因詔諸州縣：文宣王廟自今並官給錢完葺，無得輒賦民財[43]。〟這次訴訟的結果是規定今後〝修廟〟全由官方出資，那麼可想而知，在官方資金不足的地方，就連〝廟〟也不修了，更談不上〝學〟矣。

然而即便如此，〝廟〟、〝學〟並修的景德三年詔令，還是給此後的相關建設和記文撰寫帶來顯著的影響，現存的廟記、學記中可以找到不少痕跡，如青陽楷《改建信州州學記》云：

景德三年春二月，詔修天下夫子廟祀，今上樞八座太原公之請也。先是，至聖遺像傳之或失，乃稽乎載籍，按之圖畫，環姿其表，悉無所疑。至是從祀七十餘人，以道不以位也。後則為講堂，為書樓，為學舍，聚書千卷……[44]

此篇準確地記載了詔令頒發的年月，而"上樞八座太原公"就是景德三、四年間以尚書左丞知樞密院的王欽若，與上文所考合若符契。值得注意的是全文內容雖以"修廟"為主，卻也涉及了"講堂"、"學舍"，而且題名為"學記"。這說明"廟"、"學"並修的詔令，也能促使"學記"的產生。提到了景德三年詔令的還有章得一《餘杭縣建學記》：

加王者之袞冕，建都邑之祠宇，春秋仲月行釋菜之禮，唐室之舊典也；郡邑祠宇，咸建講堂，召通經者展函丈之儀，聖朝之新制也……得一夙夜在公，鞅掌從事，方萌肯建之意，會天王降修講堂之詔。[45]

與青陽楷不同的是，章得一身為縣令，親自主持了建學的工程。很顯然，他對於詔令的關注點不在修孔廟而在修"講堂"，並認為建有"講堂"的孔廟才是"聖朝之新制"，所以題為"建學"。可見，在士大夫的關注點從"廟"轉向"學"的過程中，景德詔令確實起到了作用，而且立竿見影，收效很快。

大概自此以後，無論名為"廟記"還是"學記"，撰文者一般都會兼顧二者，呈"廟"、"學"並舉之格局。陳執古《文宣王廟記》作於真宗朝晚期的天禧二年（1018），其中云"後遺殖庭之宇，用鋪講藝之筵"[46]。王隨《通州學記》作於仁宗朝的天聖元年（1023），也先對真宗皇帝"景仰先聖，親饗闕里"，"復詔屬縣，俾嚴廟貌"作了回顧，然後描寫"前設齋宿之次，後立講誦之宇〟的建築格局[47]。更晚的，有景祐三年（1036）夏始建的雙流縣文宣王廟，李畋作《記》云：〝聖宋啟運，文德誕敷，纂極建皇，一統萬宇。爰自宇縣，率諸郡邑，大藩小侯，彙奉明詔，建至聖文宣王廟，悉以學校肄焉[48]。〟他理解的朝廷政令，就是建〝廟〟都要同時設〝學〟的。《全宋文》在傳世別集之外蒐集的這些散見記文，作者多為當時的基層士大夫，他們筆下的文字，有時候比大家巨匠的言論更能顯示社會一般觀念的變化。

當然，著名士大夫若留下較多的相關作品，則可能在一般觀念之上更有獨特思考。北宋士大夫中，寫作了四篇學記、三篇文宣王廟記的余靖（1000－1064），可能是留下這類文章最多的。這七篇記文都作於仁宗朝，題名上雖有〝學記〟、〝廟記〟之別，但實際內容無一不是兼顧二者的，如《雷州新修郡學記》云：〝春秋釋菜，則先聖先師之像不可不嚴也；朝夕講誦，則函丈接武之堂不可不廣也[49]。〟《惠州海豐縣新修文宣王廟記》云：〝退與諸生謀建新廟而崇學館[50]。〟而且，余靖似乎習慣於使用〝廟學〟一詞，列舉於下：

《潯州新成州學記》：〝廟學既成[51]。〟
《康州重修文宣王廟記》：〝凡廟學之式爹備焉[52]。〟
《興國軍重修文宣王廟記》：〝廟學草創而不完[53]。〟
《惠州海豐縣新修文宣王廟記》：〝舊有廟學，處之西偏〟。

這〝廟學〟一詞，早見於唐代韓愈的《處州孔子廟碑》，也見於宋初柳開的《潤州重修文宣王廟碑文》[54]，這當然與唐宋以來孔廟與官學合一的制度相對應，但事實上余靖以前的記文作者經常面對有廟無學的情況，而余靖能反復使用此詞，則反映出真宗朝的〝廟〟、〝學〟並修政策在仁宗朝已見較大成效。考慮到余靖的同時人蔡襄還寫過兩篇〝廟學記〟，則我們不妨認為，〝廟學〟一詞反映出這一代士大夫對現實的概括。

不僅如此，對於"廟"和"學"的關係問題，余靖也已有思考，其《康州重修文宣王廟記》云：

古者立學必行釋奠之禮，天子諸侯皆親臨之。周人祀周公，魯人祀孔子為先聖，自漢已來，遂採用魯禮。……雖庠序廢興靡常，而廟食不絕者，教之存焉耳。

一方面，他認為"學"是古制，"廟"乃後起；另一方面，他也承認"廟"的優勢，因為學校興廢無常，而孔廟祭祀之禮卻能維持下來。不過，存"廟"而廢"學"，當然是他所反對的，《惠州海豐縣新修文宣王廟記》又云：

唐室雖欲尊儒，而不得其本。春秋祭菜，專爲孔子祠宮。已事而逡，鬱生荊棘，因循其弊，以至於今。

此處直接批評唐朝專重廟祀的做法"不得其本"，而為宋代的興"學"張本。表述更為清楚的，是《洪州新置州學記》：

三代之制，天子之學曰辟雍，諸侯曰泮宮，黨遂所居，必有庠序，釋菜之奠，其來舊矣。蓋孔子之道，萬世師表，故昔唐氏尊之以王爵，奉之以時祀，而禮用祭菜。夫祭菜之義，本于太學，存廟而廢學者，禮之失也。(55)

此文作於景祐三年（1036），而已經與十一年後王安石《繁昌縣學記》表達的意思相近。當然，余靖的語氣比王安石遠為溫和。

三，妥協：〃無變今之法而不失古之實〃

王安石的〃學記〃都作於慶曆〃興學〃之後，余靖所作以上記文，則或在其前，或在其後。二人都思考了〃廟〃與〃學〃的關係問題，其結論也相近，但王安石的表述更為尖鋭、明確，批判性更強。那麼，看起來具有劃時代意義的慶曆〃興學〃，有沒有企圖糾正〃廟〃與〃學〃的輕重關係呢？在王安石看來是這樣的，《繁昌縣學記》中説：

宋因近世之法而無能改，至今天子始詔天下有州者皆得立學，奠孔子其中，如古之為[56]。

恢復三代之制，以學校為本，而將孔廟附屬於學校：這就是他對慶曆〃興學〃的理解。

不過，慶曆四年（1044）三月頒發的〃興學〃詔令今存，其實未必能讀出這樣的意思：

諸路州府軍監，除舊有學外，餘並各令立學。如學者二百人以上，許更置縣學。若州縣未能頓備，即且就文宣王廟或係官屋宇，仍委轉運司及長吏於幕職州縣官內薦教授，以三年為一任。若文（無？）學官可差，即令本處舉人，衆舉有德行藝業者充，候及三年，無私過，本處具教授人數并本人履業事狀以聞，當議特與推恩[57]。

詔令只説，若州縣缺乏學校的基礎設施，可暫時借用孔廟辦學。當然，言外之意是有條件的地方應該不依靠孔廟，單獨建立校舍，這種校舍也勢必要〃奠孔子其中〃，如此可以勉強符合王安石的説法。但是，詔令並未表明新立的學校與當地原有的孔廟是什麼關係。可以説，王安石按自己的思路解讀了詔令，但下詔者的著眼點並不在此。這條詔令的更大意義，是允許各地推薦舉人擔任學官，而且這些學官三年之後可以入仕。這等於在科舉之外另開一條通過學校入仕的途徑，倒符合此後王安石自己主持改革時的思路。

〝學者二百人以上，許更置縣學〞的規定，王安石在《繁昌縣學記》和《慈溪縣學記》中都提到了，並認為這一限制曾導致二縣〝不得有學，而為孔子廟如故〞[58]。從這兩篇〝學記〞也不難發現王安石所面臨的困境，雖是為二縣地方官所建之〝學〞作〝記〞，但其實他們都先修孔廟，再建學校。也就是說，事實上〝修廟〞乃是〝立學〞的前提，所以王安石也不得不表示了一種妥協：

> 夫離上之法，而苟欲為古之所為者，無法：流於今俗而思古者，不聞教之所以本，又義之所去也。太初是無變今之法而不失古之實，其不可以無傳也[59]。

在他眼裡，學校是〝古〞，孔廟是〝俗〞。復〝古〞苦於無法可依，隨從於〝俗〞又不〝義〞，怎麼辦呢？王安石肯定了繁昌縣令夏希道（字太初）的做法，〝無變今之法而不失古之實〞，其實就是建個〝廟學〞。可以說，〝廟學〞的普遍化，才是慶曆〝興學〞詔令的收效。

當然，由於〝修廟〞之令下得更早，各州縣大抵已經有〝廟〞，所以慶曆詔令給人的印象主要是在〝立學〞，這一點無可否認。作於慶曆四年的相關記文，現存有曾鞏之父曾易占的《南豐縣興學記》，從古代的〝鄉黨學校〞，講到北宋〝興學〞的過程，再到該縣縣學的建立，完全以〝學〞為立足點展開敘述，中間只有一句〝殿室森嚴，孔子、七十子像圖以序其中[60]〞，應該是指孔廟，但沒有正面記敘〝修廟〞之事。同樣始修於慶曆四年的成都華陽縣學館，有張俞的記文，則從漢代文翁在蜀地建〝學〞的歷史講起，雖也涉及五代孟蜀〝紹漢廟學〞，以及本朝〝興學飾像[61]〞的做法，但全文都就〝學〞而梳理源流，〝廟〞已經不是作者的關注點。至於慶曆〝興學〞的核心人物范仲淹，次年亦罷政外任，而親自主持了邠州州學的興建，其《邠州建學記》是從國家培養和提拔人才的角度來講述〝立學〟意義的，其中如〝地爲高明，遂以建學，并其廟遷焉〟，〝增其廟度，重師禮也；廣其學宮，優生員也[62]〟數句，仍可見〝修廟〟之事實，但與前兩篇記文一樣，其關注點顯然都從〝廟〟轉到了〝學〟。或者說，事實上修的都是〝廟學〟，但他們寫的都是〝學記〟。

就〝廟學〟本身而言，張俞〝紹漢廟學〟的說法，其實也不是很準確。清人王元啟曾作《歷代廟學考》梳理其源流云：

唐高祖武德二年，始詔國學立周公孔子廟，七年釋奠，以周公爲先聖，孔子配。太宗貞觀二年，國學並祀周孔，前後凡十年，至是始用房玄齡議，罷周公，升孔子爲先聖，以顏子配，如隋以前故事。四年詔州縣學皆立孔子廟，此唐世州縣學立廟之始……

慶曆四年，詔天下州縣皆立學。古者璧雍頖宮之制，有學無廟，釋奠則於學中行事而已。北魏以來，始有廟，然徒設於國學。後齊時郡學亦得立廟。唐貞觀中州縣學皆立廟，其後學廢而廟獨存，遂至有廟而無學。至是始復詔立學。故自慶曆以後，諸州縣率廟學竝稱[63]。

據其所考，我們大致可以把唐宋時期〝廟〟與〝學〟互相糾纏的歷史概括為：唐代的〝廟〟依〝學〟而興建，宋代的〝學〟隨〝廟〟而復立。從本文所引的宋代有關記文來看，作者們也大體明白這樣的歷史事實，所以〝廟〟、〝學〟關係會成為記文的一個話題，對〝廟〟的質疑也時有發生，至王安石撰《繁昌縣學記》而獲得最鮮明的表達，但總體而言，慶曆以降的中國官立學校並未因此改變其〝廟學〟的性質，其收獲似乎是撰寫記文的人傾向於更多地關注〝學〟，而不是〝廟〟，換句話說，也就是〝學記〟的真正勃興。不過，畢竟孔廟祭祀之禮仍被繼承，故後世也繼續產生〝廟記〟、〝廟碑〟，並未被〝學記〟所取代，而且元明以降，題為〝廟學記〟的文章比宋代還更為多見。

對照王元啟梳理的〝廟學〞歷史，筆者以為，可以就宋代〝學記〞的淵源問題加一點補充説明。正如劉成國先生所考，題名〝學記〞的文章在唐代已經存在，他找到的最早一篇是作於大曆九年（774）的梁肅《崑山縣學記》，而且該文還自述〝昔崔瑗有《南陽文學志》，王粲有《荊州文學志》，皆表儒訓以著不朽，遂繼其流為縣學記〞，明確表述了這個文類的淵源。[64]專就〝學記〞而言，這當然不錯，但如果考慮到〝廟〞、〝學〞關係，則在唐代〝廟〞依〝學〞興之前，漢魏時期的崔瑗、王粲所記的學校未必伴有孔廟，其就〝學〞而記〝學〞，殊為自然；但梁肅所記，觀其全文，可知已是〝廟學〞，這樣的記文題為〝廟記〞還是〝學記〞，未免有些偶然性，往往出於作者個人的偏好，或一時之習尚。而到北宋〝學〞隨〝廟〞復之時，我們還是可以看到記文作者的關注點從〝廟〞逐漸轉向〝學〞的一個過程，也就是宋代〝學記〞作為文類的真正形成過程。若在這一過程之中考察王安石的《繁昌縣學記》，便不能不許可其意圖在理論上摧陷廓清的努力。然而，對〝廟〞如此反感的王安石，身後卻被圖像於孔廟，[65]亦可謂事與願違。

注

（1）劉成國《王安石年譜長編》第182頁，中華書局，2018年。
（2）王安石《繁昌縣學記》，《臨川先生文集》卷八十二，《王安石全集》第7冊，第1454頁，復旦大學出版社，2017年。
（3）王安石《慈溪縣學記》，《臨川先生文集》卷八十三，《王安石全集》第7冊，第1466頁。劉成國繫慶曆八年（1048），見《王安石年譜長編》第192頁。
（4）王安石《虔州學記》，《臨川先生文集》卷八十二，《王安石全集》第7冊，第1446頁。劉成國繫治平元年（1064），見《王安石年譜長編》第675頁。
（5）王安石《送孫正之序》，《臨川先生文集》卷八十四，《王安石全集》第7冊，第1489頁。
（6）詳情請參考倪春軍博士學位論文《宋代學記文研究：文本生態與文體觀照》緒論第二節《研究現狀》，復旦大學，2016年。

（7）李堪《古田縣廟學記》，《全宋文》第十冊，第226頁，上海辭書出版社、安徽教育出版社，2006年。蔡襄《福州修廟學記》、《亳州永城縣廟學記》，同上第四七冊，第190、195頁。

（8）朱剛《士大夫文化的兩種模式：〈虔州學記〉與〈南安軍學記〉》，《江海學刊》2007年第3期。後編為《唐宋〝古文運動〟與士大夫文學》第三章第四節，復旦大學出版社，2013年。

（9）劉成國《宋代學記研究》，《文學遺產》2007年第4期。

（10）把有關孔子廟的碑、記視為〝學記〟的淵源之一，似乎仍可考慮，參考倪春軍《宋代學記文研究：文本生態與文體觀照》第一章《宋代學記文的起源：從孔廟碑到孔廟記》。倪春軍所謂〝學記文〟，與本文〝學記類文章〟所指範圍相近。

（11）《宋史》卷九十八《禮志》一，中華書局，1985年，第2425頁。

（12）《宋史》卷一百五《禮志》八，同上，第2547頁。

（13）關於孔廟的形成歷史，可參看《孔氏祖庭廣記》卷三〝崇奉雜事〟，清光緒琳琅秘室叢書本。當代學界的相關敍述，有黃進興《優入聖域：權力、信仰與正當性》第九篇《權力與信仰：孔廟祭祀制度的形成》，陝西師範大學出版社，1998年，第185頁。倪春軍《宋代學記文研究：文本生態與文體觀照》第一章第一節分析了有關孔廟的早期文學作品。

（14）胡旦《儒學記》，《全宋文》第四冊，第8頁。

（15）韓愈《處州孔子廟碑》，馬其昶《韓昌黎文集校注》卷七，第490頁，上海古籍出版社，1986年。

（16）王禹偁《黃州重修文宣王廟壁記》，《全宋文》第八冊，第78頁。

（17）尹洙《鞏縣孔子廟記》，《全宋文》第二八冊，第31頁。

（18）劉從乂《重修文宣王廟記》，《全宋文》第三冊，第183頁。

（19）梁勗《重修文宣王廟碑》，《全宋文》第三冊，第143頁。

（20）呂蒙正《大宋重修兖州文宣王廟碑銘》，《全宋文》第六冊，第37頁。

（21）柳開《潤州重修文宣王廟碑文》，《全宋文》第六冊，第397頁。

（22）徐鉉《泗州重修文宣王廟記》，《全宋文》第二冊，第232頁。徐鉉另有《宣州涇縣文宣王廟記》（同前，第219頁），但作於丁未（947）冬十月，尚在南唐時期。

(23) 王禹偁《崑山縣新修文宣王廟記》，《全宋文》第八册，第65頁。
(24) 田錫《睦州夫子廟記》，《全宋文》第五册，第282頁。
(25) 田錫《請復鄉飲禮書》，《全宋文》第五册，第80頁。
(26) 王禹偁《黄州重修文宣王廟壁記》，《全宋文》第八册，第77頁。
(27) 段全《仙游縣建學記》，《全宋文》第九册，第410頁。
(28) 翁緯《縣學記》，《全宋文》第十五册，第130頁。
(29) 李燾《續資治通鑒長編》卷七十，上海古籍出版社，1986年，第612頁。
(30) 徐晟《大宋真定府藁城縣重修文宣王廟堂記》，《全宋文》第十三册，第384頁。
(31) 孫僅《大宋永興軍新修玄聖文宣王廟大門記》，《全宋文》第十三册，第307頁。
(32) 李燾《續資治通鑒長編》卷七十三，上海古籍出版社，1986年，第650頁。
(33) 李慶孫《寧海縣文宣王廟記》，《全宋文》第八册，第322頁。
(34) 柳開《重修孔子廟垣疏》，《全宋文》第六册，第426頁。
(35) 段全《興化軍文宣王廟碑》，《全宋文》第九册，第411頁。
(36) 孫昱《重修文宣王廟碑》，《全宋文》第十册，第180頁。
(37) 李堪《古田縣廟學記》，《全宋文》第十册，第227頁。
(38) 梅堯臣《新息重修孔子廟記》，《全宋文》第二八册，第164頁。
(39) 比如陳學恂主編《中國教育史研究·宋元分卷》，華東師範大學出版社，2000年。此書第二編以學校與科舉的關係為視角考察宋代〃興學〃的歷史，本文取學校與孔廟的關係為視角，略作補充。
(40) 楊大雅《重修先聖廟并建講堂記》，《全宋文》第十册，第329頁。
(41) 倪春軍博士學位論文《宋代學記文研究：文本生態與文體觀照》第一章第二節已注意到這一次下詔，但誤為景德二年

(1005)。

(42)《孔氏祖庭廣記》卷十一《景德三年勑修文宣王廟》，清光緒琳琅秘室叢書本。其中奏狀一段，《全宋文》第九冊，第317頁，以《請修葺及不得占射文宣王廟奏》為題，收入王欽若名下。

(43) 李燾《續資治通鑑長編》卷六十六，上海古籍出版社，1986年，第578頁。按，王禹偁《黃州重修文宣王廟壁記》云：〝世之有人以儒爲戲者，謂文宣王廟慎不可修，修之必起訟。〟大概就因為征集民間資金修廟，容易產生訴訟糾紛。

(44) 青陽楷《改建信州州學記》，《全宋文》第十冊，第280頁。

(45) 章得一《餘杭縣建學記》，《全宋文》第十冊，第278頁。

(46) 陳執古《文宣王廟記》，《全宋文》第二十冊，第5頁。

(47) 王隨《通州學記》，《全宋文》第十四冊，第135頁。

(48) 李畋《雙流縣文宣王廟記》，《全宋文》第九冊，第269頁。

(49) 余靖《雷州新修郡學記》，《全宋文》第二七冊，第57頁。

(50) 余靖《惠州海豐縣新修文宣王廟記》，《全宋文》第二七冊，第61頁。

(51) 余靖《潯州新成州學記》，《全宋文》第二七冊，第53頁。

(52) 余靖《康州重修文宣王廟記》，《全宋文》第二七冊，第58頁。

(53) 余靖《興國軍重修文宣王廟記》，《全宋文》第二七冊，第59頁。

(54) 柳開《潤州重修文宣王廟碑文》：〝自國都至州縣，廟學生徒，詔使如一。〟《全宋文》第六冊，第397頁。

(55) 余靖《洪州新置州學記》，《全宋文》第二七冊，第54頁。

(56) 王安石《繁昌縣學記》，《臨川先生文集》卷八十二，《王安石全集》第7冊，第1455頁。

(57)《宋會要輯稿》崇儒二之四，劉琳等點校本，上海古籍出版社，2014年，第2763頁。

(58) 王安石《慈溪縣學記》，《臨川先生文集》卷八十三，《王安石全集》第7冊，第1466頁。

(59) 王安石《繁昌縣學記》，《臨川先生文集》卷八十二，《王安石全集》第7冊，第1455頁。

(60) 曾易占《南豐縣興學記》，文末自署〝慶曆四年三月十日記〞。《全宋文》第十三冊，第330頁。

(61) 張俞《華陽縣學館記》，文末云〝實慶曆四年楊君始修之，後一年而沈君克成之，又一年訾人張俞為之記。〞《全宋文》第二六冊，第153頁。

(62) 范仲淹《邠州建學記》，《全宋文》第十八冊，第422頁。

(63) 王元啓《歷代廟學考》，《祇平居士集》卷五，清嘉慶十七年刻本。

(64) 詳見劉成國《宋代學記研究》，《文學遺產》2007年第4期。

(65) 宋徽宗崇寧三年（1104）詔王安石配享孔廟，參考劉成國《王安石年譜長編》第2228頁。

徐州時代の蘇軾作品

――「成功体験」から感得したもの――

加納留美子

はじめに

本論は、唐宋八大家の一人に数えられる蘇軾《そしょく》（一〇三七～一一〇一）が熙寧《きねい》十年（一〇七七）四月から元豊《げんぽう》二年（一〇七九）三月まで務めた徐州《じょしゅう》（江蘇省）知事の時代――以下徐州時代と呼ぶ――の作品を、「吾生如寄耳（吾が生　寄するが如きのみ）」という表現を鍵に、考察するものである。

蘇軾は、「北宋文学の最高の成果を代表するもの」（王水照氏）、「宋代のもっともすぐれた文学者」（山本和義氏）、「中国希代の文化的巨人」（内山精也氏）等と評される宋代有数の知識人である。[1] 生涯に著した作品は厖大な数に上り、詩に限っても優に二〇〇〇首を超える。その詩名は広く世に聞こえ、数々の詩に見られる奇抜な発想や表現は、同時代のみならず後世にわたって深甚な影響を与えてきた。

しかしながら管見の限り、蘇軾の徐州時代に殊更着目した先行研究は多くない。[2] 一方で、この時代が蘇軾の生涯でもとりわけ重要な意義を持つことは、夙に林語堂氏によって指摘されていた。

蘇東坡のような天才ですら、人生は四十歳にして始まった。蘇東坡はまさに徐州時代、「黄楼」の時代を迎えようとしていた。突然、蘇東坡は自覚した。彼は生まれてはじめて行動の人としてたち現われ、物事をなし、建物を築き、その後の人生を特徴づける公的活動に専念した。それまでは、杭州の副知事（通判）として、建設的で重要なことは何らなし得なかったし、また密州では知事の職は与えられたけれども、そこは貧しく僻遠の地方であったので、行政的手腕を存分に発揮する機会がなかった。…（中略）…彼が逮捕され流刑に処せられる前の徐州知事時代の治績は、行動の人蘇東坡が、有能な行政官たりうることをすでに立証している。(3)

林語堂氏の指摘する通り、徐州に到って、蘇軾は殆ど初めて政治的手腕を発揮する機会を得た。その最大の功績が、黄河決潰に関する一連の対策である。徐州に着任した年、決潰した黄河の濁流が徐州一帯を襲った。蘇軾は知事として吏民の先頭に立ち、逃走を計る民衆を叱咤激励して浸水対策に尽力する。(4)そして数か月に及ぶ奮闘の末、城内の濁水の排除に成功した。この功績によって、蘇軾は皇帝より褒慰の言葉を賜る栄誉にあずかることとなる。それは蘇軾の長い官僚人生においても、特別輝かしい経験であった。

こうして浸水対策に追われる最中でも、蘇軾の創作意欲が衰えることはなかった。尚且つこの時期の詩には、ある興味深い現象が確認される。その一つに、「吾生如寄耳」に生じたニュアンスの変化が挙げられる。

「吾生如寄耳」とは、直訳すれば「私の人生は慌ただしく過ぎ去る仮初めの宿りである」を意味する。古来それは、「人生　忽として寄するが如し、寿　金石の固き無し（人生忽如寄、壽無金石固）」（『文選』巻二九「古詩十九首」其一三）の如く、速やかに死に至る人生の儚さを慨嘆する文脈で用いられて来た。(5)だが蘇軾に到って——尚且つこの徐州にて――異なる文脈で用いられるようになる。
例えば、徐州を離れる際に詠んだ「罷徐州往南京馬上走筆寄子由五首」其一（『合註』巻一八）では、

吾生如寄耳　寧獨爲此別　　吾が生　寄するが如きのみ、寧ぞ独り此の別れを爲さん
別離隨處有　悲惱縁愛結　　別離　随所に有り、悲悩　愛に縁りて結ばる
而我本無恩　此涕誰爲設　　而《しか》るに我　本《もと》より恩無し、此の涕　誰が為に設くるや

蘇軾との別れを惜しむ徐州の官吏民衆に向けた体《てい》で、次のように詠う。私の一生は仮初めにこの世に身を預けているようなものに過ぎない。不安定な身の上なのだから、別離が今回限りの筈がない。別離はどこでも起こり得るもので、また悲哀は恩愛の情が齎すものである。だが私は皆さんに何の恩愛も施さなかった。それなのにその涙は誰の為に流すのか。

別離という人生の節目を、蘇軾は一生の間に幾度も起こる変化の一つと見做し、民衆へ過度に悲哀しないようにと戒めた。そこには凡そ人生の儚さを慨嘆する様子が窺えない。寧ろ転変極まりない人生を、「かりそめのものだとして、何ものにも拘泥すまいとする。また、寄なるものであるがゆえに、人生が不安定さ・不確実さをともなうことは不可避であるが、それは断絶することなく、次々に展開する」(6)、と巨視的な視点で捉えている。

一体、北宋最高の文学者と称えられる蘇軾だが、その生涯は政治的対立に翻弄され、黄州・恵州・儋州と三度の左遷を強いられるなど、決して順風満帆なものではなかった。だがその時々の苦難に直面して、蘇軾は却って「吾生如寄耳」と詠っている。(7)案ずるに、人生を不断の変化と見做すことが、現在如何に苦難に陥ろうといずれ状況は好転する、という期待を抱くことを可能としたのだろう。つまり苦境であればこそ、蘇軾は敢えて今後の幸いを言祝

いだのではないか。

今日、蘇軾の詩に詠われる「吾生如寄耳」は、「蘇軾の楽観的思想を最もよく表わ」すとも評される[8]。ならば何故、徐州時代に詠まれるようになったのか。以下、黄河決潰の顛末を整理し、同時期に作られた作品を通して、徐州での経験から蘇軾が獲得した信念、及び発展的に創り上げた独自の理論について考察する。蘇軾の詩は清・馮星実輯訂『蘇文忠公詩合註』（中文出版社、一九八二年、『合註』と略）を、文は孔凡礼点校『蘇軾文集』（中華書局、中国古典文学基本叢書、一九九九年、『文集』と略）を底本とする。

1. 徐州赴任の経緯

初めに徐州赴任の経緯を確認したい[9]。熙寧九年（一〇七六）十二月、密州（山東）にいた蘇軾へ知河中府（山西）の辞令が届いた。そこで蘇軾は家族を連れて出立し、翌年二月には、兄に先立ち京師の開封（現在の河南省汴京）へ向かっていた弟の蘇轍《そてつ》（一〇三九〜一一一二）と澶州《せんしゅう》・濮州《ぼくしゅう》（河南）近くの黄河畔で再会する。

再会後、蘇軾兄弟はそのまま上京を続けた。だが陳橋駅に至って、不可解な事態に陥る。蘇軾の役職が知河中府から知徐州へ改められ、加えて京師への入城が禁じられたのである。何故入城が禁じられたのか、指示した人物やその意図は詳らかにされない。林語堂氏は、当時朝廷では王安石《おうあんせき》や呂恵卿《りょけいけい》ら新法を奉ずる高官が次々と失脚して政情不安が漂っており、「おそらく何人かの官僚が、蘇東坡を絶対に皇帝に会わせないようにしたかったのだと思う」と推測する[10]。その場合、蘇軾が未だ十分には政治手腕を発揮していないにも関わらず、既にその言動が無視できない程の影響力を有していたことが想像される。

そして熙寧十年（一〇七七）四月二十一日、蘇軾は蘇轍ら家族と共に徐州へ到着した。赴任の経緯からして、蘇軾が内心憤懣や屈託を抱えていても不思議ではない。だが詩文や書簡に於いて、その種の心情は一切吐露されない。寧ろ「仕宦　本《もと》より地を択ばず、然るに彭城　私《ひそ》かに計るに於いて河中に比して便安為《た》るのみ（仕宦本不擇地、然彭城 於私計比河中爲便安耳）」（『文集』佚文彙編巻二「與文與可十一首」其三）と語るように、友人と詩を唱和し、舟遊びを楽しみ、徐州での生活を享受する様子が確認される。(11)

一方で、この年、徐州は天候不順に苦しめられた。当時の詩文から、蘇軾が朝廷の命に従い「蜥蜴祈雨法」なる雨乞いを実施し、(12)或いは蘇轍に晴天を乞う祭文を書かせていたことが分かる。(13)そして着任四か月後の八月二十一日——この時蘇轍一家は既に徐州を離れ任地の南都（河南）へ向かっていた——黄河の濁流が城市を襲った。

2.「獎諭敕記」——黄河決潰とその対応

熙寧十年の決潰がどれ程の被害を及ぼしたのか。また、蘇軾がどのような対策を採ったのか。一連の記録が「獎諭敕記」（『文集』巻一一）にて詳述される。(14)「獎諭勅」とは皇帝が臣下の功績を嘉する意で、本文は①勅書の掲示、②熙寧十年の浸水の顛末、③収束後の対策の三段で構成される。以下、②に該当する箇所を引用する。

熙寧十年七月十七日、黄河は澶州（河南）曹村の埽《そう》にて決潰した。(15)八月二十一日、黄河の水が徐州の城下まで到達した。一月後の九月二十一日には水の高さが凡そ二丈八尺九寸にもなった。濁水は東・西・北に進んでそれぞれの山々とぶつかると浸入が止まり、水はすっかり清らかに澄み、濁水へは戻らなかった。徐州城内の平地では水の高さが一丈九寸まで到達した場所もあり、外城の東南側の城壁で水没を免れたのは、高さ三版〔筆者注：一板は八尺に相当〕の箇所だけだった。

現地の長老が語るに、「天禧年間（一〇一七～一〇二一）に二つの堤防を築きました。一つは小市門の外より、壕を横断して南へ向かわせ、やや西へ向かって戯馬台の下に接岸させました。一つは新牆門の外より、壕を横断して西へ向かわせ、折れて城下南京門の北に接岸させました」と。そこで急ぎ人夫五千人を集め、武衛〔禁軍の歩兵〕・奉化・牢城〔ともに州属の歩兵〕の軍人たちと一緒になって、昼夜堤防を作り続けた。堤防が完成した翌日、水が東南の城壁より浸入したが、堤防にぶつかって止まった。堤防に穴が六か所開いていたが、水が入る前に、薪やまぐさで土嚢を作って城外から穴を塞いだ。水が到達した後に城壁の内側から塞いだ部分はどこも頼りなかった。城内には昔土を取った跡の大穴が十五か所あり、どれも外の水と通じているようで、井戸でも水が溢れるものがあった。三方が大水に囲まれ、どこにも土を取れる場所がなく、そこで徐州南の亜父の墓の東側から採掘した。(16) 城内から城壁を延伸して長大な堤防とし、その土台を頑強にすると、堤防は長さ九百八十四丈、高さ一丈、幅は二丈となった。数百の官船・私船が、風波の為に航行できずにいたので、それを幾つかの組に分けて城下に結び停泊させ、狂瀾する河の勢いを相殺させた。そして十月五日、水が次第に引き、城内は無事を全うしたのだった。

熙寧十年七月十七日、河決澶州曹村埽。八月二十一日、水及徐州城下。至九月二十一日、凡二丈八尺九寸。東西北觸山而止、皆清水、無復濁流。水高於城中平地有至一丈九寸者、而外小城東南隅不沈者三版。父老云、「天禧中、嘗築二堤。一自小市門外、絶壕而南、少西以屬於戯馬台之麓。一自新牆門外、絶壕而西、折以屬於城下南京門之北」。遂起急夫五千人、與武衛・奉化・牢城之士、晝夜雜作堤。堤成之明日、水自東南隅入、遇堤而止。水窗六、先水未至、以薪芻爲囊自城外塞之。水至而後、自城中塞者皆不足恃。城中有故取土大坑十五、皆與外水相應、井有溢者。三方皆積水、無所取土、取於州之南亞父塚之東。自城中附城爲長堤、壯其址、長九百八十四丈、高一丈、闊倍之。公私船數百、以風浪不敢行、分纜城下、以殺河之怒。至十月五日、水漸退、城遂以全。

埽とは河川決潰に備えて築かれた堤防のことで、当時の黄河治水技術の要だった。吉岡義信氏に拠れば、それは「蘆荻と竹で編んだ芟索《さんさく》を密にしき、山木楡柳の枝葉からなる梢をその上にしき、その上に更に芟索、梢を重ね、砕石をまぜた土で圧縮し、長さ一〇尺から一〇〇尺の竹索（心索）で横に貫き、巻いて束ね、大芟索で両端を繋ぎ、別に竹索を内側から出」したもので、一つ一つの大きさは「高さ数丈、長さその倍」もあった。(17) 完成した埽は巨大な杭で岸に繋ぎ止められ、また決潰時の補強に用いられた。

古来、黄河は幾度となく氾濫を起こし、流れを変えては流域に潰滅的な被害を及ぼしていた。宋代でも状況は変わらず、暴力的な水流を如何に御すかが重大な懸案事項だった。だが予想し難い自然現象は元より、朝廷内でも治水の方針を巡って派閥間で論争が絶えず、決定的な解決策が得られぬまま、度々深刻な水害を被っていた。(18) そして熙寧十年に発生した澶州曹村下埽の決潰では、狭隘な黄河道や粗悪な土質など複数の要因が絡み、九十五に及ぶ州県が被災したという。特に甚大な被害を受けたのが、濮《ぼく》州・斉州・鄆《うん》州そして徐州だった。(19)

当時、蘇軾の奮闘は三か月に及んだ。右文の傍線箇所は、蘇軾が具体的に行った対応策を示す。突如襲った浸水に対して、率先して指揮を執り、城内の被害の軽減に努めていたことが分かる。興味深いことに、手始めに現地の古老に過去の対策を訊ね、聞いた通りに堤防を再建している。「堤成之明日、水自東南隅入、遇堤而止」の一文に、事態の深刻化を水際で防いだ緊迫感と安堵の思い、更には自身の決断力に対する自負心がよく表れていよう。

その奮闘は遠く宸居まで届いた。そして翌年の元豊元年（一〇七八）二月、蘇軾は神宗皇帝より勅書を以て慰労の玉言を賜ることとなった。[20]「奬諭敕記」冒頭にその勅書が掲げられる。

蘇軾へ勅書を下す。京東東路の安撫使司〔路の兵事民事を司る官署〕や転運司〔路の財務税制を司る官署〕の奏上を省察するに、先ごろ黄河の水が徐州城下に到達したが、汝が自ら官吏を率い、兵士や人夫を監督し、城壁を防護・補強し、徐州城内の人民並びに倉庫から小屋まで漂没の被害を免れ、無事を得たという。黄河が中国の患難であること久しく、先ごろは堤防が決潰して東へ流出し、徐州一帯へ到達した。しかし人民は住居を保全し、城郭は堅固さを増したこと、偏《ひとえ》に汝によって無事を全うしたのである。使者の度重なる奏上を聞き、朕はこの一件を甚だ喜ばしく思う。

敕蘇軾。省京東東路安撫使司・轉運司奏、昨黄河水至徐州城下、汝親率官吏、驅督兵夫、救護城壁、一城生齒幷倉庫廬舍、得免漂沒之害、遂得完固事。河之爲中国患久矣、乃者堤潰東注、衍及徐方。而民人保居、城郭增固、徒得汝以安也。使者屢以言、朕甚嘉之。

かくして蘇軾の功績は、皇帝の勅書という形で公的に認められた。この時、銭二千四百十万・人夫四千二十三人が与えられた。蘇軾は下賜された金銭と人員に加えて、政府備蓄の常平銭六百三十四万、米一千八百斛、召募した人夫三千二十人を投じ、小城の改築工事を行った。更に浸水を防ぐための木製の岸を四カ所に建造し、城内に残存する十五の大穴を全て塞ぎ、後顧の憂いを絶とうと努めた。やがて決潰した澶州で霊平埽が完成すると、黄河の水は完全に退き、事態は収束した。しかし黄河に面する徐州の立地の危うさに鑑みて、今後再度決潰した時の一助とすべく、蘇軾は自ら撰した「奬諭敕記」を石碑に刻ませ、役所に保管させることにしたのだった。[21]

各種工事と並行して、蘇軾は黄河に臨む外城東南側の城壁の上に楼閣を建造した。完成した楼閣は黄楼と命名された。その名は五行思想に由来し、水を制御する土が象徴する色を冠したのである。[22] 翌年の元豊元年（一〇七八）の重陽節に、黄楼の落成式が盛大に開かれると、蘇軾は参列した友人の王鞏《おうきょう》たちと詩を唱和し、旧年の辛苦を労い、今年の平穏無事を言祝いだ。[23] 更には蘇轍や文同《ぶんどう》ら外在の者にも、黄楼を主題とした賦の制作を求めている。蘇軾の求めに応じて蘇轍「黄樓賦」、秦観《しんかん》「黄樓賦幷引」、陳師道《ちんしどう》「黄樓銘」等が寄せられ、その完成に花を添えたのだった。[24]

3．黄河決潰前後における創作状況

徐州一帯を水禍が襲うと、蘇軾は吏民を率いて対策を講じ、被害の軽減に努めた。その功績は、皇帝の勅書という形で正式に評価されることとなった。下賜された金銭の一部を費やして築いた黄楼は、まさに行政官としての成功を象徴するものだった。本論の冒頭に示した「罷徐州往南京……」詩にて、別れを惜しむ徐州の吏民に対して、蘇軾は余り嘆かないよう戒めている。その遣り取り自体が、徐州で成し遂げたことの大きさを物語っていよう。浸水対策に奔走する一方で、蘇軾は精力的に詩を詠んでいた。ここで黄河決潰及び浸水の状況と、同時期に作られた作品の一部を挙げる（〇は作品制作、・は蘇軾周辺の行動や状況、網掛の作品は本文または注で言及）。

【予兆期　黄河決潰、徐州には未達】

・七月十七日　黄河決潰
〇八月　張天驥《ちょうてんき》を訪問、「過雲龍山人張天驥」詩を詠む
・八月一六日　蘇轍一家徐州を出立

【混乱期　徐州に浸水】

・八月二十一日　黄河の濁流が徐州城下へ到達
○八〜九月　仲伯達へ「次韻呂梁仲屯田」詩を詠む
・九月九日　濁流が徐州の城壁を穿ち浸水
○九月　仲伯達へ「九日邀仲屯田爲大水所隔……」詩を詠む（注22）
○九月　楊奉へ「送楊奉禮」詩を詠む
・九月二十一日　徐州の東南側の城郭で水嵩が二丈八尺九寸に到達
・十月五日　浸水が引く
・十月十三日　黄河が元の流れに戻る
○十月　「河復幷敍」詩を詠む
○同年冬　仲伯達へ「答呂梁仲屯田」詩を詠む

【復興期　浸水からの復興】

・元豊元年二月　金銭と扶持米が下賜、堤防と黄楼の建設開始
○同五月　「獎諭敕記」を撰す
・同九月九日　黄楼落成式、「九日黄樓作」詩を詠む（注23）
○元豊二年正月　王鞏《おうきょう》の求めに応じて「三槐堂銘幷敍」を撰す

先に結論を述べれば、次のように指摘できる。蘇軾は自然の脅威に誠実に対応する中で、「吾生如寄耳」を新たに積極的な文脈で用いるようになり、更には、天と人の関係を巡る独自の信念を醸成したのだ、と。

4.「答呂梁仲屯田」詩――成功体験から得た信念

1章で確認したように、蘇軾は予期せぬ形で徐州に赴任することとなった。辞令一つに我が身を翻弄されるも、着任早々徐州の人々と親しく交わり、山水を享受していたこと、既に指摘した通りである。その前向きな姿勢は、正に蘇軾が繰り返し「吾生如寄耳」に託した信念を彷彿させる。しかし蘇軾が初めて詠んだ「吾生如寄耳」は、かかる前向きな文脈に於いて用いられてはいなかった。

熙寧十年八月、蘇軾は徐州滞在中の弟の蘇轍と共に、隠者の張天驥《ちょうてんき》を訪ねると、「過雲龍山人張天驥」（『合註』巻一五）を詠んだ。そこでは、張天驥が深い学識を備えながら清貧の暮らしを是とし、高齢の両親を手厚く扶養する一方、自らは枸杞と菊を食べて飢えを凌ぐ姿を描いている。尊崇すべき隠者の生活に触発され、蘇軾は末尾の六句にて次のように述懐した。

吾生如寄耳　歸計失不蚤　　吾が生　寄するが如きのみ、帰計　蚤《はや》からざるに失す。
故山豈敢忘　但恐迫華皓　　故山　豈に敢えて忘れん、但だ華皓に迫るを恐る。
從君好種秫　斗酒時自勞　　君に従いて秫を種《う》うるを好み、斗酒もて時に自ら労わん。

我が人生は仮初めの宿りのようなものなのに、故郷に帰る計画を立てるのが遅きに失してしまった。故郷の山を忘れたことなどなかったが、ぐずぐずして帰郷を果たせぬうちに今や白髪頭に変わりつつあるのが恐ろしい。だが帰郷した暁には、あなたに倣って沢山のアワを育て、自家製の酒で時折自分の身体を労うとしよう。

一見して明らかなように、この「吾生如寄耳」は本論冒頭に挙げた「古詩十九首」と同様、短い生を慨嘆する文脈で用いられている。蘇軾は徐州の隠者の為人とその生活への思慕を詠うと、人生の短さを知りながら長らく官僚として時間を浪費し、郷里へ帰らずにいた来し方を省悟したのである。[25] 室町時代の五山僧である一韓《いっかん》智翃《ちこう》は、「吾生如寄耳」を「坡ガイツモコノミノ句ゾ」と指摘しながら、「坡言ハ、吾生涯ト云者ハ、ソットモノヲヨセカケテオイタガ如キゾ。カウアルニ仕宦シマハルトテ帰モセヌハ、誤タル事ゾ」と、やはり伝統的な用例に沿った解釈を示している(『四河入海』巻一七ノ二)[26]。

しかし黄河決潰に対応する中で詠まれた「答呂梁仲屯田」(『合註』巻一五)にて、その様相は一変する。本詩は熙寧十年冬、浸水対策が一定の効果を挙げた後に作られた。詩題の呂梁とは徐州東南にある地名で、仲屯田こと仲伯達(屯田は官職名)は蘇軾が親しく交流した人物だった[27]。第九句より全句を挙げる。

呂梁自古喉吻地　　呂梁《りょりょう》　古より喉吻の地
萬頃一抹何由呑　　万頃　一抹　何に由りてか呑まん
坐觀入市巻閭井　　坐して観る　市に入りて閭井を巻くを
吏民走盡餘王尊　　吏民走り尽くして王尊を余す[28]
計窮路斷欲安適　　計窮まり路断たれ　安くにか適《ゆ》かんと欲す
吟詩破屋愁鳶蹲　　詩を破屋に吟じ　愁鳶のごとく蹲る
歳寒霜重水歸壑　　歳寒　霜重くして　水　壑に帰る
但見屋瓦留沙痕　　但だ見る　屋瓦の沙痕を留むるを
入城相對如夢寐　　城に入りて相対すれば夢寐の如し

我亦僅免爲魚黿
旋呼歌舞雜詼笑
不惜飲釂空缾盆
念君官舍氷雪冷
新詩美酒聊相温
人生如寄何不樂
任使絳蠟燒黄昏
宣房未築淮泗滿
故道堙滅瘡痍存
明年勞苦應更甚
我當畚鍤先黥髡
付君萬指伐頑石
千鎚雷動蒼山根
高城如鐵洪口快
談笑卻掃看崩奔
農夫掉臂免狼顧
秋穀布野如雲屯
還須更置軟脚酒
爲君撃鼓行金樽

我亦た僅かに魚黿と為るを免る
旋《たちま》ち歌舞を呼び　詼笑を雑え
惜しまず　飲釂して缾盆を空しくするを
念う　君の官舎の氷雪のごとく冷たきを
新詩　美酒　聊か相温めん
人生　寄するが如し　何ぞ楽しまざる
絳蝋をして黄昏を焼かしむるに任せん
宣房　未だ築かずして　淮泗満ち
故道　堙滅して　瘡痍存す
明年　労苦　応に更に甚だしかるべし
我　当に畚鍤もて黥髡に先だつべし
君に万指を付して　頑石を伐らしむ
千鎚　雷動す　蒼山の根
高城　鉄の如くして　洪口快なるも
談笑し却掃し　崩奔を看ん
農夫　臂を掉いて　狼顧を免れ
秋穀　野に布《し》いて　雲の如く屯《たむろ》せん
還た須らく更に軟脚の酒を置き
君の為に鼓を撃ちて金樽を行《や》るべし

本詩は四段で構成され、①呂梁を襲った浸水の回想、②現在の徐州城内での再会、③来年の修復工事の青写真、④工事の完成及び宴会の様子、と時系列に沿って展開する。

第一段では、幾つもの不審点に気付きながらも遂に発見の遅れた濁流の到来と呂梁の混乱が、当事者たる仲伯達の視点に立って語られる。一連の詳細な描写は、案ずるに仲伯達の原詩を基に再構成したものだろう。蘇軾は詩に詠むことで仲伯達の記憶を追体験し、その苦難を労わったのだ。

そして第二段で蘇軾の視点に移り、厳寒の中で再会した仲伯達に対して、心づくしの歓待をする様子を描く。曰く、徐州城内にやって来た君と対面した時、私は夢を見ているのかと思われた。私もまた辛うじて魚や亀にならずに済んだ身である故に。急いで美しい芸妓を手配すると、談笑を楽しみ、少しも惜しまずに酒を注いで樽を空にした。思うに、君の官舎は氷雪のように冷え込んでいるだろう。今、新作の拙吟と美酒を送るので、これで暫く暖を取ってほしい。一体人生とは仮の宿りにすぎないもの、ならば何故楽しみを尽くさないのか。夕暮れには惜しまず赤い蝋燭を灯し、夜を楽しみ過ごしてほしいのだ、と。

蘇軾は苦難を分かち合う仲伯達へ、「人生とは不安定で不確実なのだから、その時にできる楽しみを尽くすべきだ」と呼びかけた。多少文字の違いはあるが、この句こそ蘇軾が初めて肯定的に詠った「吾生如寄耳」であった。注意すべきは、蘇軾の発言が決して現実逃避などではなく、山積する今後の課題を見据えた上でのそれだった点である。本詩では強く主張されないが、徐州の水が引くまでに蘇軾が如何に奮闘したのか、「奨諭勅記」で見た通りである。その結果、徐州一帯は小康状態を得て、呂梁の友人との再会も叶った。つまりここで蘇軾の詠う「人生如寄」――人生は不断の変化の連続であり、如何なる状況も永続しない――とは、自らの積極的・能動的な行動が前提となっている。だからこそ、今、歓楽を尽くすことに意味があった。何となれば、楽しみを尽くすことが奮闘の糧となり、今後の状況改善に繋がるからである。

その考えを承けるように、第三・四段では仲伯達へ向けて、多分に楽観性を帯びた今後の計画が説明される。曰く、決潰した堤防には未だ宣房〔漢の武帝が黄河の堤防を修復する際に築いた建物〕が築かれず、泗水や淮水までその水が流入し、黄河の元の川筋は泥土に埋もれて深い傷を抱えたままである。故に来年は、一層酷い苦労を背負うだろう。私はもっこと犂《すき》を携え、労働刑の囚人たちの先頭に立つ所存だ。君には千人預けるので、堅い岩石を切り出してほしい。千人の鎚を雷鳴の如く響かせ、山の根元を揺り動かすのだ。そうして完成した高い城壁は、鉄の様に強固に聳え、談笑して掃除でもしながら、山を崩さんばかりの呂梁・百歩の激流をのんびりと見物できる筈だ。やがて秋の実りが野原一面に広がり、雲のように高く積み上がった収穫を得られるだろう。その時には再び慰労の宴を催して、君の為に鼓を打ちながら酒杯を巡らせ楽しもうではないか、と。

ここで披瀝される計画には、凡そ悲観的な要素がない。現在の状況は厳しくとも、計画通りに工事を実施できれば一層強固な城壁が完成し、徐州一帯は浸水の憂いから解放され、挙句に豊かな収穫が約束される、と何とも前向きな想像を詠っている。

蘇軾詩に見える「吾生如寄耳」は、始めは伝統的な用法、自身の来し方を反省する文脈で用いられた。しかし「答呂梁仲屯田」詩を機に、それは「如何なる状況でも十分に楽しみを尽くすべきだ」という力強い肯定の中で用いられるようになる。かくも鮮やかな転換を為し得た要因こそ、黄河決潰に纏わる自身の経験だった。「蘇軾の楽観的思想を最もよく表わ」すと評される「吾生如寄耳」は、決して無根拠な放言などではなかった。それは、誠心誠意対応して状況を改善させた、自身の成功体験から獲得した信念だったのだ。

5. 「河復幷敍」詩——天と人の関係性

「答呂梁仲屯田」詩に込められた信念は、同時期の他の作品でも発揮された。

熙寧十年冬、決潰した黄河の水が元の流れへと戻って事態が収束に向かうと、蘇軾は「河復幷敍」(『合註』巻一五)を詠み、言祝いだ。その敍にて、制作意図が仔細に説明される。

熙寧十年の秋、黄河が澶淵の堤防が決潰した。溢れた河水は鉅野沢に注がれ、淮水・泗水に浸入し、澶州・魏州より北の流れは、すべて途絶えてしまい、濟州・楚州はその被害を大いに受けた。徐州彭門の城下では水が二丈八尺にも達し、七十余日引かなかった。役人も庶民も浸水を防ぐ作業に疲弊していた。十月十三日、澶州で大風が終日吹いた。風が止むと、黄河の支流の一つが元の河道に戻っていた。それを聞いて、私は非常に喜び、(徐州への流入経路が)塞がってくれることを願うばかりである。そこで「河復」詩をつくり、道行く人々に歌わせ、民の願いを奏上して神恩を賜りたいと考えた。それがこの地の太守としての志である。

熙寧十年秋、河決澶淵。注鉅野、入淮泗、自澶魏以北、皆絶流、而濟楚大被其害。彭門城下水二丈八尺、七十餘日不退。吏民疲於守禦。十月十三日、澶州大風終日。既止、而河流一枝已復故道。聞之喜甚、庶幾可塞乎。乃作「河復」詩、歌之道路、以致民願而迎神休。蓋守土者之志也。

本詩は、「神の休《さいわ》い」こと神——ここでは万物を統べる天帝を指す——の恩寵を希求すべく作られた。蘇軾は徐州の民衆に歌わせることで、回復した北流が今後も維持されるように訴えようと考えたのである。詩を以て超越的存在へ訴える手法は、後述する漢の武帝の「瓠子之歌」（『漢書』巻六武帝紀）を踏まえたものだろう。そして本詩は、「答呂梁仲屯田」詩とは対照的に、多分に幻想性を交えて決潰から北流回復までの顛末が描かれている。

君不見西漢元光元封間　　君見ずや　西漢の元光・元封の間
河決瓠子二十年　　河　瓠子《こし》に決すること二十年
鉅野東傾淮泗満　　鉅野《きょや》　東に傾き　淮泗《わいし》満ち
楚人恣食黄河鱣　　楚人　恣《ほしいまま》に食す　黄河の鱣《せん》
萬里沙回封禪罷　　万里沙より回りて封禅罷《や》み
初遣越巫沈白馬　　初めて越巫をして白馬を沈めしむ
河公未許人力窮　　河公　未だ許さずして　人力の窮まり
薪芻萬計随流下　　薪芻万計　流れに随いて下る
吾君盛徳如唐堯　　吾が君の盛徳　唐堯《とうぎょう》の如し
百神受職河神驕　　百神　職を受けるも　河神驕る
帝遣風師下約束　　帝　風師をして約束を下せしめ
北流夜起澶州橋　　北流　夜　澶州《せんしゅう》の橋に起こる
東風吹凍收微淥　　東風　凍を吹きて微淥を収め
神功不用淇園竹　　神功　淇園《きえん》の竹を用いず
楚人種麥満河淤　　楚人　麦を種《う》えて河淤に満ち
仰看浮槎棲古木　　仰ぎ看ん　浮槎の古木に棲むを

ご存知ないか、漢の元光・元封年間のことを。二十年の間に瓠子《こし》（河南濮陽）の堤防が二度も決潰したという。黄河の濁流は鉅野の沼沢へと流入し、更に傾斜に任せて東へ流れ、淮水・泗水をも溢れさせた。その時、楚の人々は（黄河から泳いで来た）鱣を好きに食べられたとか。そこで漢の武帝は、莱州（山東）万里沙の神廟に詣で、泰山で封禅の儀を行うと、決潰した瓠子に立ち寄った。まずは巫祝に命じて黄河へ白馬と玉璧を沈め、黄河の神たる河伯へ水害の鎮静化を祈らせた。(29) だが河伯は懇願を聞き容れず、人々が力を尽くした工事を台無しにした。決潰した箇所に積んでいた幾万もの薪とまぐさの束が、激しい水勢に押し流されてしまったのだ。

翻って今上皇帝の盛徳は、古の堯帝の如く深大である。それ故に数多の神々が与えられた職務を果たしていたところ、河伯独りが驕って決潰を引き起こした。そこで天帝が風神に命じて強風を吹かせたところ、夜の間に黄河は澶州の橋から北流へと転じた（それが敍に言う十月十三日のことである）。温暖な東風が凍った水に吹きかけると、穏やかな清水に変じた。畏き神のみわざを賜ったお蔭で、漢の武帝とは異なり、淇園の竹を堤防の材料に切り出す必要もなかったのだ。近くこの楚の地では、人々が泥の堆積した河原に麦を蒔き、その麦が一面に育つ時が来るだろう。その時ふと仰ぎ見れば、洪水の際に用いた桴《いかだ》が古木に引っ掛かっているかもしれない。

蘇軾は熙寧十年の決潰を詠う際に、殊更に漢の武帝の故事を引き合いにした。武帝の治世で生じた決潰とは、元光三年（前一三二）の決潰、及び元封二年（前一〇九）の決潰を指す（『漢書』巻六武帝紀）。特に後者の決潰では、武帝自身が高い関心を寄せ、泰山御幸に託けて現地を視察した程だった。

夏四月、還た泰山に祠《まつ》る。瓠子に至りて、決河に臨み、従臣将軍以下に命じて皆薪を負いて河隄を塞がしめ、『瓠子之歌』を作る（夏四月、還祠泰山。至瓠子、臨決河、命従臣将軍以下皆負薪塞河隄、作『瓠子之歌』）。

武帝は配下に薪を担がせ、決潰した堤防を塞ぐ処置に当たらせた。だが皇帝御前の対策も黄河の神を鎮めるには到らず、大量の資源を喪失して失敗してしまう。そこで武帝は「瓠子之歌」を作り、「瓠子決して将に柰何《いかん》せん、皓《こう》皓旰旰《こうくく》として閭殫《ほろ》びて河と為る（瓠子決兮將柰何、皓皓旰旰兮閭殫爲河）」とその失敗を悼んだのだった。(30)

一方で熙寧十年の決潰では、河伯の傲慢さが非難された。蘇軾がその根拠に挙げたのが、古の聖帝に比すべき今上皇帝即ち神宗の盛徳である。盛徳があればこそ、神々は心服し、各自の職務を遂行していた。この時に正常から外れた現象が起これば、それはかの盛徳を蔑ろにする越権行為に外ならない。そこで蘇軾は、黄河の北流が復活した背景にも、超自然的な展開があったと想像した。即ち、数多の神々を統べる天帝自らが、河伯の不合理を咎め是正したのだ、と。

「河復」詩では、黄河決潰という自然現象を通して、蘇軾が如何に人と超越的存在たる天帝（或いは配下の河伯）の関係を想定したのかが窺える。本来、両者は対立しない。臣民を統べる皇帝が徳を備え、正しく在るならば、不合理に直面した時に天は神助を惜しまない。だが仮に皇帝が徳を欠けば、幾ら天へ願い、また人々が尽力しても、荒ぶる神を鎮めることなど叶わないのである。(31)その見地に立って、蘇軾は漢の武帝の失敗を揶揄し、併せて、人力を費やさずに神助を得て黄河を鎮めた神宗を称えている。しかし実のところ、浸水対策を主導したのは蘇軾その人だった。つまり蘇軾は、神宗を頌揚する形を取りつつ、暗に神助を得た当事者として、「守土者」たる自身の誠心を誇っていたと考えられるのだ。

本詩で示される「正しく在り、正しく行動できる者が神助を得られる」という考えは、「答呂梁仲屯田」詩の「人生如寄何不樂」に込められた信念――如何なる苦難に直面しても、誠心誠意対応すれば状況はいずれ好転するという考えと軌を一にする。このように、同時期の複数の作品を読むことで、黄河決潰に対応する中で蘇軾の信念が如何に醸成されていったのか、その軌跡を辿ることができるのである。

結びにかえて――「天報論」の提唱へ

「河復」詩で描かれた天と人の関係性について、蘇軾はその後も思索を重ねた。そして元豊二年（一〇七九）正月、「三槐堂銘幷敍」（『文集』巻一九）を著すと、そこで一つの理論を提示する。(32)

天とは確実に実行する存在か。だが賢者は必ずしも栄達せず、仁者は必ずしも長寿ではない。天とは確実には実行しない存在か。だが仁者には必ず子孫がいる。二説のどちらが正しいのか。

私は戦国楚の申包胥の言葉、「人が集まれば天に勝るが、天が定まれば人に勝る」を聞いたことがある。世間で天を論じる者は、皆天の定まる前にそれによって齎される結果を求め、天は茫茫として見定め難いと考える。善人は侮られ、悪人は恣《ほしいまま》に振る舞い、盗蹠は長寿を全うし、孔子や顔回は災厄に見舞われた。これらは皆天が定まっていない状態なのである。松柏が山林で芽吹くと、始めは雑草に生長を邪魔され、牛や羊に食《は》まれるが、最後には四季を貫いて千歳を閲し、姿を変えることがない。これが天の定まった姿である。善悪の報いが、子孫に到って表れるのであり、定まるまでに時間を要するのだ。

天可必乎。賢者不必貴、仁者不必壽。天不可必乎。仁者必有後。二者將安取衷哉。吾聞之申包胥曰、「人衆者勝天、天定亦能勝人」。世之論天者、皆不待其定而求之、故以天爲茫茫。善者以怠、悪者以肆、盗蹠之壽、孔顔之厄、此皆天之未定者也。松栢生於山林、其始也困於蓬蒿、厄於牛羊、而其終也、貫四時閲千歳而不改者、其天定也。善悪之報、至於子孫、而其定也久矣。吾以所見・所聞・所傳聞考之、而其可必也審矣。国之將興、必有世德之臣、厚施而不食其報。然後其子孫能與守文太平之主共天下之福。

何時の世でも、有徳の者が虐げられ、不善の者が栄える例には事欠かない。蘇軾はこの矛盾に対して、極めて明快な回答を用意した。曰く、天が安定するまで――天が人の行動を判断し、正しく恩恵や処罰を施すまでにはとかく時間を要するのだ、と。要するに、犯罪者が繁栄し、また聖人が窮苦に陥るという、一見道理に合わない事例が生じたとしても、単に天の安定に時間を要しているだけで、その無謬性が揺らぐことはない。仮に人々が数の多さを恃んで不正な繁栄を謳歌していても、いつか必ず天によって正されることになるのだ。

「河復」詩では専ら皇帝と天の関係が取り沙汰されたが、「三槐堂銘」に到って対象が全ての人へと拡張され、「不善の人が一時的な繁栄を勝ち得ても、必ず天によって是正される」、「人が正しく在れば、譬え不遇に陥っても必ず天によって正しさが証明される」と明快に定義された。その関係性に照らせば、蘇軾の理論は、或いは「天報論」と呼び表すことができるだろう。「三槐堂銘」で提唱された「天報論」は、その後「吾生如寄耳」と同様に、浮沈激しい生涯を送った蘇軾自身を支える精神的な拠り所となっていく。中でも晩年期の蘇軾を襲った最も過酷な処遇、即ち海南貶謫の際には、重要な意義を果たすこととなるのだ[33]。

蘇軾の徐州時代とは、二年に満たない期間ながらも、その官僚人生の中でも特別なものだった。些か不穏な異動によって徐州に着任すると、黄河決潰による甚大な水害との対峙を余儀なくされた。だが行政官として対策を主導した結果、皇帝に認められる栄誉にあずかることとなった。

非日常的な生活は、創作内容にも影響を及ぼした。その結果、個々の作品の中に、注目すべき発想や表現が幾つも確認される。その代表例として、「答呂梁仲屯田」詩で見た「吾生如寄耳」の転換や、また「河復」詩で描かれた人の誠心と天の作用の関係性、そして「三槐堂銘」に於ける「天報論」の提唱が挙げられる。これらは皆、黄河決潰という過酷な自然現象と相対する中で形成されたものであり、ひいては蘇軾の作品全体を考察する上での徐州時代の重要性を体現している。こうした成果に照らせば、冒頭に掲げた林語堂氏の評、「蘇軾の人生は四十歳にして始まった」とは、行政官としてのみならず詩人としても該当する、誠に示唆的な指摘だったと言えよう。

注

(1) 王水照著・山田侑平訳『蘇軾――その人と文学』(日中出版、一九九六年)二五〇頁、小川環樹・山本和義『蘇東坡詩選』(岩波書店、岩波文庫、一九七五年)三五九頁(後に山本和義『詩人と造物――蘇軾論考』(研文出版、二〇〇二年)に収載)、内山精也『蘇軾詩研究――宋代士大夫詩人の構造』(研文出版、二〇一〇年)三一頁。

(2) 中国での徐州時代の蘇軾研究は、鄧心強「近年来〝蘇軾在徐州〟研究述評」(『船山学刊』二〇一二年第四期)に詳しい。鄧氏は従来の研究を「〝蘇軾在徐州〟的研究日益受到重視、大体従如上四个方面展開、然而筆者認為存在如下諸多問題和不足」として、①徐州時代の政治思想・経済思想等の探求、②蘇軾関連の歴史的遺構の意義や価値の探求、③徐州時代の作品の整理とより深い理解、④徐州時代の書画作品への言及、⑤別の任地との比較考察を挙げる。筆者は③と⑤が特に重要な課題と考えるが、本章は①と③を兼ねて考察するものである。

(3) 林語堂・合山究訳『蘇軾』上(講談社、講談社学術文庫、一九八六年)三一四頁。

(4) 蘇轍「亡兄子瞻端明墓誌銘」(『欒城後集』巻二二)「是時河決曹村、泛於梁山泊、溢於南清河。城南兩山環繞、呂梁・百歩扼之、匯於城下、漲不時洩。城將敗、富民爭出避水、公曰『富民若出、民心動搖、吾誰與守? 吾在是、水決不能敗城』。驅使復入」。

(5) 魏・曹植「浮萍篇」「日月不恒處、人生忽若寓」、唐・王維「資聖寺送甘二」「浮生信如寄、薄宦夫何有」、唐・白居易「秋山」「人生無幾何、如寄天地間」など。

(6) 山本和義『蘇軾』(筑摩書房、中国詩文選19、一九七三年)八〇頁。

(7) 例えば黄州(湖北)左遷時には「吾生如寄耳、初不擇所適」(『合註』巻二〇「過淮」)と、また海南左遷時には「吾生如寄耳、何者爲吾廬」(同巻四二「和陶擬古九首」其三)と詠んでいる。

(8) 小川環樹・山本和義『蘇東坡詩集』第四冊（筑摩書房、一九九〇年）四〇四頁。

(9) 孔凡礼撰『蘇軾年譜』巻一六（中華書局、二〇〇五年）参照。

(10) 前注3三一六頁。

(11) 他にも「與梁先・舒渙泛舟、得臨釀字二首」（『合註』巻一五）其一に「彭城古戰国、孤客勧登臨。汴泗交流處、清潭百丈深」、其二「河洪忽已過、水色綠可釀。君無輕此樂、此樂清且放」と見える。

(12) 古代中国では蜥蜴《とかげ》が降雨に関係すると考えられた。蘇軾は熙寧十年夏に雨乞いを実施し「蝎虎」（『合註』巻一五）を詠む（但し蝎虎は守宮《やもり》を指す）。また宋・李燾撰『續資治通鑑長編』巻二八一の熙寧十年四月の条、宋・彭乘『墨客揮犀』巻三にも同様に雨乞いの記録が見える。

(13) 蘇轍「徐州漢高帝廟祈晴文」（『欒城集』巻二六）の自注に「代子瞻」とある。

(14) 張志烈・馬徳富・周裕鍇主編『蘇軾全集校注』（河北人民出版社、二〇一〇年）巻一一は元豊元年（一〇七八）五月の作とする。

(15) 『宋史』巻九三河渠志二「是歳〔筆者注：熙寧十年〕七月、河復溢衞州王供及汲縣上下埽、懷州黄沁、滑州韓村。己丑、遂大決於澶州曹村、澶淵北流斷絕、河道南徙、東匯于梁山、張澤濼、分爲二派、一合南清河入于淮、一合北清河入于海、凡灌郡縣四十五、而濮・齊・鄆・徐尤甚、壞田逾三十萬頃」。

(16) 前注14巻一一注一三に、徐州銅山県南には項羽に仕えて亜父と呼ばれた范増の墓があると。

(17) 吉岡義信『宋代黄河史研究』（御茶の水書房、一九七八年）第一章第一節「宋代黄河堤防考」一九頁。また「埽には二義があって、一は……埽岸としての埽であり、他は構造に関するもので、修堤上の特殊材料としての埽である」（同頁）と。吉岡氏は埽を始め宋代水利政策全般を網羅的かつ子細に検討する。

(18) 前注17第三章第三節二「都水監の官僚」、東一夫『王安石新法の研究』（風間書房、一九七〇年）第二編第二章第二節「黄河の水利開発」、及び長瀬守『宋元水利史研究』（国書刊行会、一九八三年）第二章「北宋の治水事業——黄河を中心として——」注一四を参照されたい。

(19) 孫洙「澶州靈津廟碑文」(『皇朝文鑑』巻七六)冒頭に「熙寧十年秋、大雨霖、……東郡左右、地最迫隘、土尤疏惡。七日乙丑、遂大決於曹村下埽……凡灌郡縣九十五、而濮・齊・鄆・徐四州爲尤甚、壞官亭民舍鉅數萬、水所居地爲田三十萬頃」と。前注17第二章第三節「結語」參照。

(20) 前注19「澶州靈津廟碑文」に、濮・齊・鄆・徐四州の太守らが「以立隄救水、城得不沒、皆賜璽加獎」と見える。

(21) 以上は「獎諭敕記」第三段に基づく。「明年二月、有旨賜錢二千四百一十萬、起夫四千二十三人、又以發常平錢六百三十四萬、米一千八百餘斛、募夫三千二十人、改築外小城。創木岸四、一在天王堂之西、一在彭城樓之下、一在上洪門之西北、一在大城之東南隅。大坑十五皆塞之。已而澶州靈平埽成、水不復至。臣軾以謂黄河率常五六十年一決、而徐州最處汴泗下流、上下二百餘里皆阻山、水尤深悍難落、不與他郡等、恐久遠倉卒吏民不復究知、故因上之所賜詔書而記其大略、并刻諸石。若其詳、則藏於有司、謂之『熙寧防河錄』云」。

(22) 「九日邀仲屯田爲大水所隔以詩見寄次其韻」(『合註』巻一五)「霜風可使吹黄帽」句の自注に「舟人黄帽、土勝水也」と。

(23) 「九日黄樓作」(『合註』巻一七)「去年重陽不可説、南城夜半千漚發。……豈知還複有今年、把盞對花容一呷」。

(24) 李棟「蘇軾の賦體稱揚について――『超然臺賦』『黄樓賦』を例として――」(日本宋代文学学會『日本宋代文学學會報』第一集、二〇一五年)は、蘇軾が友人に賦の作成を求めた背景には、黄楼の落成式に箔を付けるだけではなく、ある狙いがあったと指摘する。当時の科挙では詩賦の作成が廃止され、代わりに経術の知識を重視していた。蘇軾は文人ネットワークを駆使した競作を通じて賦を称揚し、現行の科挙に異を唱えたのだという。

(25) 本詩と似た表現が、先立つ熙寧十年春、京師へ向かう途上で詠まれた「至濟南、李公擇以詩相迎、次其韻二首」(『合註』巻一五)其一「宦遊到處身如寄、農事何時手自親」でも確認できる。

(26) 中田祝夫編『四河入海』、勉誠出版、一九七〇～一九七二年。

(27) 蘇軾は他に「次韻呂梁仲屯田」、「九日邀仲屯田爲大水所隔以詩見寄次其韻」(『合註』巻一五)を詠んだ。

(28) 一句は『漢書』王尊伝に拠る。「天子復以尊為徐州刺史……久之、河水盛溢、泛浸瓠子金隄、老弱奔走、恐水大決爲害。尊躬率吏民、投沈白馬、祀水神河伯。尊親執圭璧、使巫策祝、請以身填金隄、因止宿、廬居隄上。吏民數千萬人爭叩頭救止尊、尊終不肯去。及水盛隄壞、吏民皆奔走、唯一主簿泣在尊旁、立不動。而水波稍卻迴還。吏民嘉壯尊之勇節、白馬三老朱英等奏其狀」。

(29) 小川環樹・山本和義『蘇東坡詩集』第四册（筑摩書房、一九九〇年）は「越巫」とは蘇軾の誤りで、『漢書』巻二五郊祀志上末尾の「瓠子」と同巻二六郊祀志下冒頭の「粤巫」を混同したかと推測する（三六九頁）。

(30) 『史記』河渠書第七「天子既臨河決、悼功之不成、乃作歌曰、『瓠子決兮將柰何、皓皓旰旰兮閭殫爲河。殫爲河兮地不得寧、功無已時兮吾山平。吾山平兮鉅野溢、魚沸鬱兮柏冬日。延道弛兮離常流、蛟龍騁兮方遠遊。歸舊川兮神哉沛、不封禪兮安知外。為我謂河伯兮何不仁、泛濫不止兮愁吾人。齧桑浮兮淮・泗滿、久不反兮水維緩』……於是卒塞瓠子、築宮其上、名曰宣房宮」。『漢書』溝洫志第九にも同様の記述がある。

(31) ここでは漢の武帝の徳の有無を明言していないが、その表現に照らせば聖帝と見做しているとは言い難い。蘇軾が漢の武帝を論じた詩文は寡ないが、後年の作に「漢武帝無道、無足觀者」（『東坡志林』巻四「武帝踞厠見衛青」）と痛罵した一文がある。

(32) 三槐堂とは、蘇軾の友人の王鞏《おうきょう》が曾祖父の高徳を慕って付けた堂宇のことである。

(33) 「天報論」については、拙論「人衆勝天、天定亦勝人——海南時代の蘇軾を支えたもの」（日本宋代文學學會『日本宋代文學學會報』第一集、二〇一五年）を参照されたい。

蘇轍烏臺詩案考

原田愛

一、はじめに

北宋の中期から後期にかけて生きた蘇軾（字は子瞻、號は東坡居士）は、様々な挫折を經ながら深い詩境に至った詩人として有名だが、彼の弟である蘇轍（字は子由、號は潁濱遺老）も、その流轉に沿った人生を歩んだ。彼らの最初の大きな挫折が、元豐二年（一〇七九）八月から十二月にかけて起こった〈烏臺詩案〉である。〈烏臺詩案〉及びその後の黄州流謫については、蘇軾の文學上の轉換點として注目され、政治的・歷史的な意義や影響を論じたものも存する。(1)しかし、當事者の一人でもある蘇轍には注意が拂われていなかった。(2)晩年に蘇轍が著した自傳には、〈烏臺詩案〉前後について次のように略述される。

會張文定知淮陽、以學官見辟、從之三年、授齊州掌書記。復三年、改著作佐郎、復從文定簽書南京判官。居二年、子瞻以詩得罪、轍從坐、謫監筠州鹽酒税、五年不得調。平生好讀『詩』『春秋』、病先儒多失其旨、欲更爲之傳。老子書與佛法大類、而世不知、亦欲爲之注。司馬遷作『史記』、記五帝三代、不務推本『詩』『書』『春秋』、而以世俗雜説亂之、記戰國事、多斷缺不完、欲更爲『古史』。功未及究、移知歙績溪、始至而奉神宗遺制。居半年、除祕書省校書郎、明年至京師、除右司諫。

會ま張文定（張方平）淮陽に知し、學官を以て辟せられ、之に從ふこと三年、齊州掌書記を授けらる。復た三年、著作佐郎に改まり、復た文定に從ひて簽書南京判官たり。居ること二年、子瞻詩を以て罪を得、轍坐に從ひて、監筠州鹽酒税に謫せられ、五年調を得ず。平生『詩』『春秋』を讀むを好み、先儒の多く其の旨を失へるを病み、更めて之に傳を爲さんと欲す。老子の書は佛法の大類に與するも、世知らず、亦た之に注を爲さんと欲す。司馬遷は『史記』を作り、五帝三代を記すに、『詩』『書』『春秋』を推本するに務めず、而して世俗の雜説を以て之を亂し、戰國の事を記すも、多くは斷缺して完からず、更めて『古史』を爲さんと欲す。功未だ究むるに及ばざるも、移して歙と績溪とに知し、始めて至りて神宗の遺制を奉ず。居ること半年、祕書省校書郎に除せられ、明年京師に至りて、右司諫に除せらる。

蘇轍「潁濱遺老傳 上」（『欒城後集』巻十二）[3]

蘇轍は、熙寧三年（一〇七〇）より知陳州であった張方平（字は安道、號は樂全居士）の引き立てで陳州學官となり、熙寧六年（一〇七三）には齊州掌書記に任じられて三年務めた。熙寧十年（一〇七七）には著作佐郎となり、再び張方平に招かれて南京簽書判官として南京に赴任した。その二年後の元豐二年（一〇七九）、「子瞻詩を以て罪を得、轍坐に從ひて、監筠州鹽酒税に謫せられ」たとあるように、〈烏臺詩案〉の連座によって筠州監酒税に左遷され、五年の月日を過ごしたという。但し、その筠州時代に「蘇學」の著述を開始したことにも言及しており、蘇轍にとっても〈烏臺詩案〉はその後の處世に大きな影響を及ぼしたと考えられる。本論では、蘇轍における〈烏臺詩案〉について、彼の果たした役割とともにその詩文を多面的に考察し、〈烏臺詩案〉を照射する新たな材料を提示したい。

二、〈烏臺詩案〉における蘇轍の文――「兄軾の獄に下りし爲に上《たてまつ》る書」の顚末

（1）蘇軾の捕縛から御史臺投獄まで

元豐二年（一〇七九）三月、湖州の知州事に任じられた蘇軾は、途上、蘇轍に會うために南京に赴いた。二年ぶりの再會を喜んだ兄弟は、半月の間に様々なことを語り合ったという。後年の蘇軾は、新法黨の中樞にいる友人の章惇（字は子厚）に「軾所以得罪、其過悪未易以一二數也。平時惟子厚與子由極口見戒、反覆甚苦。而軾強狠自用、不以爲然（軾の罪を得る所以は、其の過惡の未だ一二を以て數へ易からず。平時惟だ子厚と子由とのみ口を極めて戒められ、反覆甚だ苦し。而るに軾は強狠自用にして、以て然りと爲さず）」と書簡を寄せたが、[4]實際、熙寧九年（一〇七六）には予兆となる讒言があったらしく、[5]それ以後、蘇轍や文同（字は與可）、章惇などは、蘇軾に詩文創作の自粛を促していた。

半月の滞在の後、蘇軾は南京を出立し、四月二十日に湖州に着任、四月二十九日に慣例に則って上表を奉った。この「湖州謝上表」[6]に見える「知其愚不適時、難以追陪新進。察其老不生事、或能牧養小民（其の愚かにも時に適はざるを知り、新進に追陪するを以て難しとす。其の老いて事を生ぜざるを察し、或いは能く小民を牧養せん）」を新法黨の面々が侮辱と見なしたことが〈烏臺詩案〉の直接的原因であると、蘇轍の筆による「亡兄子瞻端明墓誌銘」[7]にも述べられている。その結果、七月三日に神宗の命によって調査が開始され、太常博士の皇甫遵を蘇軾捕縛のために湖州に派遣したのである。

孔平仲（字は毅父）の著した『孔氏談苑』によると、[8]その際、蘇轍は英宗の女婿で蘇軾の信奉者である王詵（字は晉卿）から先んじて情報を得、蘇軾に密使を送った。その密使は、七月二十八日の皇甫遵の到着よりわずかに早く湖州に辿り着き（皇甫遵の到着は同行していた子の急病により遅れた）、蘇軾に情報を傳えることが出來たという。これ

については、『續資治通鑑長編』にも「疏奏、詵等皆特責。獄事起、詵嘗屬轍密報軾、而轍不以告官、亦降黜焉（疏奏するに、詵等皆特責す。獄事起こり、詵嘗て轍に屬せて密かに軾に報じ、而して轍は以て官に告げず、亦た降黜せり）」とあり、また、その小字注に『神宗實錄』として「事發、更遣人抵鞏・轍、諭使毀匿所謗訕文書。轍坐受詵指諭、鞏坐與詵・軾交通、而方平等亦並與軾往還、受其謗訕歌詩（事發して、〔王詵〕更に人を遣はして鞏・轍に抵らしめ、諭して謗訕せし所の文書を毀匿せしむ。轍は詵の指諭を受くるに坐し、鞏は詵・軾と交通するに坐し、方平等も亦た並びに軾と往還し、其の謗訕せし歌詩を受く）」とあり、王詵の情報の送り先として蘇轍とともに王鞏（字は定國）を擧げている。[9] 王鞏も蘇軾に詩を學んだ門人であり、張方平の女婿でもあった。この王詵・蘇轍・王鞏は、後にそれぞれ「降黜」、即ち降格及び謫遷されることになる。

逮捕された蘇軾は、長子の蘇邁（字は伯達、二十一歳）に付き添われ、開封府に送られた。他の家族は、門弟の王適（字は子立、二十五歳）・王遹（字は子敏）兄弟に託されて南京に向かった。後の元祐七年（一〇九二）十一月、蘇軾は早世した王適のために「王子立墓誌銘」を撰述し、そこで「余得罪於呉興。親戚故人皆驚散、獨兩王子不去、送余出郊、曰「死生禍福天也、公其如天何。」返取余家、致之南都（余罪を呉興に於いて得る。親戚故人皆驚きて散するも、獨り兩王子のみ去らず、余を送り郊に出でて、曰はく「死生禍福は天なり、公其れ天を如何せん」と。返りて余の家を取りて、之を南都に致す）」と述べ、謝意を表している。[10] また、當然ながら南京に向かった彼らは蘇軾の言葉を蘇轍に傳える役目も担っていた。蘇軾は「杭州召還乞郡狀」において、當時のことを回顧して「臣即與妻子訣別、留書與弟轍、處置後事、自期必死（臣即ち妻子と訣別し、書を留めて弟轍に與へ、後事を處置せしめ、自ら必ず死することを期）」したという。[11] この書簡は残存しないが、蘇轍の上書に次のような記述が見える。

軾之將就逮也、使謂臣曰「軾早衰多病、必死於牢獄。死固分也。然所恨者、少抱有爲之志、而遇不世出之主、雖齟齬於當年、終欲効尺寸於晩節。今遇此禍、雖欲改過自新、洗心以事明主、其道無由。況立朝最孤、左右親近必無爲言者。惟兄弟之親、試求哀於陛下而已。」臣竊哀其志、不勝手足之情、故爲冒死一言。

軾の將に逮に就かんとするや、使ひもて臣に謂ひて曰はく「軾早に衰へて病多く、必ず牢獄に死なん。死は固より分なり。然るに恨む所の者は、少くして有爲の志を抱き、不世出の主に遇ひ、當年に齟齬すと雖も、終に尺寸を晩節に効《いた》さんと欲す。今此の禍に遇ひ、過ちを改め自ら新たにし、心を洗ひて以て明主に事へんと欲すると雖も、其の道由無し。況んや朝に立つに最も孤にして、左右の親近は必ず爲に言ふ者無からん。惟だ兄弟の親をして、試みに哀を陛下に求めんのみ」と。臣竊かに其の志を哀しみ、手足の情に勝えず、故に爲に死を冒して一言す。

蘇轍「爲兄軾下獄上書」（『欒城集』巻三十五）

つまり、蘇軾が蘇轍に託した「後事」とは、自らの悔恨と忠義を神宗に傳えることであった。

（2）蘇軾「獄中寄子由詩」と蘇轍「爲兄軾下獄上書」

蘇軾は、元豐二年（一〇七九）八月十八日に開封にある御史臺の獄に投ぜられ、それから嚴しい取り調べを受けた。それにより死を覺悟した蘇軾は、蘇轍に詩を寄せたという（「獄中寄子由詩」と略）。

聖主如天萬物春　小臣愚暗自亡身
百年未滿先償債　十口無歸更累人
是處青山可埋骨　他年夜雨獨傷神
與君世世爲兄弟　又結來生未了因
柏臺霜氣夜淒淒　風動琅璫月向低
夢繞雲山心似鹿　魂驚湯火命如雞

聖主　天の如く萬物春なるに、小臣　愚暗にして自ら身を亡す。
百年未だ滿たずして先づ債を償ひ、十口歸する無くして更に人を累す。
是る處の青山　骨を埋むべし、他年の夜雨　獨り神を傷ましむ。
君と世世兄弟と爲り、又た來生未了の因を結ばん。
柏臺の霜氣　夜淒淒たり、風琅璫を動かして月低きに向ふ。
夢に雲山に繞りて心鹿に似たり、魂は湯火に驚きて命雞の如し。

眼中犀角眞吾子　身後牛衣愧老妻　眼中の犀角 眞に吾子たり、身後の牛衣 老妻に愧づ。
百歳神游定何處　桐郷知葬浙江西　百歳の神游 定めて何れの處ぞ、桐郷 浙江の西に葬らるるを知らん。
〔自注〕獄中聞杭湖間、民爲余作解厄道場累月。故有此句。
獄中 杭湖の間、民余の爲に解厄道場を作すこと累月なりと聞く。故に此の句有り。
蘇軾「予以事繋御史臺獄、獄吏稍見侵。自度不能堪、死獄中、不得一別子由。故作二詩、授獄卒梁成、以遺子由二首」(『蘇軾詩集』巻十九)

其一では、蘇軾は獄死を予測しながらも悲嘆に暮れるのではなく、遺される蘇轍を只管思いやることに終始する。自らの十人の家族を蘇轍に託さざる得ないこと、更に、蘇軾・蘇轍は官途に就いた頃から、將來は兄弟ともに故郷に歸隱して「夜雨對牀」を果たすことを期していたが、後年の蘇轍が「夜雨」の音を聞きながら獨り心を痛めることを悔やんだのである。其二では、霜氣が立つ極寒の獄中で、隙間風が鎖を鳴らす中、月が低くなるまで責め立てられている現狀を訴えた。そして、自分のために困窮するであろう妻子の行く末を案じつつ、自らを慕って解厄道場を行っている杭州・湖州の民のもとに葬られることを望むと詠み、詩を結んでいる。別件で御史臺にて尋問を受けていた蘇頌が同年九月に「元豐己未、三院東閣作十四首」其五において「却憐比戸呉興守　詬辱通宵不忍聞（却て憐れむ　比戸の呉興守、詬辱通宵にして聞くに忍びず）」と詠み、そこに「時蘇子瞻自湖守追赴臺劾。嘗爲歌詩、有非所宜言。頗聞鐫詰之語（時に蘇子瞻湖守より臺の劾に追赴せらる。嘗て歌詩を爲り宜しく言ふべき所に非ざる有り。頗る鐫詰の語を聞く）」と自注した。[12] 蘇頌は十月中旬あたりまで拘束されており、その八月中旬から十月上旬にかけては蘇軾への尋問が最も嚴しい時期に當たる。「獄中寄子由詩」はこの時期の作であり、修辭上のことであったかもしれないが、當時の蘇軾が心身ともに追い詰められ、「自ら度《はか》るに堪ふる能はず、獄中に死して、子由と一別することを得じと」する自らの覺悟を蘇轍に傳えねばならないと判斷したことが判る。

但し、この「獄中寄子由詩」の授受の經緯については說が分かれる。一つは「蘇轍は受け取ったが、上にも報告があった」という說である（邵伯溫『邵氏聞見錄』卷十三、葉夢得『避暑錄話』卷下）。『邵氏聞見錄』ではその計畫性に言及しないが、『避暑錄話』では蘇軾は詩が神宗の目に留まるべく企圖したとする。また、『邵氏聞見錄』や曾敏行『獨醒雜志』卷四では神宗は詩を目にして哀れに思い、罪を輕減したという。[13] もう一つは「蘇軾の必死の願いにも關わらず、獄卒は枕に隱したまま、釋放後に蘇軾に返し、蘇轍は後に讀んで泣き伏した」という說である（孔平仲『孔氏談苑』卷一）。この場合は、神宗も蘇轍も詩を目にしなかったことになる。後世の年譜等では、詩題から蘇轍は受け取ったと判斷しており（蘇轍に届けられなかった場合、元祐六年（一〇九一）頃の『東坡集』編纂の際に詩題を變更したであろうから）、後述する蘇轍詩からも受け取ったと考えられる。この後、十月中旬まで予斷を許さない狀況が續いたが、幾人かの有力者が助命を進言し、そして、太皇太后曹氏の助命を願う遺言と彼女の死による恩赦が大きな轉機となり[14]（十月十五日に不豫、二十日に逝去）、十二月二十八日、蘇軾の黃州安置の裁定が下り、二十九日、蘇軾は釋放された。この裁定の是非や輕重については諸說があるが、ここでは割愛する。

では、蘇軾に「後事」を託された蘇轍は、この間どうしていたのであろうか。まず、先に擧げたが、九月頃、蘇轍は「爲兄軾下獄上書」を奉り、神宗に蘇軾の助命を嘆願した。

臣聞、困急而呼天、疾痛而呼父母者、人之至情也。臣雖草芥之微、而有危迫之懇。惟天地父母哀而憐之。臣早失怙恃、惟兄軾一人、相須爲命。今者竊聞其得罪逮捕赴獄、擧家驚號、憂在不測。臣竊思念、軾居家在官、無大過惡、惟是賦性愚直、好談古今得失、前後上章論事、其言不一。陛下聖德廣大、不加譴責。軾狂狷寡慮、竊恃天地包含之恩、不自抑畏。頃年通判杭州及知密州日、每遇物託興作爲歌詩、語或輕發。向者曾經臣寮繳進、陛下置而不問。軾感荷恩貸、自此深自悔咎、不敢復有所爲。但其舊詩已自傳播。臣誠哀、軾愚於自信、不知文字輕易、迹涉不遜、雖改過自新、而已陷於刑辟、不可救止。

…（前出部分により中略）…

昔漢淳于公得罪、其女子緹縈、請沒爲官婢、以贖其父。漢文因之、遂罷肉刑。今臣螻蟻之誠、雖萬萬不及緹縈、而陛下聰明仁聖、過於漢文遠甚。臣欲乞納在身官、以贖兄軾。非敢望末減其罪、但得免下獄死爲幸。兄軾所犯、若顯有文字、必不敢拒抗不承、以重得罪。若蒙陛下哀憐、赦其萬死、使得出於牢獄、則死而復生、宜何以報。臣願與兄軾洗心改過、粉骨報効、惟陛下所使、死而後已。臣不勝孤危迫切、無所告訴、歸誠陛下。惟寛其狂妄、特許所乞、臣無任祈天請命、激切隕越之至。

臣聞く、困急して天を呼び、疾痛して父母を呼ぶは、人の至情なりと。臣草芥の微なりと雖も、危迫の懇有り。惟だ天地父母のみ哀しみて之を憐れむ。

臣早く怙恃を失ひ、惟だ兄軾一人のみ、相須ちて命と爲す。今者竊かに其の罪を得て逮捕せられて獄に赴くを聞き、家を擧げて驚き號《さけ》び、憂ひ測らざるに在り。臣竊かに思念するに、軾家に居るも官に在るも、大過悪無く、惟だ賦性愚直にして、古今の得失を談ずるを好み、前後に章を上り事を論じ、其の言一ならず。陛下は聖徳廣大にして、譴責を加へず。軾は狂狷にして慮寡なく、竊かに天地包含の恩を恃み、自ら抑畏せず。頃年杭州に通判たりし及び密州に知たりし日、毎に物に遇ひ興を託して歌詩を作爲し、語或いは輕發す。向《さき》者に曾て臣寮の繳進を經るも、陛下置きて問はず。軾恩貸に感荷し、此より深く自ら悔咎し、敢へて復た爲す所有らず。但だ其の舊詩は已に自ら傳播せり。臣誠に哀れむ、軾の自ら信ずるに愚かにして、文字の輕易、迹不遜に渉るを知らず、過ちを改め自ら新たにすると雖も、已に刑辟に陥り、救止すべからざるを。

…（前出部分により中略）…

昔漢の淳于公罪を得しとき、其の女子緹縈、沒して官婢と爲り、以て其の父を贖はんことを請ふ。漢文之に因りて、遂に肉刑を罷む。今臣螻蟻の誠、萬萬緹縈に及ばずと雖も、陛下は聰明仁聖にして、漢文に過ぐること遠く甚だし。臣在身の官を納れて、以て兄の軾を贖ふことを乞はんと欲す。敢へて其の罪を末減せんことを望むに非ず、但だ獄に下りて死することを免るるを得れば幸ひと爲すのみ。兄の軾の犯す所、若し顯らかに文字有らば、必ず敢へて拒み抗して承けずして以て重ねて罪を得ることをせじ。若し陛下の哀憐を蒙り、其の萬死を赦し、牢獄を出づるを得しめれば、則ち死して復た生き、宜しく何を以てか報ずべけんや。臣願はくは兄軾と與に心を洗ひ過ちを改め、粉骨して報効し、惟だ陛下の使ふ所にして、死して後に已まんことを。臣孤危迫切に勝えず、告訴する所無く、誠を陛下に歸す。惟だ其の狂妄を寛し、特に乞ふ所を許さば、臣祈天請命して、激切隕越の至に任ふる無し。

蘇轍「爲兄軾下獄上書」（『欒城集』巻三十五）

これを書き出しの序と本文三段落の構成として見れば[15]、主に序は「爲兄軾下獄上書」の大義を述べ、本文第一段落は蘇軾の罪を犯したとされる期間の、第二段落は蘇軾の逮捕から以後の言行を記述している（第二段落は前段に擧げた）。まず、蘇轍は蘇軾の罪を認めながらも、それは「大過悪」ではなく、輕擧妄動に一貫性のない詩文を創作したに過ぎず、後に「過ちを改め自ら新たに」したが、「其の舊詩已に自ら傳播」したために逮捕されるに至ったと説明する。蘇軾自身も、蘇轍に對して「今此の禍に遇ひ、過ちを改め自ら新たにし、心を洗ひて以て明主に事へんと欲すると雖も、其の道由無し」と表した上で、自らの悔恨と改悛の意を蘇轍が代わって上訴することを望んだという。

そして、上書においてかかる蘇軾の意を表す語が「改過自新（過ちを改め自ら新たにす）」であり、元來、これは漢の淳于緹縈の言である。第三段落において、蘇轍はその緹縈の忠孝とそれに感動して免罪した漢の文帝の故事を引く。父の淳于意（太倉公）が罪を得て投獄された際、緹縈は「妾傷夫死者不可復生、刑者不可復屬。雖復欲改過自新、其道無由也（妾は夫れ死する者は復た生くるべからず、刑する者は復た屬するべからざるを傷む。復た過ちを改め自ら新たにせんと欲すると雖も、其の道由無し）」と上書し、自ら官婢となって父の罪を贖うことを願い出た。その上書を讀んだ漢の文帝は「豈弟君子　民之父母（豈弟の君子は、民の父母なり）」という『詩經』大雅「泂酌」の詩句を引いて自らの不徳を恥じ、淳于意の罪を許し、更に肉刑を廢止したのである。[16] 蘇轍は、自らと緹縈、神宗と漢の文帝を比較して「今臣螻蟻の誠、萬萬緹縈に及ばずと雖も、陛下聰明仁聖にして、漢文に過ぐること遠く甚だし」と述べた上で、自らも己の官職を返上して兄蘇軾の助命を嘆願し、蘇軾に明らかに朝廷誹謗の文字があるなら、刑を拒んで罪を重ねないと訴えたのであった。

因みに、蘇轍以外にも主に六人の人物（張方平、范鎭、王安禮、呉充、章惇、王安石）が蘇軾を辨護したとされる。彼らの辨護内容については内山精也氏の詳しい論攷があり、[17]「皇帝に對する異議申し立てであるので、程度の差こそあれ、それぞれ婉曲な言い回しをしているが、今、そうした虚飾を全て取り拂った上で、それぞれの理論的立場を見てみると、蘇轍を除く六名は概ね、詩歌もしくは言論によって士大夫を處罰（投獄～誅殺）することの非を唱えており、さらには、〈詩案〉が、詩歌のもつ傳統的諷諫機能を否定し、諫言＝言論の封鎖に繋がると懸念している」と總評され、當時の士大夫たちが〈烏臺詩案〉を蘇軾の個人的案件とせず、「士大夫階層全般に關わる、より廣範な影響とより根源的な意味を持つ社會事件と見なしていた」とする。そして、かかる六名の辨護と明らかに異なる蘇轍の「爲兄軾下獄上書」の特徴は、「臣聞く、困急して天を呼び、疾痛して父母を呼ぶは、人の至情なりと」で始まり、緹縈の故事を引いたことから判るように、「肉親の情愛」を前面に出して、民の父母たる天子の寛恕を求めている點であろう。そして、一連の獄中外における蘇軾・蘇轍の詩文はその點で相關しており、蘇轍の上書が蘇軾の意向に沿ったものであることは、蘇軾が蘇轍に緹縈の言を引きながら、「惟だ兄弟の親をして、試みに哀を陛下に求めんのみ」と述べたことからも明らかである。蘇軾・蘇轍は、かかる詩文の相互作用によって惻隱の情に訴え、減刑に至らしめんとしたのではないだろうか。

（3）蘇轍「爲兄軾下獄上書」の裏側と結末

〈烏臺詩案〉において、蘇轍には王詵や王適・王遹兄弟、蘇軾との連絡役を務める蘇邁などの協力者がおり、蘇轍は彼らからの情報を得た上で上書を作成したと考えられる。加えて、蘇轍を支えた人物として張方平が擧げられよう。當時においても後世においても張方平の評價は毀譽相半ばするが、蘇軾・蘇轍兄弟にとっては最初の推薦者であり、以後も目を掛けてくれた官界の後見人であった。元豐二年（一〇七九）三月の南京滯在時に、蘇軾は蘇轍とともに張方平を訪ねており、特に蘇轍は張方平の招聘によって官遊した期間が長く、この時期もそれに該當する。張方平は同年七月初八日に七十三歳で致仕し、そのまま南京に隱棲したが、その關係性から蘇轍が張方平に相談し、助言を求めた可能性は極めて高い。實際、蘇轍は張方平の誕生日である九月二十三日に詩に寄せた際、次のように詠んだところがある。

嗟我本俗士　從公十年遊　　嗟　我は本と俗士、公に從ひて十年遊す。
謬聞出世語　俛作籠中囚　　謬りて聞ゆ 出世の語、俛めて作る 籠中の囚。
俯仰迫憂患　欲去安自由　　俯仰して憂患迫り、去らんと欲するも安んぞ自由ならん。
問公昔年樂　孰與今日優　　公に問ふ 昔年の樂しみ、孰れか今日と優れるかと。

蘇轍「張公生日　是歲己未初致仕」（『欒城集』卷九）

即ち、蘇轍は「出世の語」、世に出た詩語が誤って傳わり、「籠中の囚」となったと詠んでいる。時期的に鑑みて、一連の詩句は蘇軾を指すと孔凡禮氏も指摘している。蘇轍は、ここ十年の官遊を張方平とともにしたが、蘇軾には導いてくれる人がいなかったがためにかかる事態に陷ったと訴え、張方平の助力を求めたのである。

張方平は、それを受けて上書を作成したらしい。以下、その要旨となる一節を引く。

伏惟英聖之主、方立非常之功、固在廣收材能、使之以器。若不棄瑕含垢、則人才有可惜者。昔季布親窘高祖、夏侯勝誹謗世宗、鮑永不從光武、陳琳毀詆魏武、魏徵謀危太宗、此五臣者罪至大而不可赦者也。遭遇明主、皆爲曲法而全之、卒爲忠臣、有補於世。自夫子删詩、取諸諷刺、以爲言之者無罪、聞之者足以戒。故詩人之作、其甚者以至指斥當世之事、語涉謗黷不恭、亦未聞見收而下獄也。唐韓愈上疏憲宗、以爲人主事佛則壽促。此言至不順、憲宗初大怒欲誅、其後思之曰「愈亦是愛我。」今軾但以文辭爲罪、非大過悪。臣恐、付之狴牢、罪有不測。惟陛下聖度、免其禁繫、以全始終之賜、雖重加譴謫、敢不甘心。

伏して惟るに英聖の主の、方に非常の功を立つるは、固より廣く材能を収めて、之を使ふに器を以てするに在り。若し瑕を棄て垢を含まざれば、則ち人才惜しむべき者有らん。昔季布は親ら高祖を窘《くる》しめ、夏侯勝は世宗を誹謗し、鮑永は光武に從はず、陳琳は魏武を毀詆し、魏徵は謀りて太宗を危くし、此の五臣は罪大に至りて赦すべからざる者なり。明主に遭遇して、皆爲に法を曲げて之を全くし、卒に忠臣と爲りて、世に補する有り。自れ夫子の詩を删し、諸に諷刺を取りてより、以て之を言ふ者は罪無く、之を聞く者は以て戒しむに足ると爲す。故に詩人の作、其の甚しき者は以て當世の事を指斥するに至り、語は謗黷不恭に渉るも、亦た未だ收めて下獄するを聞見せざるなり。唐の韓愈は憲宗に上疏し、以て人主佛を事とすれば則ち壽促すと爲す。此の言不順に至り、憲宗初め大いに怒りて誅せんと欲するも、其の後之を思ひて「愈も亦た是れ我を愛す」と曰ふ。今軾但だ文辭を以て罪と爲すのみにして、大過悪に非ず。臣恐る、之を狴牢に付し、罪に測らざること有るを。惟だ陛下の聖度をして、其の禁繫を免れ、以て始終の賜を全くすれば、重ねて譴謫を加へると雖も、敢へて甘心せざらんや。

張方平「論蘇内翰」（『樂全集』巻二十六）[18]

このように、前漢の高祖（劉邦）を苦しめた黥布、前漢の武帝を批難した夏侯勝、後漢の光武帝に從わなかった鮑永、魏の武帝（曹操）を貶めた陳琳、唐の太宗に策謀を巡らせた魏徵はその大罪を許されて忠臣となったと述べる。また、孔子が『詩經』を撰してより、詩による社會諷刺について、それを創作する詩人は無罪であり、それを聞く爲政者は戒めとすべきものであること、そして、唐の韓愈が「論佛骨表」を上って諫めたため、憲宗が激怒したが、後にその忠心を思って反省したという故事を引き、詩や文辭によって得た蘇軾の罪は「大過惡」ではないと訴えたのである。内山氏の云う「詩歌もしくは言論によって士大夫を處罰（投獄～誅殺）することの非を唱え」たもので、多くの前例を擧げた點から、後世の評價に注意を促していることが判る。

但し、この張方平の上書は息子の張恕（字は厚之）が怖じ氣づいたために提出されなかったとする說があり[19]、『續資治通鑑長編』は提出された否かについて判斷を保留にし、内山氏は諸書に鑑みて届かなかったと推定する。しかしながら、蘇轍は大觀二年（一一〇八）に張方平の詩に追和した際、張方平詩の創作された經緯として「元豐初、子瞻以詩獲罪、竄居黃州、予謫監筠州酒稅。公凄然不樂、酌酒相命、手寫一詩爲別（元豐の初め、子瞻詩を以て罪を獲、黃州に竄居し、予は監筠州酒稅に謫せらる。公凄然として樂しまず、酒を酌みて相ひ命じ、手づから一詩を寫して別れと爲す）」と回想し[20]、蘇軾・蘇轍兄弟の悲運を哀しみ、終生後援してくれた張方平に謝意を表したのである。

ところで、かかる一連の言動によって蘇轍は〈烏臺詩案〉の標的として注視されることになる。『東坡烏臺詩案』によると、「供狀」において、當初は蘇軾と詩文の交遊した者として十一番目に名を擧げられた蘇轍は、最終的に「王鞏・王詵・蘇轍……」と三番目になり、この三人は連座した者としては最も罪が重く、「降黜」された[21]。蘇軾は釋放された十二月二十八日、自らの「獄中寄子由詩」に和韻した作において次のように詠んだ。

平生文字爲吾累　此去聲名不厭低　　平生　文字　吾が累を爲し、此に去りて聲名　低きを厭はじ。
塞上縱歸他日馬　城東不鬬少年雞　　塞上　縱ひ他日の馬に歸するも、城東　少年の雞を鬬はしめず。
休官彭澤貧無酒　隱几維摩病有妻　　官を休む彭澤は貧して酒無く、几に隱る維摩は病みて妻有り。
堪笑睢陽老從事　爲余投檄向江西　　笑ふに堪へたり　睢陽の老從事、余の爲に檄を投じて江西に向かふを。

〔自注〕子由聞予下獄、乞以官爵贖予罪、貶筠州監酒。

子由 予の獄に下るを聞き、官爵を以て予の罪を贖はんことを乞ひ、筠州監酒に貶さる。

蘇軾「十二月二十八日、蒙恩責授檢校水部員外郎・黄州團練副使、復用前韻二首」其二（『蘇軾詩集』巻十九）

このように、蘇軾は、蘇轍が「爲兄軾下獄上書」を上って「官爵を以て予の罪を贖はんことを乞」うたために、「筠州監酒に貶さ」れたとする。實際は、この重罰の原因は「爲兄軾下獄上書」ではなく、蘇軾の朝廷誹謗とされた詩文を受け取ったこと〈烏臺詩案〉で問題視された詩文のうち、「子由に與ふ」とされた四首[22])、そして、王詵からの機密情報を先んじて蘇軾に傳えたこと及びそれを默して語らなかったことであった。

三、〈烏臺詩案〉における蘇轍の詩――「思ふ所」を案じ「式微」を歌う

(1) 蘇轍と門弟の交遊

蘇軾の獄中における詩作については多くの考察があるが、蘇轍もまたその時期に詩を詠んだ。中でも注目すべきは、當時南京にいた王適・王遹兄弟や、文同の子である文務光（字は逸民）、張耒（字は文潛、二十六歲）など門弟に寄せた詩である。元豐元年（一〇七八）冬に文務光は蘇轍の長女を娶り、王適も蘇轍の次女を娶ることになっていたため、姻戚でもあった。元豐二年（一〇七九）九月、蘇轍は次の詩を詠んだ。

幽憂隨秋至　秋去憂未已
幽憂 秋に隨ひて至り、秋去るも憂ひ未だ已まず。

城南試登望　百草枯且死
城南 試みに登望すれば、百草 枯れ且つ死す。

落葉投人懷　驚鴻四面起
落葉は人の懷に投じ、驚鴻は四面に起つ。

所思不可見　欲往將安至　思ふ所 見ゆべからず、往かんと欲するも將た安くに至らん。
斯人定誰識　顧有二三子　斯の人 定めて誰か識らん、顧みて二三子有り。
清風皎冰玉　滄浪自湔洗　清風 皎として冰玉のごとく、滄浪 自ら湔洗す。
竊脂未嘗穀　南箕儻微似　竊脂 未だ嘗て穀さず、南箕 儻いは似ざらん。
網羅一張設　投足遂無寄　網羅 一たび張り設けらるれば、投足するも遂に寄るところ無し。
田深狡兔肥　霜降鱸魚美　田深くして狡兔肥え、霜降りて鱸魚美し。
造形悼前失　式微慚往士　形の前失を悼しむに造《いた》れば、式微 往士に慚づ。
憧憧畝丘道　歳晩嗟未止　憧憧たり 畝丘の道、歳晩 未だ止まざるを嗟く。
西山有茅屋　鉏耰本吾事　西山に茅屋有り、鉏耰は本と吾が事なり。

蘇轍「登南城有感、示文務光・王遹秀才」（『欒城集』巻九）

この秋に起こった「幽憂」は〈烏臺詩案〉のことである。蘇轍は草木が枯れ、渡り鳥が去りゆく秋の風情を目にして「思ふ所」に逢えない哀しみを募らせながら、門弟に思いを吐露する。「斯の人」は秋の清風が冷たく吹く中、清廉に生きんとするも、「網羅」に囚われて何處にも行けない苦境下にある。そこで、蘇轍は、故郷に歸隱すれば、肥え太った兔を狩り、旬の鱸魚を味わう樂しみがあるのだから、我が身の前非を悔悟し、「式微」を歌って古人に倣うことを詠んだ。この「思ふ所」は蘇軾を指すと曾棗莊氏・孔凡禮氏は指摘する。[23] 因みに、十月、張耒が壽安縣尉として赴く途上に南京に立ち寄り、この詩に次韻している。

…支離冒多福　嬋娟畏獨美　支離にして多福を冒し、嬋娟にして獨り美なるを畏る。
擧頭蒼天高　歎此青雲士　頭を擧げれば蒼天高く、此を歎く 青雲の士。
酌公芳尊酒　願公百憂止　公に芳尊の酒を酌み、公の百憂を止めんことを願ふ。

履善神所勞　委置目前事　善を履ひて神の勞する所なり、委置せん 目前の事。

張耒「和登城依子由韻」（『柯山集』巻九）(24)

即ち、「善を履ふ」は、遠い南京にあって蘇軾の身を只管に案じる蘇轍が助命のために奔走したことである。蘇轍の悲嘆と心労を見た張耒はしばし様々な憂慮を置いて、「芳尊の酒」を酌もうと詠み、慰めたのである。

また、元豐二年（一〇七九）冬、王適・王遹が文務光に送別の詩を寄せた際、蘇轍もそれに次韻した。

三君皆親非復客　執手河梁我心惻　三君は皆親にして復た客に非ず、手を河梁に執れば我が心惻たり。
倚門耿耿夜不眠　挽袖怱怱有難色　門に倚りて耿耿として夜眠れず、袖を挽きて怱怱として難色有り。
君歸使我勞魂夢　落葉鳴堦自相擁　君歸れば我をして魂夢を勞せしめ、落葉 堦に鳴りて自ら相ひ擁す。
君家西歸在新歳　此行未遠心先恐　君が家 西に歸れば新歳に在り、此の行未だ遠からずして心先づ恐る。
故山萬里知何許　我欲因君亦歸去　故山萬里にして何許かを知らん、我君に因りて亦た歸去せんと欲す。
清江髣髴釣魚船　修竹平生讀書處　清江髣髴たり 釣魚の船、修竹 平生 讀書せし處。
青衫白髪我當歸　咀嚼式微慚古詩　青衫白髪にして 我當に歸るべし、式微を咀嚼して古詩に慚づ。
少年勿作老人調　被服榮名慰所思　少年 老人の調を作す勿れ、榮名を被服して思ふ所を慰めん。

蘇轍「次韻王適兄弟送文務光還陳」（『欒城集』巻九）

姻戚たる「三君」は自らの惻々たる心情を解するとし、特に文務光に對する惜別の哀しみを詠んだ詩である。元豐二年（一〇七九）正月二十一日、文同は陳州にて逝去したのであるが、文務光は亡父の棺を迎えるために陳州に行き、その後は故郷に歸ることになっていた。文氏の故郷である梓州梓潼は蘇氏の故郷である眉州眉山と同じく蜀にあり、その遠き旅路の距離と時間を思いつつ、「我君に因りて亦た歸去せんと欲す」と詠み、また、「青衫白髪にして 我當に歸るべし」と、自らも故郷に歸隱する意思を強くしたという。その一方、蘇轍は若い門弟に自分のような老人の詩調を學ぶのではなく、立派になって自らの「思ふ所」を慰撫するように促した。この「思ふ所」、「少年 老人の調を作す勿れ」は、同時に蘇軾とその詩文創作を暗示するものでもある。

そして、ここで擧げた蘇轍詩はともに「思ふ所」を案じつつ、「式微」に言及する。これは全蘇轍詩において〈烏臺詩案〉の時期に王適等に寄せた詩にのみ見える。(25)「思ふ所」は、「有所思」など樂府題にもあるように、離れ離れの恋人や家族を指すが、『楚辭』九歌「山鬼」に見える「折芳馨兮遺所思（芳馨を折りて思ふ所に遺る）」に、「所思、謂清潔之士、若屈原也（思ふ所は、清潔の士、屈原の若きを謂ふ）」と王逸の注が附されており、「登南城有感、示文務光・王適秀才」詩の他の詩句からも、蘇轍には自らの「思ふ所」たる蘇軾に屈原を重ねたと見られる。屈原には、清潔な忠臣というイメージとともに佞臣の讒言によって冤罪を被った悲劇の詩人のそれもあるのである。(26)

また、『詩經』邶風「式微」は、詩序によると、「黎侯寓于衛、其臣勸以歸也（黎侯衛に寓せしとき、其の臣以て歸るを勸む）」めた詩であり、傳統的な毛傳鄭箋の解釋では以下のようになる。

式微式微　式《もつ》て微たり 式《もつ》て微たり、　故國は衰えゆき衰えゆくのに、
胡不歸　胡ぞ歸らざる。　我が君はどうして歸らないのか。
微君之故　君の故に微《あら》ずんば、　我らは君のためを思うのでないならば、
胡爲乎中露　胡ぞ中露に爲さんや。　どうして旅して雨露にぬれるだろうか。
式微式微　式《もつ》て微たり 式《もつ》て微たり、　故國は衰えゆき衰えゆくのに、
胡不歸　胡ぞ歸らざる。　我が君はどうして歸らないのか。
微君之躬　君の躬に微《あら》ずんば、　我らは君の御身を思うのでないならば、
胡爲乎泥中　胡ぞ泥中に爲さんや。　どうして旅して泥土にまみれるだろうか。

秋谷幸治氏の論攷によると、「君主や新妻、旅人や出征軍人に歸郷を呼びかける際に歌われていた「式微」が、「消

川田家」詩を嚆矢として、「歸去來兮辭」の影響を強く受け、歸隱の歌として受容されるようになった」という。[27] つまり、呼びかける對象に「歸鄕」を促す歌から、「歸隱」を標榜する歌へと變遷したのである。先に擧げた蘇轍の二詩も、俗世にいる我が身が起こした前非を憂い、そこから「式微 往士に慚づ」と、眞理を解して歸隱した古人に倣って、「式微」を歌いながら歸隱せんと詠んだ。また、白髪の生える年齢ながら青衫（地位の低い官人の服）を着る自分は諦めて隱棲すべきだろうと思い、そこで「式微を咀嚼して古詩に慚づ」と、歸隱の素晴らしさを詠んだ古人の詩に恥じ入り、殊に「式微」を噛みしめたという。かかる傳統に則れば、蘇轍は兄弟の半生、殊に蘇軾の苦境を慷慨するが故に「歸隱」を願い、「式微」を引いたと見るべきである。

しかし、蘇轍は若い頃から『詩經』を研究しており、〈烏臺詩案〉後の筠州左遷時代にも「平生『詩』『春秋』を讀むを好み、先儒の多く其の旨を失ふを病み、更に之に傳を爲さん」としたと述べている。そして、この「式微」についても獨自の解釋を行っていた。

式、試也。狄人迫逐黎侯、黎侯寓于衛、衛不能納而不歸。其臣尤之、故曰「君子之所以觀其人者、於其微耳。是以試之於微、而不可、則止。今君之寓於衛久矣。而衛不吾勤、其不吾納者、可見矣、而胡爲不自歸乎。衛人非君之故之爲、而胡爲久於其地乎。」中露・泥中、言其暴露而無覆藉之者也。

式は、試なり。狄人黎侯を迫逐し、黎侯は衛に寓し、衛納むる能はざるも歸らず。其の臣之を尤め、故に曰はく「君子の其の人を觀る所以は、其の微に於いてのみ。是を以て之を微に試して、不可ならば、則ち止む。今君の衛に寓すること久し。而るに衛吾が勤めとせず、其れ吾が納むる者とせざること、見るべきにして、胡爲れぞ自ら歸らざるや。衛人君の故に之れ爲すに非ずして、胡爲れぞ其の地に久しきや」と。中露・泥中は、其の暴露なるも覆藉無き者を言ふなり。

蘇轍『詩集傳』巻二[28]

卽ち、蘇轍は「式」を「試」とし、「式微」を次のように讀み解いた。

式微式微　微に式《ため》す 微に式《ため》す、　わずかな兆しで試し わずかな兆しで試したのに、
胡不歸　胡ぞ歸らざる。　我が君はどうして歸らないのか。
微君之故　君の故に微《あら》ず、　衛の人は君のために盡力してくれることはない、
胡爲乎中露　胡ぞ中露に爲すや。　さもなくばどうして君を雨ざらしのままでいさせるのか。
式微式微　微に式《ため》す 微に式《ため》す、　わずかな兆しで試し わずかな兆しで試したのに、
胡不歸　胡ぞ歸らざる。　我が君はどうして歸らないのか。
微君之躬　君の躬に微《あら》ず、　衛の人は君の御身を受けいれることはない、
胡爲乎泥中　胡ぞ泥中に爲すや。　さもなくばどうして君を泥まみれのままでいさせるのか。

蘇轍がこのような解釋に至った背景には、〈烏臺詩案〉があろう。前述したように、蘇轍は蘇軾に詩文創作の自肅を促したが、それは「之を微に試して、不可ならば、則ち止」めよというものであり、〈烏臺詩案〉によって「式微」を一層深く嚙みしめ、門弟に戒めたことが判る。この頃、蘇轍は張耒にも「到官惟有懶相宜、臥看南山春雨濕（官に到れば惟だ懶りて相ひ宜しき有るのみ、臥して南山を看れば春雨濕ほす）」と詠み、「懶」を是と說いたが、これも新法批判を熱心に行った蘇軾のことが念頭にあったのであろう。[29]そして、當時、蘇軾を師とする蘇門が形成されつつある中で、蘇轍も實際的な處世法を通じて門弟に蘇學を教授していたのである。ここから、將來を期する若者に同じ轍を踏ませまいという蘇轍の深慮とともに、〈烏臺詩案〉や蘇軾の詩作に對する複雜な思いが窺える。

(2) 蘇轍の歳暮の感慨

十二月、蘇轍は「臘雪五首」にて「雪」に託して元豐二年（一〇七九）に起こった災患を詠んだ。該詩は其一から其二までは「雪」の恵みを待ち望み、降雪を喜ぶ内容である。

・長恐冬無雪　今朝忽暗空　　長く恐る 冬に雪無きを、今朝 忽として空暗くす。（「臘雪五首」其一）
・驕陽不能久　密雪自相催　　驕陽 久しくする能はず、密雪 自ら相ひ催す。（「臘雪五首」其二）

其一では冬に雪が降らないことを恐れていたが、今朝になって空が暗くなり、雨交じりの雪が静かに降り始めたことにより、それを喜ぶ様が描かれる。其二では日が短くなる時節に細かに繁く降る雪が一層激しくなる様子を詠む。濕潤なる雪は民の疾病の平癒や麦などの穀物の豊作に繋がるものであるため、蘇轍は祝い酒を酌もうと思い、それをともに祝うべき「客」の來訪を待った。そして、其三より、實はその待ち人が蘇軾であることが示唆されるとともに、「雪」が自然の惠みから、彼ら兄弟を取り巻く嚴しい狀況を暗示するものとなっていく。

久有歸耕意　西山百畝田　　久しく歸耕の意有りて、西山 百畝の田あり。
雪來殊不惡　酒熟自相便　　雪來たりて殊に惡からず、酒熟して自ら相ひ便たり。
一被簪裳裹　長遭羅網牽　　一たび簪裳に裹《まと》はれば、長へに羅網に牽かるるに遭ふ。
飛霙迫殘臘　愁思渡今年　　飛霙 殘臘に迫り、愁思 今年に渡る。

憂愁不可緩　風雪故相撩　　憂愁 緩むべからず、風雪 故より相ひ撩す。
試問五斗米　能勝一束樵　　試みに問ふ 五斗米、能く一束の樵に勝るかと。
耕耘終亦飽　哺啜定誰邀　　耕耘 終に亦た飽き、哺啜 定めて誰か邀へん。
寒暑不須避　傾危且自遙　　寒暑 避くるを須いず、傾危して且つ自ら遙かなり。

雪霜何與我　憂思自傷神　　雪霜 何ぞ我に與せん、憂思 自ら神を傷ましむ。
忠信亦何罪　才名空誤身　　忠信 亦た何の罪ならん、才名 空しく身を誤つ。

歸來聊且止　老去莫逢嗔　　歸り來れば聊か且に止まんとす、老い去りて嗔《いか》りに逢ふこと莫からん。
樽酒它年事　相看醉此晨　　樽酒 它年の事、相ひ看ん 此の晨《あした》に醉ふを。

蘇轍「臘雪五首」其三、其四、其五（『欒城集』巻九）

其三では久しく「歸耕の意」、即ち歸隱する存念があったが、一度官途に就いたことにより、長く柵に囚われてしまったという。「羅網」は官僚としての柵の比喩であるが、實は新法のことであり、延いては獄囚の身である蘇軾を表している。蘇轍は飛來する霙とともにその「愁思」も歳晩にわたって續くことに心を痛めたのであった。其四でも緩むことのない切々とした「憂愁」と吹き荒れる「風雪」が描かれる。かかる状況下で蘇轍は歸隱の意思を自ら問い直した。そして、其五では冷たい「雪霜」は味方になり得ず、心勞が極まる様子を詠む。それは「忠信」も「才名」も却って罪に問われて身命を危うくすることになったためだが、これも「忠信」からの詩文創作が罪となり、また、その詩文により得た大きな「才名」によって投獄された蘇軾を暗示する。(30) そこで、蘇轍は存念に從って兄弟ともに歸隱すれば心勞も危機も消え、そのまま老いゆけば怒りに觸れることも無かろうと詠み、また、その曉には酒を酌み交わし、互いに二日醉いをする様を見て長閑に過ごすことを望んだのであった。

かかる蘇轍の〈烏臺詩案〉の時期における詩には「子瞻」「兄」など蘇軾を直接に示す語はない。しかし、この「臘雪五首」からも、様々な間接的な表現によって嚴寒の獄中にいる蘇軾を心配する蘇轍の思いが窺える。特に其五は、蘇軾「獄中寄子由詩」の重要な詩句である「傷神（神を傷ましむ）」があり、また、「誤身（身を誤つ）」「它年」など「獄中寄子由詩」の「亡身（身を亡す）」「他年」と通じる詩句が見える。「傷神」は、現存する蘇軾詩では「獄中寄子由詩」のみに用い、蘇轍も「臘雪五首」其五にのみ用いた詩句であったことからも、蘇轍が「獄中寄子由詩」を意識したことは明らかであり、蘇轍が「獄中寄子由詩」を受け取った傍証とも言えよう。(31)

また、除日において、蘇轍は去る年を總括し、來る年に希望を掲げる詩を詠んだ。

小兒不知老人意　賀我明年四十二
人生三十百事衰　四十已過良可知
少年讀書不曉事　坐談王霸了不疑
脂車秣馬試長道　一日百里先自期
不知中途有陷穽　山高日莫多棘茨
長裾大袖足鉤挽　却行欲返筋力疲
蝮蛇當前猛虎後　脱身且免充朝飢
歸來掩巻涙如雨　平生讀書空自誤
山中故人一長笑　布衣脱粟何所苦
古人知非不嫌晩　朝來聞道行當返
四十一歳不可言　四十二歳聊自還

小兒は老人の意を知らず、我の明年四十二なるを賀す。
人生三十にして百事衰へ、四十は已に過ぎて良に知るべし。
少年　讀書するも事曉らかならず、坐して王霸を談ずれば了に疑はず。
脂車秣馬して長道に試み、一日百里　先づ自ら期す。
知らず　中途に陷穽有り、山高く日莫れて棘茨多かるを。
長裾大袖　鉤挽するに足り、却行して返らんと欲せば筋力疲る。
蝮蛇は當前に猛虎は後にあり、身を脱し且に免れんとするも朝飢を充たす。
歸來して掩巻すれば涙　雨の如し、平生書を讀むも空しく自ら誤つ。
山中の故人　一に長笑し、布衣脱粟　何の苦しむ所ぞとす。
古人　非を知れば晩るるを嫌はず、朝來　道を聞かば行く當に返るべし。
四十一歳　言ふべからず、四十二歳　聊か自ら還らん。

蘇轍「四十一歳歳莫日歌」（『欒城集』巻九）

あどけない幼子（當時、蘇轍の次子蘇适は十三歳であり、蘇軾の次子蘇迨は十歳、第三子蘇過は八歳であった）が何も知らずに來年四十二歳となる自分を祝賀する中、蘇轍は自らの人生を回顧する。若い頃はただ書物を讀みふけり、理想の政治を議論していた。その理想を實現すべく官途に就いたが、中途に落とし穴があり、それでも暗い山を越えて荊の道を進むほかなかった。長い裾や袖に度々物が引っかかって、後戻りせんとしては疲勞困憊することもあったという。これは、これまでの官僚としての道程と苦惱を比喩したものである。そして、この度、前後に待つ「蝮蛇」と「猛虎」から脱出せんとするも、それらの朝の飢えを滿たす結果となったとあるが、これこそが〈烏臺詩案〉を指すのであろう。そこで、蘇轍は讀書をやめて歸隱することを考える。山中に隱棲する友人は脱俗の身には何の苦しみもないと笑い、古の賢人は前非を知ればそれをすぐに改め、また、道を聞けばそのまま歸隱するものと說いたからである。

これまで述べてきたように、蘇轍は〈烏臺詩案〉の時期の詩において屢々「歸隱」を標榜する。この詩でも自らの來し方と兄弟を襲った災患を詠み、朝廷の有様を諷刺した後、「古人」の「道」に倣わんとし、「四十一歲言ふべからず、四十二歲聊か自ら還らん」と、四十一歲の今年は言うことができなかったが、來年四十二歲のときには歸隱することを表明せんという。但し、〈烏臺詩案〉及びその連座によって筠州に謫遷されることが決定した狀況下に說く「歸隱」は、ただ俗世間から退いて隱棲するだけではなかろう。彼の處世に鑑みても、却って内に祕めたる壯志が讀み取れる。當時の蘇轍にとって、「歸隱」は志を得られないときに再起を圖らんとして一時的に退くものであり、そこで自らの思想を著述することに專心したのであった。

四、おわりに

蘇轍は〈烏臺詩案〉が起こる以前から蘇軾に新法を諷刺する詩文の創作を控えるように促していた。蘇轍は「亡兄子瞻端明墓誌銘」にて當時の蘇軾の詩文について、「初公既補外、見事有不便於民者、不敢言、亦不敢默視也。緣詩人之義、託事以諷、庶幾有補於國（初め公（蘇軾）既に外に補して、事を見て民に便ならざる者有らば、敢へて言はず、亦た敢へて默視せざるなり。詩人の義に緣りて、事を託して以て諷し、庶幾はくは國に補する有らんとす）」と評しており、その正當性を確信していた。しかし、神宗の政治方針や當時の情勢から判斷して、蘇軾に自粛を促さざる得なかったのであろう。結局、蘇軾は御史臺に投獄されたが、そこで、蘇轍は事前に王詵から情報を得てそれを蘇軾に傳え、また、投獄の後には蘇軾の家族を保護し、翌年には彼らを黃州に謫せられた蘇軾のもとに送り屆けた。また、その間、蘇軾の助命嘆願の上書を奉り、また、致仕していた老臣張方平にも働きかけるなどして、蘇軾の罪が輕減されるように盡力したのである。

そして、かかる盡力により心勞を重ねた蘇轍の側にいたのが、王適や文務光など蘇軾・蘇轍の門弟である。蘇轍は自らの率直な心情を吐露しつつ、若い彼らを薫陶せんとした。蘇轍が彼らに寄せた詩からは、蘇轍の蘇軾を一途に案じる思いとともに、彼の愼重かつ緻密な觀察眼と處世觀、門弟への教育姿勢などが窺える。特に詩文創作において、蘇轍は一層愼重な姿勢を維持し、かつ、彼の『詩經』解釋を收めた『詩集傳』は、門弟への詩に言及が見える「式微」がそうであったように、自らの經驗や歷史事象に鑑みて實感的な解釋を心がけたと言える。

〈烏臺詩案〉より以後、蘇軾・蘇轍兄弟は一層連攜を深め、舊法黨が政權を執った元祐年間（一〇八六～九三）のうち、洛蜀の黨爭の激しい時期には蘇軾は中央政界における出世を蘇轍に任せる形で外任を願い、「元祐更化」の終結後に彼らが流謫された際にも、著述及び編纂を行い、勵まし合いながら再起を圖った。かかる後半生の指針となったのが、離れ離れの中で兄弟それぞれが最善を盡くした〈烏臺詩案〉であったのであろう。

注

（1）〈烏臺詩案〉の先行研究については特に以下の論著を參照。

①近藤一成『宋代中國科學社會の研究』第Ⅲ部「個人篇　文人官僚蘇東坡」（汲古書院、二〇〇九年）

•「東坡の犯罪――『烏臺詩案』の基礎的考察――」（初出『東方學會創立五十周年記念　東方學論集』、東方學會、一九九七年）

②内山精也『蘇軾詩研究　宋代士大夫詩人の構造』第Ⅱ部「東坡烏臺詩案考」（研文出版、二〇一〇年）

・「東坡烏臺詩案考（上）――北宋後期士大夫社會における文學とメディア――」（初出『橄欖』第七號、宋代詩文研究會、一九九八年）
・「東坡烏臺詩案考（下）――北宋後期士大夫社會における文學とメディア――」（初出『橄欖』第九號、宋代詩文研究會、二〇〇〇年）

（2）蘇轍の思想や來歴については特に以下の論著を參照。
①曾棗莊『蘇轍評傳』（曾棗莊三蘇研究叢刊、巴蜀書社、二〇一八年。初出 臺北五南圖書出版公司、一九九五年）
②孔凡禮『蘇轍年譜』（學苑出版社、二〇〇一年）

（3）蘇轍の詩文は主に『蘇轍集』（全四册、中華書局、一九九〇年）參照。

（4）蘇軾「與章子厚參政書二首」其一（『蘇軾文集』卷四十九）。蘇軾の詩文は主に『蘇軾詩集』（全八册、中華書局、一九八二年）、『蘇軾文集』（全六册、中華書局、一九八六年）參照。

（5）保苅佳昭「蘇軾の超然臺の詩詞――熙寧九年に起こった詩禍事件――」（『日本中國學會報』第五十一集、日本中國學會、一九九九年）に詳しい。

（6）蘇軾「湖州謝上表」（『蘇軾文集』卷二十三）。

（7）蘇轍「亡兄子瞻端明墓誌銘」（『欒城後集』卷二十二）。

（8）孔平仲『孔氏談苑』卷一（唐宋史料筆記叢刊、中華書局、二〇一二年）。

（9）『續資治通鑑長編』卷三〇一（全三十四册中第二十一册、中華書局、一九九〇年）。『續資治通鑑長編』卷三〇一では「詵等皆特責」を「軾等皆特責」に作るが、『續資治通鑑』卷七十四では、前後の文脈から改める。本論でもそれに從う。

（10）蘇軾「王子立墓誌銘」（『蘇軾文集』卷十五）。引用部分の後に「而子立又從子由謫於高安・績溪、同其有無、賦詩絃歌、講道著書於席門茅屋之下者五年、未嘗有慍色」とある。王適は元祐四年（一〇八九）冬卒、享年三十五。

（11）蘇軾「杭州召還乞郡狀」（『蘇軾文集』卷三十二）。元祐六年（一〇九一）五月十九日作。

（12）更に蘇頌は「己未九月予赴鞫御史、聞子瞻先已被繫。予晝居三院東閣、而子瞻在知雜南廡、才隔一垣、不得通音息。

因作詩四篇、以爲異日相遇一噱之資耳」を詠む。ともに蘇頌『蘇魏公文集』巻十所收（中華書局、一九八八年）。

（13）邵伯溫『邵氏聞見録』（唐宋史料筆記叢刊、中華書局、一九八三年）、葉夢得『避暑録話』（全宋筆記第2編（10）、大象出版社、二〇〇六年）、曾敏行『獨醒雜志』（文淵閣四庫全書）。また、林語堂『蘇東坡（上）』（合山究訳、講談社學術文庫、一九八六年）では、兩説を併せて「蘇轍は詩を讀んだ後、泣き伏して受け取らなかったため、獄卒の梁成は持ち去り、上に報告した」とし、蘇轍が初めから蘇軾の謀の筋書を推測していたとする。

（14）注（1）②内山精也『蘇軾詩研究　宋代士大夫詩人の構造』第Ⅱ部「東坡烏臺詩案考」に詳しい。獄中で詠まれた蘇軾「己未十月十五日、獄中恭聞太皇太后不豫、有赦、作詩」、同「十月二十日、恭聞太皇太后升遐、以軾罪人、不許成服、欲哭則不敢、欲泣則不可、故作挽詞二章」（『蘇軾詩集』巻十九）からも、當時の蘇軾の狀況と心情の變化が窺える。

（15）蘇轍「爲兄軾下獄上書」の内容・構成については、主に清水茂『中国古典選38　唐宋八家文　四』（朝日新聞社、一九七九年）、向島成美・高橋明郎『新釈漢文大系75　唐宋八大家文読本　六』（明治書院、二〇一六年）參照。

（16）緹縈の故事は『史記』孝文本紀及び扁鵲倉公列傳、『漢書』刑法志等に記載。『史記』孝文本紀において文帝が歌う『詩經』大雅「泂酌」は「豈弟」を「愷悌」に作る。

（17）注（1）②内山精也『蘇軾詩研究　宋代士大夫詩人の構造』第Ⅱ部「東坡烏臺詩案考」。

（18）張方平『樂全集』（文淵閣四庫全書）。『續資治通鑑長編』巻三〇一にも引用されており、それも參照する。

（19）馬永卿輯・王崇慶解『元城語錄解』巻下（文淵閣四庫全書）に、劉安世の言として「子弟固欲其佳、然不佳者、未必無用處也。元豐二年秋冬之交、東坡下御史獄、天下之士痛之、環視而不敢救。時張安道致仕在南京、乃憤然上書、欲附南京遞、府官不敢受、乃令其子恕持至登聞鼓院投進。恕素愚懦、徘徊不敢投、久之東坡出獄。」とある。劉安世が朔黨の領袖として蘇軾・蘇轍と對立したことは、西野貞治「蘇軾と元祐黨争渦中の人々」（『人文研究』23（3）、大阪市立大學文學部、一九七二年）に詳しい。

（20）蘇轍「追和張公安道贈別絶句并引」（『欒城三集』巻一）。序文に記載された張方平詩は「可憐萍梗飄浮客、自嘆匏瓜老病身。從此空齋掛塵榻、不知重掃待何人」というもので、別集『樂全集』には未收録である。

(21) 朋九萬撰『東坡烏臺詩案』（叢書集成初編七八五、中華書局、一九八五年）參照。また、『續資治通鑑長編』巻三〇一に「祠部員外郎・直史館蘇軾、責授檢校水部員外郎・黄州團練副使・本州安置、不得簽書公事、令御史臺差人轉押前去。絳州團練使・駙馬都尉王詵、追兩官勒停。著作佐郎・簽書應天府判官蘇轍、監筠州鹽酒稅務。正字王鞏、監賓州鹽酒稅務、令開封府差人押出門、趣赴任」とある。

(22) 蘇軾の朝廷誹謗とされた詩文については、注（1）に擧げた論著に既述。〈烏臺詩案〉において、「子由に與ふ」とされた詩は「潁州初別子由二首」其一（『蘇軾詩集』巻六）、「捕蝗至浮雲嶺、山行疲茶、有懷子由弟二首」其二（『蘇軾詩集』巻十二）、「初到杭州寄子由二絶」其一（『蘇軾詩集』巻七）、「遊徑山」（『蘇軾詩集』巻七）であるが、それ以外の詩文（「戲子由」、「水調頭歌」、「次韻答邦直・子由五首」其五など）も蘇轍に關係するものは多い。

(23) 注（2）①曾棗莊『蘇轍評傳』第十三章に、該詩について「這里〝所思〞的〝斯人〞正是蘇軾，他冰清玉沽，很少有人了解也」とある。②孔凡禮『蘇轍年譜』巻七もまた、該詩を引いた後、「所思謂軾也」と述べる。

(24) 張耒『柯山集』（文淵閣四庫全書）、また、『張耒集』（上下冊、中華書局、一九九〇年）も參照。

(25) 元豐二年（一〇七九）十二月作の蘇轍「次韻王適雪晴復雪二首」其一（『欒城集』巻九）にも「人生但如此、富貴何用禱。所思獨未見、耿耿屬懷抱。」とあり、この「所思」も蘇軾を指す。また、「式微」については、元祐元年（一〇八六）作の「次韻李曼朝散得郡西歸留別二首」其一（『欒城集』巻十五）、崇寧二年（一一〇三）作の「九日三首」其二（『欒城後集』巻三）に見えるが、前者は正に歸隱の歌として「歸去來兮辭」とともに擧げ、後者は元祐黨禁により潁昌府から汝南に遷居した年の重陽節に「狂夫老無賴、見逐便忘歸。……憂患十年足、何時賦式微」と、歸れない現狀を慨嘆するもので蘇軾や〈烏臺詩案〉、門弟に關係しない。

(26) 蘇轍「登南城有感、示文務光・王適秀才」の四句目は『楚辭』「離騷」の「恐鵜鴂之先鳴兮、使夫百草爲之不芳」を踏まえており、王逸注に「言我恐鵜鴂以先春分鳴、使百草華英摧落、芬芳不得成也。以喩讒言先至、使忠直之士蒙罪過也」とある。十二句目も『楚辭』「漁父」の「滄浪之水清兮、可以濯吾纓。滄浪之水濁兮、可以濯吾足」を踏まえる。石本道明「「烏臺詩案」前後の蘇軾の詩境――「楚辭」意識について」（『國學院雜誌』第九〇巻・第二號、國學院大學出版部、一九八九年）に當時の蘇軾が詠んだ屈原像の變遷が考察されている。

（27）秋谷幸治「「式微」を歌う詩人――王維「渭川田家」詩の解釋を手がかりにして――」（『集刊東洋學』第一一三號、中國文史哲研究會、二〇一五年）。また、蘇轍と『詩經』については特に以下の論著を參照。

①魯洪生主編『詩經集校集注集評』卷二（全十五卷、現代出版社・中華書局、二〇一五年）

②種村和史『詩經解釋學の繼承と變容　北宋詩經學を中心に据えて』第二部「北宋詩經學の創始と展開」（研文出版、二〇一七年）

③江口尚純「蘇轍の詩經學」（『靜岡大學教育學部研究報告人文・社會科學篇』第四十四號、一九九四年）

④石本道明「蘇轍『詩集傳』と朱熹『詩集傳』」（『國學院雜誌』第一〇二卷・第十號、國學院大學出版部、二〇〇一年）

（28）蘇轍『詩集傳』は『兩蘇經解』第三册（全四册、京都大學漢籍善本叢書、同朋舍出版、一九八〇年）參照。

（29）蘇轍「次韻張耒見寄」（『欒城集』卷九）。張耒「自南京之陳宿柘城」（『柯山集』卷十二）に次韻した作である。

（30）注（2）②孔凡禮『蘇轍年譜』卷七に、該詩について「其五中云：「忠信亦何罪，才名空誤身。」直爲軾控訴」とある。

（31）「神傷」ならば、蘇軾「自普照游二庵」（『蘇軾詩集』卷九）及び蘇轍「答文與可以六言詩相示、因道濟南事作十首」其六（『欒城集』卷六）、同「孔毅父封君挽詞二首」其一（『欒城集』卷十二）に見える。

作爲宗教信徒的蘇轍

——一個北宋官僚士大夫的信仰軌跡——

林　岩

宋代的官僚士大夫，多與僧人、道士有著廣泛的交往，關於這一點，學界大多已有共識。但在現有的研究中，有意或者無意，學者們一般多將興趣集中在宋代官僚士大夫與佛教（尤其是禪宗）的關係上，而對於他們與道教的關係，則較少給予關注。一般而言，往往又多是選取某一位官僚士大夫，就其與佛教或道教的交涉，進行單一維度的考察，而極少能夠進行綜合的探討。這固然是為了研究深入而採取的權宜之計，但不可避免地，卻也影響了我們去瞭解這位官僚士大夫，在面對佛教、道教時，到底有著怎樣的權衡和取捨，在其心目中，哪一種宗教信仰更為重要，以及為何如此？

蘇轍（1039－1112），作為一位具有很高聲望的宋代官僚士大夫，在信仰方面，他也幾乎可以被視為是一位嚴肅的宗教踐行者。在其現存的詩文著述以及筆記當中，他對於自己與佛教、道教接觸的過程，有著相當清晰的記述。更為重要的是，他對於自己在宗教實踐中所進行的探索、所面臨的困惑，尤其是晚年的宗教轉向，都提供了極為豐富的細節描述，從而為我們勾勒其信仰軌跡提供了諸多線索。換言之，蘇轍本身豐富的宗教體驗，為我們瞭解宋代官僚士大夫如何與佛教、道教發生關係，又如何在兩者之間取捨，提供了一個的生動的案例①。

有一點必須予以指出：與此前關於蘇轍的思想研究有所不同，本文明確將蘇轍的學術著述與其信仰實踐區分開來。在筆者看來，前者如《詩集傳》、《春秋集解》、《老子解》、《古史》之類，主要是以一種〝學問家〟的姿態來進行撰述，儘管會有一些個人創見，但主要是秉承傳統的著述方式；而後者則是基於其宗教實踐的體驗、行為，以及他個人的主觀感受，並以此作為主要依據，從宗教信徒的角度來探尋蘇轍的信仰追求。如果將兩者混淆起來，則無法對蘇轍的宗教信仰予以準確的把握。[2]

一、疾病與養生：早年與道教之接觸

儘管蘇轍在幼年時，曾和兄長蘇軾一起在天慶觀跟隨道士張易簡讀書，但這顯然不能作為他受到道教影響的依據。因為，那不過是跟隨道士讀書識字，接受啟蒙教育而已。[3] 根據蘇轍的自述，他初次接觸到道教的修煉之術，大約是在治平三年（1066），因父親蘇洵病逝，他和兄長蘇軾一起運送靈柩返回四川，在經過三峽時，有仙都山的道士出示《陰真君長生金丹訣》給他看，並告訴他內丹、外丹之說。[4] 但他似乎並沒有就此進行道教修煉的嘗試。

熙寧三年（1070）正月，朝廷任命張方平做陳州的地方長官（知州），張方平隨即徵召蘇轍擔任陳州教授。[5] 正是在陳州教授任上，蘇轍開始了自己道教修煉的實踐。據其所作《服茯苓賦》，其中有一段文字說：

> 余少而多病，夏則脾不勝食，秋則肺不勝寒。治肺則病脾，治脾則病肺。平居服藥，殆不復能愈。年三十有二，官于宛丘，或憐而受之以道士服氣法，行之期年，二疾良愈。蓋自是始有意養生之說。[6]

根據此段文字所述，蘇轍是因為脾、肺有病，服藥效果不佳，得人傳授道士服氣法，自行修煉之後，發現頗有效果，才由此留意道教養生之說。至於何人傳授他此種養生術，文中雖未明言，但從他的其它著述中，還是可以找到答案。

在蘇轍筆記中的一條記述中，他提及自己在擔任陳州教授時，曾結識了一位名叫王江的道人，向他請教過養生之術，結果遭到了對方的拒絕(7)。但在他別的文字中，卻又透露出，正是這位道人王江，向他傳授了養生術。如他在熙寧五年（1072），在一首酬答蘇軾的詩作中有如下敘述：

先師客陳未嘗飽，弟子於今敢言巧。敗牆破屋秋雨多，夜視陰精過畢昴。韲鹽冷落空杯盤，且依道士修還丹。
丹田發火五臟暖，未補漫漫長夜寒。我生疲駑戀笙豆，崔翁游邊指北斗。唯有王江亦未歸，閉門無客邀沽酒。
（自注：宛丘道人王江好飲酒，去冬游沈丘，遂不歸(8)。）

詩中明確說明，他是從道士那里得到了養生之術，而且在自注中特別提到了道士王江的名字。這就暗示，極有可能是王江傳授給他的。而且，另一個旁證是，在他晚年所作的一首詩中，再次提及了王江的名字：

幽居漫爾存三徑，燕坐何妨應六窗。老憶舊書時展卷，病封藥酒旋開缸。
小園搖落黃花盡，古檜飛鳴白鶴雙。珍重老盧留種子，養生不復問王江(9)。

根據這些一再出現的證據，我們可以合理地推斷，傳授給蘇轍養生術的正是道士王江。

蘇轍在結束了陳州教授的任期後，熙寧六年（1073）四月又被徵召為齊州掌書記，在今天的山東濟南一帶做官(10)。在他的上司中，有一位是李常，他是黃庭堅的舅舅。也許是通過這層關係，他認識了黃庭堅的兄長黃大臨，而黃大臨就曾在齊州向他傳授過養生術，這在他後來給黃庭堅的一首詩中提及了此事：

病臥江干須帶雪，老撚書卷眼生煙。貧如陶令仍耽酒，窮似湘累不問天。令弟近應憐廢學，大兄昔許叩延年。比聞蔬茹隨僧供，相見能容醉後顛。（自注：魯直兄舊于齊州以養生見教。）[11]

此後，在他的齊州掌書記任滿之際，熙寧十年（1077）二月，蘇軾被任命為徐州知州。蘇轍陪同蘇軾一起到徐州上任，在那裏他認識了退休官員王仲素，對方也曾向他傳授養生術。這在他贈給王仲素的一首詩中敘及此事：

灊山隠君七十四，紺瞳緑髪初謝事。腹中靈液變丹砂，江上幽居連福地。彭城為我住三日，明月滿船同一醉。丹書細字口傳訣，顧我沉迷真棄耳。年來四十髪蒼蒼，始欲求方救憔悴。它年若訪灊山居，慎勿逃人改名字。[12]

蘇轍在詩中說，因為自己身體狀況不好，年近四十已白髪蒼蒼，所以特別沉迷於養生之術，幸好得到王仲素的指授。在同一時期蘇軾寫給劉攽的信中，也特別提及了此事，信中說：

王寺丞信有所得，亦頗傳下至術，有詩贈之，寫呈，為一笑。老弟亦稍知此，而子由尤為留意。淡於嗜好，行之有常，此其所得也。吾儕於此事，不患不得其訣及得而不曉，但患守之不堅，而賊之者未淨盡耳。[13]

根據信中所述，顯然蘇轍對於養生之術頗為著迷，而且嚴格地遵照實施，以至於蘇軾對其堅強的意志也感到佩服。

熙寧十年（1077）二月，張方平被朝廷任命為南京（應天府）留守，他又徵召蘇轍擔任簽書應天府判官。在此期間，通過蘇軾與友人的書信，我們看到蘇轍正不間斷地遵照養生術進行修煉。如蘇軾在給范景山的信中說：

子由在南都，亦多苦事。……近齋居，內觀於養生術，似有所得。子由尤為造入。景山有異書秘訣，倘可見教乎？⒁

又在給王鞏的書信中說：

子由昨來陳相別，面色殊清潤，目光烱然，夜中行氣臍腹間，隆隆如雷聲。其所行持，亦吾輩所常論者，但此君有志節能力行耳。⒂

根據信中所述，蘇轍一直在堅持養生術的修煉，而且似乎也頗有成效，身體狀況大有改觀。所以蘇軾十分佩服弟弟超出常人的意志力。

應當提及的是，蘇轍之所以對道教養生術有如此大的熱情，也極有可能受到了周圍人的影響，其中最可能影響到他的就是張方平。張方平不僅很早就賞識蘇氏兄弟的才華，而且他還兩度徵召蘇轍作自己的僚屬，兩人有著十分密切的私人關係。而張方平本人就熱衷於道教養生修煉。如蘇轍在應天府做官時，他就發現張方平專門在家里養了一位道士，讓其為自己煉丹。蘇轍在筆記中記述說：

後十余歲，官于南京，張公安道家有一道人，陝人也，為公養金丹。其法用紫金丹砂，費數百千，期年乃成。

公喜告予曰：〝吾藥成，可服矣。〞予謂公何以知其藥成也。公曰：〝《抱樸子》言：藥既成，以手握之，如泥出指間者，藥真成也。今吾藥如是，以是知其成無疑矣。〞予為公道仙都所聞，謂公曰：〝公自知內丹成，則此藥可服，若猶未也，姑俟之若何？〞公笑曰：〝我姑俟之耶。〞[16]

另外，蘇轍在元豐二年（1079）為張方平生日所做的一首詩歌中，更是明確提及了張方平對於自己道教信仰的直接影響。詩中說：

嗟我本俗士，從公十年遊。謬聞出世語，俛作籠中囚。俯仰迫憂患，欲去安自由。問公昔年樂，孰與今日優？山中許道士，非復長史儔。腹中生棃棗，結實從今秋。[17]

詩中的最後一句，採用道教養生修煉的術語，表達了自己意欲效仿張方平，將道教養生修煉堅持下去，直到成功的自我期許。

二、貶逐與求法：謫筠期間的禅林交游与道教修炼

元豐二年（1079）年八月，蘇軾因在詩歌中譏刺新法，被人抓住了把柄，下御史台獄。蘇轍為了營救兄長，上書朝廷，表示願意納官為蘇軾贖罪。十二月，朝廷處分下來，蘇軾謫遷黃州團練副使，蘇轍則被貶為監筠州鹽酒稅。蘇轍由此開始了自己長達七年的謫居生活，在此期間，由於深入接觸禪宗僧人，他的宗教信仰發生了顯著的變化。

在貶逐筠州之前，蘇轍與禪宗僧人有過一定的接觸，但關係似乎並不密切[18]。然而到了筠州之後，這里濃厚的宗教氣息，卻使他與禪宗僧人有了密切交往的機會，同時他的道教養生修煉也在持續進行。對於筠州的宗教氛圍，他曾在元豐四年（1081）文章中有如下敘述：

昔東晉太寧之間，道士許遜與其徒十有二人，散居山中，能以術救民疾苦，民尊而化之。至今道士比他州為多，至於婦人孺子，亦喜為道士服。唐儀鳳中，六祖以佛法化嶺南，再傳而馬祖興於江西。於是洞山有價，黃蘖有運，真如有愚，九峰有虔，五峰有觀。高安雖小邦，而五道場在焉。則諸方游談之僧接跡於其地，至於以禪名精舍者二十有四。此二者，皆他方之所無，予乃以罪故，得兼而有之。

余既少而多病，壯而多難，行年四十有二，而視聽衰耗，志氣消竭。夫多病則與學道者宜，多難則與學禪者宜。既與其徒出入相從，於是吐故納新，引挽屈伸，而病以少安。照了諸妄，還復本性，而憂以自去，灑然不知網罟之在前與桎梏之在身，孰知夫險遠之不為予安，而流徙之不為予幸也哉！[19]

根據文中所述，筠州當地不僅散居許多道士，而且也有不少禪宗道場，因而當地的宗教氣息特別濃厚。而蘇轍本人多病的身體狀況、以及在貶逐中的多難處境，則促使他去與這些僧人、道士廣泛接觸，從而使自己的宗教信仰生活變得更加豐富、充實，也減輕了因貶逐而帶來的精神苦悶。茲分述之：

1．筠州期間的禪林交遊：

根據蘇轍自己的詩文記述，他在謫居筠州期間，交往的禪宗僧人，主要有：洞山克文、黃蘗道全、聖壽省聰、景城順長老、石台問長老。正是通過這些禪僧，他對於禪宗修習有了深入瞭解和親身實踐的機會。對此他在詩文中，有明確說明。如他在給聖壽省聰禪師所撰寫的墓碑中說：

予元豐中，以罪謫高安，既涉世多難，知佛法之可以為歸也。是時洞山有文、黃蘗有全、聖壽有聰，是三老人皆具正法眼，超然無累於物。予稍從之遊，既久而有見也。居五年，予自高安移宰績溪。未幾而全委化，文去洞山，聰去聖壽。凡十年，予再謫高安，而文住歸宗，聰退老黃蘗不復出矣。[20]

同時，他又在另外一首詩中說：

身老與世疏，但有世外緣。五年客江西，掃軌謝往還。依依二三老，示我馬祖禪。身心忽明曠，不受垢汙纏。偶成江東遊，欲別空淒然。緣散眾亦去，飄若風中煙。（自注：高安三長老，與之甚熟，別後文老去洞山，聰老去聖壽，全老化去。）[21]

通過這些詩文可知，洞山克文、黃檗道全、聖壽省聰，在禪宗修習方面，給了他許多直接的指導，正是在筠州，他接觸到了馬祖禪，即禪宗的臨濟宗一派。

關於這些禪僧，通過蘇轍的詩歌，可以見出他們相互交往的情形。如他與洞山克文之間，有過多次的往還。他在詩中提及洞山克文與黃檗道全曾在雪天拜訪自己：

江南氣暖冬未回，北風吹雪真快哉。雪中訪我二大士，試問此雪從何來。君不見六月赤日起冰雹，又不見臘月幽谷寒花開。紛然變化一彈指，不妨明鏡無纖埃。

——《欒城集》卷11《雪中洞山、黃檗二禪師相訪》

又提及曾與洞山克文一起夜話：

山中十月定多寒，纔過開爐便出山。堂眾久參緣自熟，郡人迎請怪忙還。問公勝法須時見，要我清談有夜闌。今夕客房應不睡，欲隨明月到林間。

——《欒城集》卷13《約洞山文老夜話》

在自己離開筠州時，洞山克文曾與石台問長老一起前來送行：

竄逐深山無友朋，往還但有兩三僧。共遊渤澥無邊處，扶出須彌最上層。未盡俗緣終引去，稍諳真際自虛澄。坐令顛老時奔走，竊比韓公愧未能。

——《欒城集》卷13《謝洞山、石台遠來訪別》

此外，他還曾為洞山克文開堂說法時的禪宗語錄，寫過序言。文中對其禪法給予了很高的評價：

有克文禪師，幼治儒業，弱冠出家求道，得法于黃龍南公，說法于高安諸山。晚居洞山，實繼悟本，辯博無礙，徒眾自遠而至。元豐三年，予以罪來南，一見如舊相識。既而其徒以語錄相示，讀之縱横放肆，為之茫然自失。蓋余雖不能詰，然知其為證正法眼藏，得遊戲三昧者也。故題其篇首。(22)

洞山克文是臨濟宗黃龍派之開創祖師黃龍慧南的弟子，在當時的禪林界聲譽卓著，故而有眾多弟子追隨，也因此留下了自己傳法的語錄。

他與黃檗山的道全禪師，有過交往，但並不頻繁，主要的原因大概是道全禪師當時已經生病，身體不適。所以他曾有詩表示慰問：

四大俱非五蘊空，身心河嶽盡消鎔。病根何處容他住，日夜還將藥石攻。——《欒城集》卷12《問黃檗長老疾》

在道全禪師過世之後，蘇轍曾為之撰寫塔銘，追憶了彼此交往的情形，特別提及道全熱心向自己傳授禪法：

元豐三年，眉山蘇轍以罪謫高安，師一見曰："君靜而惠，可以學道。"轍以事不能入山。師每來見，輒語終日不去。六年，師得疾甚苦，從醫於市，見我語不離道，曰："吾病宿業也，殆不復起矣。君無忘道，異時見我，無相忘也。"既而病良愈，還居山中。(23)

根據文中所述，我們還可得知，黃檗道全是洞山克文的弟子，經由後者指點而得悟禪法，所以道全禪師也是屬於臨濟宗的黃龍一派。

蘇轍與聖壽寺的省聰禪師，顯然關係密切得多，因為他們幾乎經常見面，大概是因為聖壽寺接近筠州市區的緣故。蘇轍對此在詩中也有描述：

朝來賣酒江南市，日暮歸為江北人。禪老未嫌參請數，漁舟空怪往來頻。

每慚菜飯分齋缽，時乞香泉洗病身。世味漸消婚嫁了，幅巾條褐許相親。

——《欒城集》卷12《余居高安三年，每晨入暮出，輒游聖壽訪聰長老，謁方子明，浴頭笑語，移刻而歸，歲月既久，作一詩記之》

當蘇轍離開筠州時，他還曾專門寫詩道別：

五年依止白蓮社，百度追尋丈室遊。睡待磨茶長輾轉，病蒙煎藥久遲留。
贊公夜宿詩仍作，巽老堂成記許求。回首萬源俱一夢，故應此物未沈浮。

——《欒城集》卷13《回寄聖壽聰老》

由此可以見出兩人有著深厚的情誼。在一篇介紹省聰法師求法經過的文章中，他也提及了自己向省聰求法的情形：

禪師聰公，昔以講誦為業，晚遊淨慈本師之室，誦南嶽思大和尚口吞三世諸佛語，迷悶不能入。一日為本燒香，本曰："吾疇昔為汝作夢，甚異。汝不悟即死，不可不勉。"師茫然不知所謂，既而禮僧伽像，醒然有覺，知三世可吞無疑也。趨往告本，本曰："向吾夢汝吞一世界一剃刀，汝今日始從迷悟，是始出家，眞吾子也。"乃擊鼓升座，為衆說此事。聽作禮涕泣而罷。聽住高安聖壽禪院，予嘗從之問道。聽曰："吾師本公未嘗以道告人，皆聽其自悟，今吾亦無以告子。"予從不告門，久而入道。(24)

根據文中所述，省聰禪師得法于在當時禪林聲譽卓著的淨慈宗本禪師，而宗本屬於雲門宗僧人，所以省聰禪師也是雲門宗的禪僧。可見蘇轍在筠州期間，與臨濟宗、雲門宗的僧人都有頗為密切的交往。在省聰禪師過世之後，蘇轍也為之撰寫了塔銘。(25)

蘇轍與景福順長老的交往頗為特別，因為後者在廬山跟隨雲門宗僧人圓通居訥學法時，曾與他的父親蘇洵有過交集。這在蘇轍寫給對方的詩中，特別做了說明：

　轍幼侍先君，聞嘗遊廬山，過圓通，見訥禪師，留連久之。元豐五年，以讁居高安，景福順公，不遠百里惠然來訪，自言昔從訥於圓通，逮與先君遊，歲月遷謝，今三十六年矣。二公皆吾里人，訥之化去已十一年，而順公年七十四，神完氣定，聰明了達。對之悵然，懷想疇昔，作二篇贈之[26]。

更有意思的是，蘇轍在向景福順長老請教禪法時，對方曾以特別的方式予以啟發，這給蘇轍留下了深刻的印象。他不僅在詩中專門記述此事：

　中年聞道覺前非，邂逅仍逢老順師。搐鼻徑參真面目，掉頭不受別鉗錘。
　枯藤破衲公何事，白酒青鹽我是誰。慚愧東軒殘月上，一杯甘露滑如飴。

——《欒城集》卷13《景福順長老夜坐道古人搐鼻語》

而且還在另一篇文章追憶了此事：

　長老順公，昔居圓通，從先子遊數日耳。頃予讁高安，特以先契訪予再三。予嘗問道於公，以搐鼻為答。予即以偈謝之曰："搐鼻徑參真面目，掉頭不受別鉗錘。"公頷之。紹聖元年，予再讁高安，而公化去已逾年矣。其門人以遺像示予，焚香稽首而贊之曰[27]。

此段往事後來成為禪林傳法的一段佳話，被收入禪宗燈錄《五燈會元》之中，並將蘇轍列為景福順長老的得法弟子之一[28]。

蘇轍與石台問長老的交往，更多是出於同鄉之誼，因為問長老本是成都人，後來出家到了江西。他特別精熟《法

華經》，不僅自己抄寫，而且還反復吟誦，這給蘇轍留下了很深的印象，但是在禪法方面，似乎並沒有什麼傳授。(29)

在謫居筠州的七年間，因為與禪宗僧人有了密切的交往，我們看到，蘇轍開始對於禪宗典籍有了更多的接觸和閱讀。如他曾在一首詩中說：〝老去在家同出家，《楞伽》四卷即生涯。〟（《欒城集》卷11《試院唱酬十一首・次前韻三首》）這種在家如同出家的心態，以及對於禪宗奉為經典的《楞伽經》的深入閱讀，恰好體現了禪宗修習對於他心境的影響。而在另一首詩中，也更生動體現了他在謫居期間的生活狀態，以及心境：

少年高論苦崢嶸，老學寒蟬不復聲。目斷家山空記路，手披禪冊漸忘情。
功名久已知前錯，婚嫁猶須畢此生。家世讀書難便廢，漫留案上鐵燈檠。

——《欒城集》卷11《次韻子瞻與安節夜坐》三首之二

從中不難發現，謫居的處境，與禪宗的接觸，這些都深刻影響了蘇轍處世的生活態度。

2．筠州期間與道士之交往：

雖然在筠州期間，蘇轍與禪宗僧人有了頗為密切的交往，對於禪法修習也有了濃厚的興趣，但是我們發現，他依然在堅持道教養生術的修煉，並不時向道士請教，以求更大進益。如他曾向路過筠州的牢山（即嶗山）道士陳瑛請教過養生心得，結果不得要領：

養生尤復要功圓，溜滴南溪石自穿。近見牢山陳道士，微言約我更三年。
（自注：牢山陳道士瑛近過此，叩之竟無所云，約三年當再見。）

——《欒城集》卷10《再和十首》之五

他又曾接觸過同樣熱衷於道教養生修煉的楊騰山人，詩中對於修煉過程，有一段相當細緻的描寫：

胸中萬卷書，不如一囊錢。不見楊夫子，歲晚走道邊。夜歸空床臥，兩手摩湧泉。窗前雪花落，真火中自然。渙然發微潤，飛上昆侖顛。霏霏雨甘露，稍稍流丹田。閉目內自視，色如黃金妍。至陽不獨凝，當與純陰堅。一窮百不遂，此事終無緣。君看《抱樸子》，共推古神仙。無錢買丹砂，遺恨盈塵編。歸去守茅屋，道成要有年。

——《欒城集》卷11《送楊騰山人》

從這段對於修煉過程的敘述，可見蘇轍本人對此已經修習有年，所以才能有如此精微的體會，但詩中也透露出，道教養生修煉需要耗費許多錢財，並非普通人可以承擔。

在筠州期間，蘇轍接觸最多的是一位名叫方子明的道士。也許是因為身處市區的緣故，方子明和聖壽省聰都是蘇轍經常交往的對象。因為蘇轍與方子明關係甚佳，以至於對方竟然願意秘密傳授煉金術。蘇轍在詩中記述了此事：

水銀成銀利十倍，丹砂為金世無對。此人靳術不肯傳，闔戶泥牆畏天戒。今子何為與我言，人生貧富寧非天。鉗錘橐鑰枉心力，虀鹽布被隨因緣。我來江西晚聞道，一言契我心所好。廓然正若太虛空，平生伎倆都除掃。子言舊事淨慈師，未斷有為非淨慈。此術要將救饑耳，人人有命何憂饑。

——《欒城集》卷13《贈方子明道人》

但蘇轍顯然對於煉金術毫無興趣，所以並沒有接受其好意。從詩歌中還可得知，這位道士也曾師事過雲門宗禪師淨慈宗本，所以對於禪法也有所瞭解，因此兩人就有了更多的交談話題。蘇轍在詩中也有記述：

紙窗雲葉淨，香篆細煙青。客到催茶磨，泉聲響石缾。
禪關敲每應，丹訣問無經。贈我刀圭藥，年來髮變星。
——《欒城集》卷12《題方子明道人東窗》

閉門何所事，毛髮日青青。齒折登山屐，塵生貰酒缾。
調心開貝葉，救病讀難經。定起無人見，寒燈一點星。
——《欒城集》卷12《次前韻》

從這些詩歌中，可以看出方子明是一位略通禪法的道士。

在筠州期間，蘇轍還曾遇見了一位頗具傳奇色彩的人物，一位近似乞丐的有道者。他曾向蘇轍傳授過道教養生修煉方法，因而給蘇轍留下了深刻印象，甚至為之專門撰寫了《丐者趙生傳》。文中記述了趙生向自己傳授養生術的經過：

元豐三年，予謫居高安，時見之於途，亦畏其狂，不敢問。是歲歲暮，生來見予。予詰之曰："生未嘗求人，今謁我，何也？"生曰："吾意欲見君耳。"既而曰："吾知君好道而不得要，陽不降，陰不升，故肉多而浮，面赤而瘡。吾將教君挽水以溉百骸，經旬諸疾可去，經歲不怠，雖度世可也。"予用其說，信然。惟怠不能久，故不能究其妙。(30)

根据文中所述，苏辙在道教养生术的修炼中，似乎遇到了一些问题，而赵生则传授给他一些修炼的诀窍，但苏辙尝试之后，发现仍然无法领会其中的妙处。关于此事，他在數年后所寫的一首詩中，重又提及：

南方有貧士，狂怪如病風。垢面髮如葆，自汙屠酒中。導我引河水，上與昆侖通。長箭挽不盡，不中無尤弓。(31)

詩中雖然沒有提及趙生的名字，但從人物形象的描述中，仍可辨別出即趙生其人。而在另外一首詩中，則直接提及了趙生其人：

西山學采薇，東坡學煮羹。昔在建成市，豈復衣冠情。朋友日已疏，止接盲趙生。嗇智狥所安，元氣賴以存。時於星寂中，稍護亂與昏。河流發九地，欲挽升天門。枉用十年力，僅余一燈溫。老病竟未除，驚呼欲狂奔。何日新雨餘，得就季主論？(32)

從這些詩文記述中，我們可以看出，蘇轍在筠州期間，一直在進行道教養生術的修煉，而且也不斷在尋求精進的訣竅。而在同一時期蘇軾給友人的書信中，他提及蘇轍自述習道頗有所得。蘇軾在給李昭玘的信中說：

舍弟子由亦云："學道三十（按：應為十三）余年，今始粗聞道。"考其言行，則信與昔者有間矣。(33)

可見自從在陳州教授任上開始修習道教養生術以來，十三年的時間里，蘇轍一直在堅持不懈，故而自己感覺頗有收穫。

三、從朝堂到瘴癘之地：佛、道兼修與身心安頓

元豐八年（1085）三月，神宗皇帝駕崩，哲宗繼位，朝廷政局發生改變，以司馬光為首的舊党重新進入權力中心。由此蘇軾兄弟也迎來了自己命運的轉機。當年八月，蘇轍先是經由司馬光舉薦，被任命為秘書省校書郎，兩個月後，又被任命為右司諫。此後，在舊黨執政的八年時間里，蘇轍官運亨通，不斷升遷，一直做到了太中大夫、守門下侍郎，相當於副宰相的官位(34)。

雖然蘇轍在宦途上越來越順利，但是經歷過筠州貶謫之後，他的心態似乎變得平和了許多，功名之念也逐漸消退，但是道教養生術的修煉，卻一直堅持了下來。他在元祐七年（1092）酬和蘇軾的二十首組詩中，對此有所描述：

世人豈知我，兄弟得我情。少年喜文章，中年慕功名。自從落江湖，一意事養生。富貴非所求，寵辱未免驚。平生不解飲，欲醉何由成。

家居簡餘事，猶讀《內景經》。浮塵掃欲盡，火棗行當成。清晨委群動，永夜依寒更。低幃閟重屋，微月流中庭。依松白露上，歷坎幽泉鳴。功從猛士得，不取兒女情。

——《欒城後集》卷1《次韻子瞻和淵明飲酒》二十首之三、十六

尤其是後一首詩，對於道教養生之修煉，表達了堅持到底，一定要有所成就的堅定信念。而在紹聖元年（1094），在酬和蘇軾給他的生日贈詩中，也同樣提及了自己修煉道教養生術的心得體會：

日月中人照與芬，心虛慮盡氣則熏。彤霞點空來群群，精誠上徹天無雲。寸田幽闕暖不焚，眇視中外絳錦紋。冥然物我無復分，不出不入常氤氳。道師東西指示君，乘此飛仙勿留墳。茅山隱居有遺文，世人心動隨蚉蚊。不信成功如所云，蚤夜賓餞同華勳。爾來僅能破魔軍，我經生日當益勤。公稟正氣飲不醺，梨棗未實要鉏耘。日雲暮矣收桑枌，西還閉門止紛紛。憂愁真能散凄焄，萬事過耳今不聞。（自注：《登真隱訣》云：日中青帝，日照龍韜，其夫人曰芬豔嬰。）

——《欒城後集》卷1《次韻子瞻生日見寄》

詩中不僅提及自己參照道教典籍《登真隱訣》進行修煉的心得、體驗，而且還勸勉兄長蘇軾一起進行修煉。

隨著朝廷政局的變化，舊黨再次失勢，新黨重新上臺執政，作為舊党陣營中代表人物的蘇氏兄弟，再次遭遇了貶逐的命運。紹聖元年（1094）七月，蘇轍被再次貶謫到了江西筠州，而蘇軾則被貶謫到了廣東惠州。由此開始了他們長達數年之久的謫居生活。

當蘇轍再次來到筠州的時候，他當年密切交往過的禪僧有些已經去世（如黃檗山的道全禪師），有些已經遠離（如洞山克文），唯一還保持較多聯繫的只有省聰禪師，不過他也已經離開了市區的聖壽寺，去了較為偏遠的逍遙禪寺，無法再經常見面了。所以，蘇轍再次謫居筠州期間，並不再像以前那樣與禪僧有密切的交往，反而更多是採取了自修的方式。根據蘇轍此期所作的詩歌，我們可以發現，在謫居筠州期間，蘇轍基本上採取了一種佛、道兼修的方式，這在他寄給蘇軾的詩中有所體現。其一是：

除卻靈明一一空，年來丹灶漫施功。掌中定有庵摩在，雲際懸知霧雨蒙。
已賴信心留掣電，要須淨戒拂昏銅。誰言逐客江南岸，身世雖窮心不窮。

——《欒城後集》卷2《勸子瞻修無生法》

這是勸慰身處惠州貶所的蘇軾，希望他能從佛教的教理中尋得精神慰藉。而在另一首詩中，則又勸兄長堅持修煉道教養生術：

山連上帝朱明府，心是南宗無盡燈。過此欹危空比夢，年來瘴毒冷如冰。
圖書一笑寧勞客，音信頻來尚有僧。梨棗功夫三歲辦，不緣憂患亦何曾。

——《欒城後集》卷2《和子瞻新居欲成二首》

詩中希望蘇軾在惠州這樣的瘴癘之地，一方面能以禪宗的修習來安頓精神，另一方面則通過道教養生術的修煉，來抵抗惡劣的生存環境。一邊以禪宗來慰藉心理苦悶，一邊以道教養生術來維持身體狀況，這似乎已經成為蘇轍在謫居生活中安頓身心的應對之道。

有意思的是，這時遠在惠州的蘇軾，也時常將一些道教養生術的修煉方式，通過書信的方式來告知蘇轍。根據孔凡禮先生的考證，紹聖二年（1095）正月，蘇軾寫了一篇《龍虎鉛汞說》寄給蘇轍，隨後在八月份，又通過書信，告知蘇轍養生的三種方式，即食芡法、胎息法、藏丹砂法。[35]這說明，蘇氏兄弟在謫居生活中，也時常交換彼此修煉道教養生術的心得。而在此一時期蘇軾給朋友的信中，也透露出蘇轍在道教養生術修煉上，頗有所得。如蘇軾在給王鞏的書信中說："子由不住得書，極自適，道氣有成矣。[36]"又在給張耒的書信中說："子由在筠，甚自適，養氣存神，幾于有成，吾儕殆不如也。[37]"這或許可以表明，在道教養生術的修煉方面，蘇轍投入了更多的精力，意志也更為堅定，較之蘇軾成效也更為顯著。

紹聖四年（1097）二月，蘇轍被貶到雷州，而蘇軾則被貶到了海南島，也就是說，兄弟二人都被放逐到了生存環境更為惡劣的地方。他們五月在藤州會面，相聚同行一個月後，蘇轍抵達雷州，而蘇軾則渡海到了海南島，從此兄弟二人隔海相望。在這樣一個更糟糕的生活環境中，我們看到，蘇轍主要是通過佛、道兼修的方式來安頓身心。這在他此期的詩歌中多有體現。如他在詩中對自己的生活狀態有這樣的描述：

逐客例幽憂，多年不洗沐。予發櫛無垢，身垢要須浴。顛隮本天運，憤恨當誰復。茅簷容病軀，稻飯飽楞腹。形骸但瘙痒，氣血尚豐足。微陽閟九地，浮彩見雙目。枯槁如束薪，堅致比溫玉。長齋雖雲淨，閱月聊一沃。石泉滌巾帨，土釜煮桃竹。南窗日未移，困臥久彌熟。《華嚴》有餘帙，黙坐心自讀。諸塵忽消盡，法界了無矚。怳如仰山翁，欲就潙叟卜。猶恐墮聲聞，大願勤自督。

——《欒城後集》卷2《浴罷》

值得我們注意的是，詩中他提到自己正在閱讀《華嚴經》，以此來漠視惡劣的自然環境。而在他寫給小兒子蘇遠的詩中，則勸他要讀《楞嚴經》：

元明散諸根，外與六塵合。流中積緣氣，虛妄無可托。敝陋少空明，婦姑相攘奪。日出暵焦牙，風來動危萚。喜汝因病悟，或免終身著。更須誦《楞嚴》，從此脫纏縛。

——《欒城後集》卷2《次遠韻齒痛》

小兒子蘇遠正因牙痛遭受折磨，蘇轍勸他通過閱讀《楞嚴經》來忘記身體感官所引起的苦惱，這從側面也反映了他自己個人對於身體不適的應對方式。

與此同時，他仍然通過道教養生術的修煉，來應對瘴癘之地可能帶來的不良影響。如他在酬和蘇軾的一首詩中述說了自己早起養生的習慣：

道人雞鳴起，趺坐存九宮。靈液流下田，伏苓抱長松。顛毛得餘潤，冉冉欺霜風。俯就無數櫛，九九為一通。洗沐廢已久，徐之勿忽忽。氣來自湧泉，至此知幾重。近聞西邊將，袒裼擁馬鬃。歸來建赤油，不復儕伍同。笑我守尋尺，求與真源逢。人生各有安，未肯易三公。

——《欒城後集》卷2《次韻子瞻謫居三適・旦起理髮》

在蘇軾給蘇轍的詩中，原本是述說自己在儋州的三種養生方式：旦起理髮、午窗坐睡、夜臥濯足，而蘇轍也就相應地介紹了自己如何養生。這種相互交換養生心得，也許就是患難的兄弟情誼吧。而在他酬和蘇軾的一組詩中，再次提及了自己修煉道教養生術的心得體驗：

鉏田種紫芝，有根未堪采。逡巡歲月度，太息毛髮改。晨朝玉露下，滴瀝投滄海。須牙忽長茂，枝葉行可待。夜燒沈水香，持戒勿中悔。

——《欒城後集》卷2《次韻子瞻和淵明擬古》九首之九

詩中不僅有對自己長期修煉養生術的敘述，同時也表達一種堅持到底的信念。從中可以看出，從蘇轍三十二歲開始修煉道教養生術以來，他一直在堅持不懈地進行實踐。

四、棄道入禪：潁昌退居與宗教信仰的轉向

元符三年（1100）正月，哲宗駕崩，徽宗繼位。以此為契機，朝廷緩和了對於舊黨人物的打擊，那些遠貶嶺海的舊党官僚，得以陸續北還。這年四月，已經歷七年放逐生涯的蘇轍，離開了廣南東路的循州，開始北返。終於在年末的

時候，抵達了潁昌府，並從此在那里定居下來，度過了自己的晚年生涯，直至政和二年（1112）去世。

在蘇轍退居潁昌的晚年生活中，尤其在精神層面上，投注了最大心力的事情，也許就在於對他宗教實踐的熱誠。而且在此過程中，他還經歷了一次意義重大的轉變，即放棄了自己對於道教的信仰，轉而全身心投入禪宗的懷抱，這可謂是蘇轍晚年信仰生活中的一件大事。

自蘇轍三十二歲開始，他就一直堅持不懈地進行道教養生術的修煉，一直到大觀元年（1107）的春天，他都還保持了這種對於道教的信仰，起碼他相信道教和佛教是可以相互相容的兩種宗教實踐。如他在崇寧二年（1103）的詩中說："道成款玉晨，跪乞五色丸，肝心化黃金，齒發何足言。"（《欒城後集》卷二《白須》）又在次年的詩中說："道士為我言，嬰兒出歌舞。"（《欒城後集》卷三《與兒侄唱酬次韻五首》），這些都表現出他對於道教可以長生觀念的信仰。甚至他在給自己寫真畫像所寫的讚語中有這樣的自我描述：

心是道士，身是農夫。誤入廊廟，還居里閭。秋稼登場，社酒盈壺。頹然一醉，終日如愚。[38]

而在大觀元年自己生日（二月二十日）那天所作的詩歌中，他甚至表示出了佛、道可以相容的思想。他在詩中說：

老聃本吾師，妙語初自明。至哉希夷微，不受外物嬰。非三亦非一，了了無形形。迎隨俱不見，瞿曇謂無生。湛然琉璃內，寶月長盈盈。

——《欒城三集》卷1《丁亥生日》

也就是說，在這年的春天，他的精神世界裏，道教與佛教還是可以相容並包的宗教信仰。但是奇妙的是，也就在這年的冬天，他在讀了《傳燈錄》之後，思想上發生了變化，開始向禪宗傾斜。

其實這種微妙的變化，最初發生于崇寧二年（1103），當時他為了避禍，一度從穎昌府遷居蔡州，先後生活了大約一年左右的時間。在這種身處異鄉的孤獨苦悶中，他開始反復閱讀《楞嚴經》，結果對於佛教義理突然有了深刻的領悟。據他自述說：

　予自十年來，於佛法中漸有所悟，經歷憂患，皆世所稀有，而真心不亂，每得安樂。崇寧癸未，自許遷蔡，杜門幽坐，取《楞嚴經》翻覆熟讀，乃知諸佛涅槃正路，從六根入。每趺坐燕安，覺外塵引起六根，根若隨去，即墮生死道中。根若不隨，返流全一，中中流入，即是涅盤真際。觀照既久，如淨玻璃，內含寶月，稽首十方三世一切佛菩薩羅漢僧，慈悲哀愍，惠我無生法忍，無漏勝果，誓願心心護持，勿令退失。(39)

因為有了這樣的領悟，所以他還一度將其心得以偈頌的方式，送呈附近資福寺的諭長老尋求印證。在詩前的引言中，他自述說：

　予讀《楞嚴》，至“塵既不緣，根無所偶，反流全一，六用不行。”釋然而笑曰：“吾得入涅槃路矣。”然孤坐終日，猶苦念不能寂，復取《楞嚴》讀之。至其論意根曰：“見聞逆流，流不及地，名覺知性。”乃歎曰：“雖知返流，未及如來法海，而為意所留，隨識分別不得，名無知覺明，豈所謂返流全一也哉，”乃作頌以示諭老。(40)

而在他崇寧五年（1106）所寫的《潁濱遺老傳》中，則確信自己已經找到了佛教義理的真諦。他在文中說：

　昔予年四十有二，始居高安，與一二衲僧遊，聽其言，知萬法皆空，惟有此心不生不滅。以此居富貴、處貧賤二十餘年，而心未嘗動，然猶未睹夫實相也。及讀《楞嚴》，以六求一，以一除六，至於一六兼忘，雖踐諸相，皆無所礙(41)。

後來到了大觀元年（1107）年的冬天，他又讀到了《景德傳燈錄》，這使他思想發生了根本性的變化，開始完全被禪宗思想所吸引。在他寫于大觀二年（1104）二月十三日的《書傳燈錄後》一文中，他有這樣的自述：

予久習佛乘，知是出世第一妙理，然終未了所從入路。頃居淮西，觀《楞嚴經》，見如來諸大弟子多從六根入，至返流全一，六用不行，混入性海，雖凡夫可以直造佛地。心知此事，數年於茲矣，而道久不進。去年冬，讀《傳燈錄》，究觀祖師悟入之理，心有所契，必手錄之，寘之坐隅(42)。

很明顯地，自從讀了《傳燈錄》之後，他的思想產生了某種巨大的變化。例如，他不僅專門寫了一首《讀傳燈錄示諸子》（《欒城三集》卷一），其中有詩句云：〝從今父子俱清淨，共說無生或似龐。〟而且此後，他開始在詩歌中頻繁使用《傳燈錄》中的傳法典故，例如：

自見老盧真面目，平生事業有無中。

——《欒城三集》卷1《初成遺老齋待月軒藏書室三首》

法傳心地初投種，兩過花開不待春。

——《欒城三集》卷1《戊子正旦》

近聽老盧親下種，滿田宿草費鉏耰。

——《欒城三集》卷1《七十吟》

詩中所說的〝老盧〞，即指六祖慧能，因他本姓盧氏；所謂〝真面目〞，乃是六祖慧能開示悟道者的話頭；而〝下種、開花〞，則是禪宗祖師付法時的偈語。這些都表明蘇轍在思想上開始向禪宗傾斜。

到了大觀四年（1110），蘇轍七十二歲的時候，我們看到他明確宣告了對於道教信仰的放棄。這年冬天，他寫下一首詩歌，表白了自己的宗教立場：

少年讀書目力耗，老怯燈光睡常早。一陽來復夜正長，城上鼓聲寒考考。老僧勸我習禪定，跏趺正坐推不倒。一心無著徐自靜，六塵消盡何曾掃？湛然已似須陁洹，久爾不負瞿曇老。回看塵勞但微笑，欲度群迷先自了。平生誤與道士游，妄意交梨求火棗。知有毗盧一徑通，信腳直前無別巧。

——《欒城三集》卷3《夜坐》

在詩中，他敘述了自己修習禪定的體驗，認為找到了擺脫迷誤的法門。而在詩的末尾，他宣稱自己以往信仰道教、追求長生，完全是走入歧途，而現在他要全心投身於禪宗，放棄對於道教的信仰。這樣明確宣示自己宗教立場的轉變，對蘇轍而言，不啻是找到了最終的精神歸宿。

特別是在蘇轍生命的最後兩年，他在詩歌中，透露出一種對於修習禪宗的執著與熱誠，這表現在他寫詩時頻繁地使用《傳燈錄》中的傳法典故：

老盧下種法，從古無此妙。根生花輒開，得者自不少。要須海底行，更問藥山老。

——《欒城三集》卷3《早睡》

珍重老盧留種子，養生不復問王江。

——《欒城三集》卷3《十月二十九日雪四首》

下種已遲空悵望，無心猶幸省工夫。虛明對面誰知我，寵辱當前莫問渠。——《欒城三集》卷3《白須》

老知下種功力新，開花結子當有辰。——《欒城三集》卷4《溽暑》

我想，如此頻繁使用禪宗典故，且基本是同一話頭，更多地是蘇轍在記錄自己的習禪心得，而不僅僅是為了寫詩而已。在我看來，蘇轍晚年放棄道教、傾心禪宗這一宗教立場的轉變，很能反映北宋官僚士大夫在精神世界里的嚴肅追求和探索；而且它也直接表明，直至北宋末年，道學運動的影響力遠沒有那麼大，宗教實踐（或者說禪宗）對於官僚士大夫仍有巨大的吸引力。

五、結　語

雖然蘇轍作為古文家，被列入〝唐宋八大家〟之一，但我們絕不能簡單地認為他就是儒家學說的堅定追隨者，有著對於異端學說堅決予以排斥的決絕立場。事實上，通過對其信仰生活的全面考察，我們發現，以他對於道教養生術的長期修煉，以及最後對於禪宗思想的篤信，蘇轍已經完全可以被視為一位堅定的宗教信徒。

回顧他的信仰軌跡，大體有如下的一個嬗變過程：大約在三十二歲的時候，在陳州教授任上，他因長期患有肺病的緣故，開始從一個名叫王江的道士那里，接受了道教養生修煉的指點，主要是一種內丹式的服氣法。他之所以會接受道教養生術的影響，也許與一直提攜、關照他的張方平有著直接關係，因為後者也同樣熱衷于道教養生術的修煉，甚至專門有道士為之煉丹。在其後，他在齊州掌書記、應天府判官任上，也都一直在進行道教養生術的修煉，并不時從別人那里尋求指點。

因為營救兄長蘇軾的緣故，他被貶謫到了筠州，在五年左右的時間里，他接觸了不少禪宗僧人，其中既有臨濟宗僧人，也有雲門宗僧人，而在禪法上給予他較多指點的則是洞山克文、黃檗道全、圣壽省聰三人。儘管如此，他仍然堅持道教養生術的修煉，并與一些道士有過接觸，尤其是從一位近似乞丐的趙生那里，他又得到了一些道教養生術的指點。經過十餘年堅持不懈的修煉，他感覺在這方面已經獲得不少進益。

元祐年間，他雖然仕宦順利，不斷升遷，但他仍堅持道教養生術的修煉。紹聖、元符年間，他和兄長蘇軾再次被貶，甚至被貶逐到雷州、循州這些自然環境極其惡劣的地方，但他已經學會一方面以禪宗思想來慰藉精神的苦悶，另一方面又通過道教養生術的修煉來保持身體康健。

徽宗繼位后，蘇轍回到潁昌府定居，在他最後十二年的歲月中，通過對於《楞嚴經》、《傳燈錄》的深入閱讀，信仰方面發生了巨大的轉變，最終他宣告放棄道教養生術的修煉，而全身心地投入到了禪宗的懷抱中。

通過對於蘇轍信仰軌跡的考察，或許可以讓我們重新去思考宋代古文家與宗教信仰之間的關係，并進而去探尋宋代的官僚士大夫為何會出現如此強烈的宗教氣質，而這又與宋代社會的宗教氛圍具有怎樣的交互關係。希望今後可以進行更深入的討論。

注

（1）關於蘇轍宗教信仰的研究，較具參考價值的論述有：張煜《蘇轍與佛教》，《宗教學研究》2006年第3期，後收入其著作《心性與詩禪——北宋文人與佛教論稿》第八章《蘇轍、蘇門與佛教》，華東師范大學出版社，2012年，第335－345頁；沈如泉《蘇轍養生修道簡論》，《樂山師范學院學報》2014年第2期。

（2）由於沒有能夠在蘇轍的學術著述與其信仰實踐之間做出明確的區分，所以在關於蘇轍的思想研究中，經常會出現一種論調，即認為蘇轍的思想是以儒家為主，同時兼融佛、道二教，因而是一種三教合一的思想。筆者認為此種論述，在研究路徑上存在缺陷。例如：吴增輝《從〝省之又省〞到圓融三教——黨爭及貶謫與蘇轍的思想蛻變》，《西華師范大學學報》2012年第4期。

(3) 孔凡禮：《蘇轍年譜》，學苑出版社，2001年，第4頁。
(4) 蘇轍：《龍川略志》卷1〝養生金丹訣〞條，北京：中華書局校點本，1997年，第3頁。
(5) 孔凡禮：《蘇轍年譜》，第81頁。
(6) 蘇轍：《欒城集》卷17《服茯苓賦》，中華書局校點本，1990年，第332頁。
(7) 蘇轍：《龍川略志》卷2〝王江善養生〞，第8頁。
(8) 蘇轍：《欒城集》卷4《次韻子瞻對月見憶並簡崔度》，第79頁。
(9) 蘇轍：《欒城三集》卷3《十月二十九日雪》四首之三，第1192頁。
(10) 孔凡禮：《蘇轍年譜》，第102頁。
(11) 蘇轍：《欒城集》卷12《次煙字韻答黃庭堅》，第223頁。
(12) 蘇轍：《欒城集》卷7《贈致仕王景純寺丞》，第129頁。
(13) 蘇軾：《蘇軾文集》卷50《與劉貢父》第三簡，中華書局校點本，1998年，第1465頁。
(14) 蘇軾：《蘇軾文集》卷59《答范景山》，第1794頁。
(15) 蘇軾：《蘇軾文集》卷52《與王定國》第三簡，第1514頁。
(16) 蘇轍：《龍川略志》卷1〝養生金丹訣〞，第2頁。
(17) 蘇轍：《欒城集》卷9《張公生日》，第165頁。
(18) 蘇轍：《欒城集》卷3《遊淨因院寄璉禪師》，第47頁；《欒城集》卷6《贈淨因臻長老》，第119頁。
(19) 蘇轍：《欒城集》卷23《筠州聖壽院法堂記》，第401頁。
(20) 蘇轍：《欒城後集》卷24《逍遙聰禪師塔碑》，第1145頁。

(21) 蘇轍：《欒城集》卷14《送琳長老還大明山》，第264頁。
(22) 蘇轍：《欒城集》卷25《洞山文長老語録敘》，第430頁。
(23) 蘇轍：《欒城集》卷25《全禪師塔銘》，第421頁。
(24) 蘇轍：《欒城集》卷18《筠州聰禪師得法頌》，第345頁。
(25) 蘇轍：《欒城後集》卷24《逍遙聰禪師塔碑》，第1145頁。
(26) 蘇轍：《欒城集》卷11《贈景福順長老二首》，第214頁。
(27) 蘇轍：《欒城後集》卷5《香城順長老真贊並引》，第945頁。
(28) 普濟：《五燈會元》卷18《上藍順禪師法嗣》，中華書局校點本，1997年，第1176頁。
(29) 蘇轍：《欒城集》卷12《贈石台問長老二絶》，第227頁。
(30) 蘇轍：《欒城集》卷25《丐者趙生傳》，第425頁。按：同樣的文字，也見於《龍川略志》卷2〝趙生挾術而又知道〞條，第9頁。
(31) 蘇轍：《欒城後集》卷1《次韻子瞻和淵明飲酒》二十首之十七，第880頁。
(32) 蘇轍：《欒城後集》卷1《次韻姚道人二首》，第881－882頁。
(33) 蘇軾：《蘇軾文集》卷49《答李昭玘書》，第1439頁。
(34) 關於蘇轍在元祐年間的官位升遷，可參看孔凡禮《蘇轍年譜》的相關記載。
(35) 蘇軾：《蘇軾文集》卷73《龍虎鉛汞說》，第2331－2333；《蘇軾文集》卷73《寄子由三法》，第2337－2340。按：系年考證，參考孔凡禮《蘇轍年譜》紹聖二年之相關記載。
(36) 苏轼：《蘇軾文集》卷52《與王定國》第四十簡，第1531頁。
(37) 苏轼：《蘇軾文集》卷52《答張文潛》第一簡，第1538頁。
(38) 蘇轍：《欒城後集》卷5《自寫真贊》，第945頁。
(39) 蘇轍：《欒城後集》卷21《書楞嚴經後》，第1113頁。

(40) 蘇轍：《欒城後集》巻3《示資福諭長老並引》，第917－918頁。
(41) 蘇轍：《欒城後集》巻13《潁濱遺老傳下》，第1041頁。
(42) 蘇轍：《欒城三集》巻9《書傳燈錄後》，第1231頁。

執筆者紹介（掲載順）

東　英寿：九州大学大学院比較社会文化研究院教授

川合　康三：国学院大学文学部教授、京都大学名誉教授

王　永：中国伝媒大学人文学院中文系副教授

陳　翀：広島大学大学院文学研究科准教授

渡部　雄之：広島大学大学院文学研究科博士課程後期在籍、
日本学術振興会特別研究員 DC

杜　梅：九州大学大学院地球社会統合科学府特別研究生、
上海大学文学院博士課程在籍

紺野　達也：神戸市外国語大学外国語学部准教授

朱　剛：復旦大学中文系教授

加納　留美子：青山学院大学非常勤講師

原田　愛：金沢大学人間社会研究域学校教育系准教授

林　岩：華中師範大学文学院教授

九州大学 QR プログラム「人社系アジア研究活性化重点支援」
〈新資料発見に伴う東アジア文化研究の多角的展開、および国際研究拠点の構築〉

唐宋八大家の世界

2019年3月8日　第1刷発行

編　著——東　英寿
発行者——仲西佳文
発行所——有限会社 花 書 院
〒810-0012 福岡市中央区白金2-9-2
電　話（092）526-0287
ＦＡＸ（092）524-4411
ISBN 978-4-86561-156-4 C3098
振　替——01750－6－35885
印刷・製本—城島印刷株式会社